聖女が脱走したら、溺愛が待っていました。

登場人物紹介
ルージャ
陽気で奔放な賞金稼ぎの青年。
レイラの事情を知り、彼女を
神殿から助け出そうとするが——
レイラ
触れた相手の未来を視ることが
できる不思議な力がある。幼い頃に
その能力を見出され、以来「預言姫
ファタール」としてラキム神殿で
軟禁に近い生活を送っている。

イルサーディ
シャンデル王国の若き国王。
レイラに興味があるようで……
カイザール
ラキム神殿王都教区の大司教。
レイラの能力を見出し、己の利益のために利用し続けている。
ディディック
シャンデル王国の国務大臣補佐官。饒舌で、まくしたてるように話す。
シャルナ
レイラの世話係になった修道女。
レイラにも気さくに話しかけてくれる。

序章　預言姫ファタール

「お初にお目にかかります、預言姫ファタールどの。あなたさまの『神の声』をいただきたく、まかりこしました。何卒、神の御言葉を」

天鵞絨《ビロード》のカーテン越しに、気弱そうな男の声が縋《すが》ってくる。

声の感じからすると三十代半ばから四十代前半といったところか。困り果てたような声は、同時にひどく優柔不断そうだ。

そもそも、こうして私のもとを訪れるくらいだから優柔不断なのはわかりきったことだ。ある程度の決断力をそなえていれば、わざわざ『神の託宣《たくせん》』などを求めて大枚を支払うことはないのだから。

「ラキム神は求める者に等しくお声を賜《たまわ》ります」

「おお、なんとありがたい……」

カーテンの向こうで中年男が頭《こうべ》を垂れた気配がした。カーテン越しじゃなかったら、きっと私の手を取って額《ひたい》に押し頂いていたに違いない。

「それでは単刀直入にお伺いいたします。私はいったい、どちらの女性を娶《めと》るべきなのでしょうか。

ラキム神の御言葉を」

今日の仕事は、気の弱い伯爵さまの嫁選びだ。由緒ある貴族である年増《としま》の未亡人と、若くて美しいが財のない家の娘。彼はどちらを選んでいいのかわからないという。

この様子ではどちらにしろ尻に敷かれるだけだろうし、結婚自体やめておいたらどうかしら――と喉元まで出かかったものを呑み込んだ。求められていること以外の発言をして、あとで叱責を食らうのは私だ。割に合わない。

「お手を」

つとめて厳《おごそ》かな声を出すと、天鵞絨《ビロード》のカーテンの隙間から伯爵の腕が伸びてきて、私の目の前の机に置かれた。

豪華な指輪がはまった手は、爪の先まで整えられている。生粋《きっすい》の貴族で、これまで大した苦労も積んでこなかったような手だ。銀匙《ぎんさじ》より重たいものなんて持ったことがないのかも。

見も知らぬ男の手になど、できれば触れたくない。でも、これが私の仕事なのだから仕方がなかった。

伯爵の手を、両手で包み込むようにして触れる。

本当はここまでしなくても、指先がちょこっと当たればそれで充分なのだ。でも、このほうが託《たく》宣《せん》を聴きに訪れる人に対し、「神の声を拝聴できる」という特別感を演出できるらしい。

――私には、触れた相手の未来を視《み》ることのできる、不可思議な力がある。

物心がつくかどうかという幼い頃、ラキム神殿の司祭にこの力を見いだされた私は、貧しい田舎《いなか》の片隅から都市へと連れてこられ、いつしか『ラキム神殿の預言姫ファタール』とか『神の代弁者』、『聖女』などと呼ばれるようになり、多くの人々に敬《うやま》われ、かしずかれた。

だけど、この力はべつにラキム神から授かったものではないし、私は神の言葉を代弁しているわけでもない。生まれつき、こういうことができる存在だっただけだ。

そう、つまりこうやって王都の大神殿の奥に納まり返っていることこそ、大ペテンもいいところなのだ。

「ラキムさまからのご託宣《たくせん》です。汝《なんじ》ワールテイス伯爵、ミスルア候未亡人を娶《めと》るべし、と」

触れて視えた、未来のとある場面から、彼にとって無難なほうを伝える。

「そ、それはまことにございますか、預言姫さま！」

人に頼《たよ》っておいて、真偽を疑うなんて失礼な男だ。こういう人は、だいたい自分の答えは最初から決まっていることが多い。ただ、自分の選択に自信がないから後押ししてもらいたいだけ。

だからこそ、自分の希望と逆を言われると疑ってかかるのだ。

(若いほうを選ぶと、未亡人に逆恨みされて大変な目にあいますよ。私はちゃんと忠告したから。……まあ、あなたは若いほうを選ぶのでしょうけど)

そういう未来がはっきり視えている時点で、それはもう決定事項だ。こういう場合は、私が横槍《よこやり》を入れても、未来が修正されることはあまりない。

もちろん曖昧《あいまい》な未来というものもあって、その場合は私の目にもかなりぼやけて視える。でも、今回は本人が若い子を娶《めと》ると強く決めているのだろう。

むしろ、なぜ大枚叩《はた》いて預言など望んだのか、理解に苦しむ。

「私はラキムさまの御言葉をお伝えしただけですわ。ですが、決断なさるのはあなたご自身。ラキム神はあなたの決断を尊重されます。どうぞ悔いのないよう、御心のままになさいませ。ラキム神のご加護のあらんことを」

歌うように抑揚《よくよう》をつけ、慈愛たっぷりの聖女を演じて心にもないことを言う。

幼い頃から厳しく演技指導をされてきたので、このくらいはお手の物だ。

「あ、ありがとうございます、預言姫ファタールどの」

伯爵の手がカーテンの向こうに消え、やがて扉が閉まる音が聞こえた。仕事はたったこれだけのことだけど、このために大仰《おおぎょう》な儀式を執りおこなわなくてはならない。

神に縋《すが》りつく人々に、神の言葉だと嘘をついて未来を伝える私を、当のラキム神はどのように見ているのだろう。大地神にして豊穣の神さまは、すべてを包み込む寛容な神さまだと教えられたけど。その神を祀《まつ》る大神殿の内側で、堂々と嘘偽りの儀式が執りおこなわれているのだ。

いずれ神罰が下るのだろうか。いや、もしかしたら、もうすでにこれが神罰なのかもしれない。

預言姫だの聖女だの、おおよそ私に似つかわしくない呼称で祭り上げられ、神殿の奥深くに大事に大事に閉じ込められて、自由に出歩くことも許されない。誰かと気軽に会話することも禁じられている。

私はため息をついて、自室へ戻った。

これ以上ないほどに贅《ぜい》を凝《こ》らした、私だけの監獄へと。

第一章　預言姫の脱走

ラキム神教はこのシャンデル王国の国教で、王都ミルガルデの中心にそびえるラキム神殿は百年も前に建てられた歴史のある建造物だ。

人類の技術と芸術の粋《すい》を尽くして建てられたと言われるこの神殿は、同じ敷地内に修道院や神学校、図書館に医療施設、巡礼者のための宿泊施設なども併設されている。また、敷地内の畑では農作物や薬草の栽培等もおこなわれており、まるでひとつの街のようだった。

神殿内はもちろん神聖な場で、節度ある振る舞いが求められているけれど、さほど厳しい戒律はない。日中の奉仕だって男性も女性も隔《へだ》たりなくおこなう。さらに高位職を目指さない限り非婚の義務はない。

ちなみに、ラキム神の信者でなくとも医療施設や宿泊施設は利用できる。神殿本殿の大聖堂も、日中は出入りすることができるので、世界各地から礼拝や観光などさまざまな目的で人々が集まるのだ。

そんな、わりと自由な感じの神殿だけど、その権力は強大なものだ。

特に、王都周辺のラキム神殿では現大司教カイザールが絶対的な権力を握っていて、シャンデル王国の王権も神殿内には及ばない。しかも、現シャンデル王は即位して五年も経っていない、三十代半ばのお若い方だ。海千山千の大司教に意見することなどできないだろう。

預言姫ファタールだなんて呼ばれ、世間ではもてはやされているらしい私も、この大司教の完全なる管理下におかれ、起床の時間から就寝まで厳しく監督されていた。

――とはいえ、私の日課と言えば大司教の個人的な用事以外は、朝夕の礼拝くらいで、公式行事でもない限り人前に出ることはない。

『預言姫』と呼ばれるくらいだから、易者《えきしゃ》のごとく人の未来ばかり視ていると思われがちだけど、『神の代弁者』という希少性を保つために、一般人に対しては預言なんてほとんどしないのだ。ときどき、大げさに儀式を執りおこなって、運よく――私にしてみれば運悪く――選ばれた人を視るくらいだ。

というわけで、私の仕事相手は専《もっぱ》ら、大司教を通してひそかに訪れる貴族や商人だった。一日にひとりかせいぜいふたり、私のもとにお忍びでやってきた人に、かなり勿体つけた儀式をおこなって預言をする。

私は呼ばれて視るだけだけど、『預言姫』のもとへ来る人たちは、大変な労力とお金を必要とするようだ。大司教から詳しく聞かされてはいないけれど、何年も預言者稼業をやらされてきているので、薄々それは感じ取っていた。

そんな私の生活は、神秘性を高めるためか、厳重に秘匿《ひとく》されている。そのため、身のまわりにいるのは短期間で当番が変わる修道女ばかりだ。

どうやら、私は親しい人物というものを作ってはならないらしい。世話をしてくれる当番の修道女たちも、私と言葉を交わすことを禁じられているようなのだ。名前を名乗ることもなく、恐るおそるといった感じで当番をこなす。そんな状況でこちらが親しくしようとすれば、きっと彼女たちに大司教の叱責が向かう。だから、私も修道女たちの顔を覚えようとしなかったし、彼女たちに声をかけることも皆無だった。

こんな調子で、私は大司教以外の人物と会話をすることが滅多になかったので、ある日、国王の使いで訪れた方が声をかけてきたときは、心臓が飛び出るほど驚いたものだ。

その日、大司教に呼ばれ部屋を訪ねたところ、呼んだ当人が不在だった。仕方なくソファに座って待っていたら、突然、知らない男性が入ってきたのだ。

この国の身分の高い男性は、詰襟の上着を羽織るのが慣習となっている。彼もそうだったので、おそらくシャンデルの貴族か王族なのだろう。

彼は私を見るなり両手を広げて近づいてきた。反射的に立ち上がり、後ずさりしてしまう。

「やあ、あなたが『預言姫ファタール』の生まれ変わり』の聖女さまですか。お噂どおり、とても神秘的な雰囲気だ」

彼はそう言うけれど、私は自室以外ではつねにヴェールを下ろしていて、素顔を人に見せることはない。そのうえ、爪さえ見えないほど全身を布で包んだ完全防備だ。いや、それが神秘的と言えば、言えなくもない……？

「補佐官どの！　客間にてお待ちいただくよう猊下《げいか》からご指示いただいております！」

「まあまあ、いいじゃないですか。噂の聖女どのには、国王陛下もいたくご興味をお持ちでいらっしゃいますし、ぜひ来月の総会にご臨席願いたいとおっしゃっておりまして」

「我々が困ります……！　預言姫さまに声をかけるなど！」

部屋の戸口では聖騎士たちがあわてた様子で彼を引き留めている。だが、丸眼鏡をかけ、髪をひっつめにした青年は気にもかけず、呆然と立ち尽くす私の前にやってきて、遠慮会釈《えしゃく》なくヴェールの中の顔を覗き込もうとした。

外での常識はよく知らないけれど、これは普通に失礼な行為ではないだろうか。

私はヴェール越しでも決して目が合わないように、彼の足元に視線を向ける。なまじ、彼の顔をまじまじ見ようものなら、あとで大司教から叱責されるような気がしたのだ。

でも、彼のこの自由奔放《ほんぽう》さがすこし怖くて――うらやましくもある。

「聖女ファタール、いや、ファタールというのは古《いにしえ》の聖女の名ですよね。あなたの名はなんとおっしゃるのですか？」

「……」

とっさに返事に詰まったのは、どう返していいかわからなかったからだ。私の名を知りたがった人なんて、ちょっと記憶にない。

彼の言うとおり、ファタールというのは、何百年も前に実在したラキム神殿の聖女の名前だ。彼女こそ、神の声を聴き、人々にそれを告げた聖女だと言い伝えられており、畏《おそ》れ多くも私がその二代目とされている。私が聖女でないことは、誰よりも私自身が一番よく知っているけど。

「聖女ファタールどののご尊顔を拝する栄誉を賜《たまわ》ることはできますまいか」

「え……」

本当に遠慮のない人だ。顔を見せろなんて言われたのは、生まれて初めてだ。

濃い色のヴェール越しなので彼の顔立ちははっきり見えないけれど、声からすると若くて柔和そうで、どこかぽやんとしている印象を受けた。

神殿の奥にある大司教の部屋までたどり着いたところを見ると、それなりの権力者なのだろうけれど。

「ディディック補佐官どの！　ファタールさまにそれ以上、お近づきあそばされては……」

突然の来訪なのか約束があってのことなのかはわからなかったが、聖騎士たちの様子を見ていると、どうも押しかけ客のようだ。

「僕の未来も預言していただけませんか？」

試されている？　穏やかそうな声をしているけど、この人、なんだか胡散臭《うさんくさ》い。でも、こんなにも強引なのに、なぜか不快とは程遠かった。

ようやく最初の驚きが去って、すこしだけ調子が戻ってきた。むしろ、これほど力強く、自由に生きているように見える彼がなぜ預言を欲するのか、知りたい。

「……赤の他人である私が、切り取って視る未来のほんの一場面に、貴殿は重きをおかれますか？」

「や、これは手厳しい。しかしおっしゃることはごもっとも。長い人生、山あり谷あり、いいこともあれば悪いこともある。すべてを預言に頼《たよ》るわけにはまいりますまい。では、あなたが神の言葉を代弁してまで伝える預言とは、いったいどの場面なのでしょう」

「神に預言を求める方は、人生に迷われた方ばかり。私は、その方の進む道筋にラキムさまの助言を添えさせていただくだけです。具体的な迷いのない方ですと、神がどの場面を選んで預言なさるか、それは私にもわかりません。ただ、ひとつ言えることは——」

「拝聴いたしましょう」

「——貴殿にはそのような迷いはなさそうです」

私が今までに出会ってきた貴族は、神の託宣《たくせん》を聴きたくてやってきた迷い人ばかりだった。でも、この人は預言してほしいなんて、本心では思っていないだろう。すこし新鮮だった。

「いやいや、それは買いかぶりというもの。僕もつねに迷える子羊です。いかにしてあなたにラキム神教の総会へご出席いただくか、いかように大司教猊下《げいか》を言いくるめるか、禿《は》げるほどに頭を悩ませております。国王陛下より、ぜひともあなたをお連れするようにと、矢の催促を受けておりまして。それにしても、なんという美しい声だ。なるほど、この声で神の言葉をささやくのですか……ぞくぞくしますね」

なんだか誤解を受けそうな感想を漏らして、彼はにこっと笑った。話題もコロコロ変わるし、へんな人だ。

「国王陛下は、なぜ私を？」

「シャンデル国の王家と言えば、生まれながらに魔力を持つ系譜ですから。陛下にとって、神の声を聴くというあなたの能力は大変に興味深いものなのでしょう」

確かに王家が魔力持ちだという話は聞いたことがある。私のこの預言の力も似たようなものかもしれないと考えて調べてみたことがあるけど、一般的な魔術は、何もないところに明かりをつけたり、鍵がなくても扉が開けられたり、人々の病気やけがを治癒させるといった直接的なものが多く、私の力と似たようなものの記述はみつからなかった。おそらく王も魔力とこの能力に関わりがあるのか、気になっているのだろう。ちなみに、私は何もない場所に明かりをつけたりできない。

それにしても、なぜ大司教の部屋で見知らぬ貴族とこんな話をしているのだろう。そして、さらに気になっているのは、さっきから彼が口にしているそれだ。

「あの、来月の総会というのは……？」

「大司教猊下《げいか》からお聞きになっていませんか？　来月はラキム神に今後の豊穣を願うカーニバルが国を挙げて開催されます。カーニバルは四年に一度の大祭で、国内外から大勢の人が集《つど》い、十日間にもわたってお祭り騒ぎをするのです。前回は、まだファタールどのは王都の神殿にはおいでなかったようなので、ご存じないかもしれませんね。街人たちは飲めや歌えのどんちゃん騒ぎですが、我々はそう羽目を外してばかりもいられません。近隣諸国のラキム神殿関係者が一堂に会し、今後の神殿のありかた、人々への教えなど、諸々ひっくるめた協議をおこなうのですよ。しかも、ラキム神殿の頭である総大司教猊下《げいか》が一昨年、ご高齢のため引退されてから今日まで、後任がおりません。実質、王都教区のカイザール大司教猊下《げいか》がその名代を務めておりますが、今回の協議では、他に総大司教にふさわしい人間がいるかどうかも話し合われるでしょう。会場は輪番制で、今回はシャンデルの王城でして、議長も陛下が務められます。国王陛下も熱心なラキム神信奉者でいらっしゃいますから。今日はその下準備の一環として大司教猊下《げいか》を訪ねたのですが、噂に名高い聖女どのとお会いできて、僕はとても幸運だ。あ、申し遅れましたが、僕はシャンデル王国の国務大臣補佐官ディディックと申します」

なんて饒舌《じょうぜつ》な人だろう。ひとつ尋ねたら、十以上になって返ってくる勢いだ。今まで、こんなにも自分のペースで物事を運ぶ人に会ったことがないので、ちょっとだけ彼に興味を覚えてしまったくらいだ。

それはさておき。カーニバルだなんて初めて聞いた。私が王都にやってきたのは四年前の夏くらいだから、前回のカーニバルが終わったあとだったのかもしれない。

私もそのお祭りに参加——できるわけないか。

そのとき、部屋の中に低い声が響き渡った。

「ディディック補佐官。約束もない女性に突然議論を吹っ掛けるなど、失礼ではないのですかな。それとも、これがシャンデル宮廷の礼儀ですか？　そんなところへ、我が神殿の大事な預言姫を連れていくわけにはまいりませんぞ」

反射的に私の心臓がぎゅっと縮み上がる。

戸口を振り返ると、深々と頭を下げた聖騎士たちの中心に、ゆったりとした祭服に身を包んだ男が傲然《ごうぜん》と立っていた。

「これはカイザール大司教猊下《げいか》。突然の来訪にもかかわらず、快《こころよ》くお会いくださって感謝の念に堪えません。おかげさまで聖女ファタールどのにもお目にかかることができました。本当に、なんと美しい方か」

ヴェールで顔など見えないだろうに、よく言う。そして、大司教の苦言などまるで聞こえていないふうに、飄々《ひょうひょう》とした態度で笑っている。

（怖くないのかしら……）

私にとって、大司教の静かな怒声ほど恐ろしいものはなかった。幼い頃からこの声に叱責され、批難され、厳しく折檻《せっかん》されてきた私には、雷鳴よりも恐怖を感じるものだ。

「それに、大司教猊下《げいか》の執務室はまるで聖堂のような神聖な場所です。あの美しい黄金のラキム像など、歴史を感じさせる逸品《いっぴん》ですね」

棚に飾られている大ぶりな黄金像を見て、彼はまぶしそうに目を細めた。

「ディディック補佐官、勝手な振る舞いはおやめください。ファタール、部屋へ戻っておれ」

「は、はい……」

逃げるように大司教の執務室を出たときには、心臓がドクドクと恐怖に脈打っていた。

おかしな補佐官との会話も忘れるほどに、大司教の声が怖かったのだ。偶然だったとしても、外部の男性と無断で言葉を交わしたことを、どれほど咎《とが》められるだろうか。

夕刻になり、あの補佐官が帰ったのか、大司教が私の部屋を訪ねてきた。迎え入れる私は、死刑宣告でも受けるような気分で、広々としたうすら寒い部屋のソファを勧める。

「ディディック補佐官と話したのか」

ソファに腰を下ろす動作ひとつでも、私に緊張を強いる。幼い頃から、この人の一挙手一投足を窺《うかが》い、決して逆らわないように、意に沿わぬことをしないように自《みずか》らを律してきた。

「はい、それは——猊下《げいか》に呼ばれましたのでお伺いしたところ、あの方が入ってこられて……」

後ろめたいことなどないはずなのに、どうしても言い訳がましくなってしまう。怒られまいとする無意識の防衛反応なんだと、最近では自己分析している。

「私の許可なく他人と言葉を交わしてはならぬと厳命しておいたはずだ。それほど若い男が気になるのか」

「そんなこと、私は……」

思わず抗弁してしまい、即座に後悔する。

「おまえは自分の立場をわかっていないのか。預言姫ファタールは神の声を聴くことのできる、我がラキム神殿の至宝。間違いがあってはならぬのだ」

肺腑《はいふ》を震わせるような鋭く低い声にビクッと反応してしまう自分が、情けない。

でも、なぜ人と話をすることが悪いのか。人との関わりを完全に絶って、その先にいったい何があるんだろう。私は預言をするためだけに存在しているのだろうか。

これまでは食べるため、生きるために大司教の言葉に従ってきたけれど、私ももう二十歳だ。最近は自分のことについて、いろいろ思いをめぐらしている。そう、来る日も来る日も徹底して隔離され、管理される生活に不満や不安がつきまとい始めてきたのだ。

——ここを出ていきたい。自由になりたい。

決して許されることのない言葉を噛み潰し、嚥下《えんげ》する。

ここでは大司教の言葉は絶対だ。私が口にする『神の言葉』なんかよりもずっと強制力があるのだから。

「ディディック補佐官に総会に出席するように求められたそうだが、無用だ。カーニバルなどと浮かれた騒ぎに乗じ、預言姫を見世物にしようとしているだけのこと。礼拝以外の時間は、この部屋で聖典を読み返しておくのだ。預言姫としての己《おのれ》の立場を、ゆめゆめ忘れることのないように」

「はい」

ギロリと射るような視線で私を萎縮《いしゅく》させてから、大司教は部屋を出ていった。

彼は、私が男性と言葉を交わすことをとくに嫌っている。それは、預言姫ファタールが、別名『処女姫』と呼ばれていることに起因しているようだ。

初代のファタールは偉大な預言者だったが、結婚して子を宿したことによって、預言の能力を失ったと言い伝えられている。

そのせいか、大司教は私の処女性を重視していて、預言をおこなう際も決して相手の顔が見えないように、そして私の顔を見られないように、ヴェールをかけ、カーテンを引く。

ラキム教では、聖職者の恋愛や結婚を禁じていないので、よけいに監視は厳しかった。

カイザール大司教は、『神の代弁者』を擁立《ようりつ》することによって、権力争いの激しい神殿内で現在の地位を得た。おそらく今度の総会では、総大司教の地位を狙っているのだろう。だからこそ、私を——預言の能力を失うわけにはいかないのだ。それを守るためにはどんな手段も辞さないだろう。

今から八年ほど前、まだカイザール大司教が司教だった頃。王都からすこし離れた町の神殿にカイザール司教とともに赴任した際、何くれと私を気にかけてくれた若い男性の助祭がいた。

私はまだ十二歳の子供で、今と同じく周囲には親しい人がまるでいない状況だったので、同情もあったのだろう。私もすぐに彼に懐いた。

べつにお互い恋心があったわけではない。私はまだ本当に子供だったたし、あの人は熱心なラキム神の信奉者で、司祭に叙されるのを夢見ている、まっすぐな青年だった。

でも、ある日、彼は神殿から姿を消した。

神殿では出奔《しゅっぽん》したのだと言われていたけど、あれだけ熱心に日々の務めを果たしていた彼が、出奔《しゅっぽん》などするわけがないと私は知っていた。カイザール司教が、彼の失踪《しっそう》について口にすることはなかったたし、私も、そのことについては一言も発することができなかったけれど。

——あのディディック補佐官が大司教に目をつけられ、悲運をたどることがないよう、私は信じてもいない神に祈るばかりだった。

†

それからひと月が経過して、カーニバルの日がやってきた。

結局、私はラキム教の総会に出向くこともなく、当然街に出られるわけもなく、神殿で留守番だ。

神殿内の浮足立った雰囲気を感じるのが精いっぱい。自分だけが置いてけぼりを食らったようで、ひどくむなしい。

一般の人々だけでなく、神殿関係者も日中であれば祭りに参加することを許されているそうだ。

そのせいか、数日前から私のまわりにいる修道女たちがそわそわしているのがわかったし、カーニバル開始の夜には、いつも二、三人はいる世話係がひとりだけしか現れなかった。どうやら今夜は、大聖堂で大掛かりな礼拝がおこなわれているらしい。

私は、部屋に入ってくる哀れな修道女をみつめた。

かわいそうに、きっと貧乏くじを引かされ、私の世話を押しつけられてしまったのだろう。なんだか、申し訳なくなってくる。

「はじめまして、ファタールさま。今夜からファタールさまのお世話をさせていただきます、シャルナと申します」

開口一番、修道女にそう自己紹介をされて、私は口をあんぐりと開けてしまった。

だって、私の世話をする修道女たちは一貫して言葉もなく、私を神か悪魔のごとく扱うのだ。自己紹介などもってのほかだ。

「シャルナ、さん？」

王都ミルガルデの神殿に移ってきてから、大司教以外の人物の名を呼んだのは初めてかもしれない。すこし、胸がドキドキした。

「どうぞ、シャルナとお呼びください、ファタールさま。それにしても、ファタールさまがこんなにお美しい方だったなんて、お姿を拝見できただけでも寿命が延びる思いです」

「あ、ありがとう……？」

この修道女は、ファタールと言葉を交わしてはならないと、最初に注意をされなかったのだろうか。もっとも、今日は互いに監視し合う面子《メンツ》がいないので、私が黙っておけば済む話だけど。

「大司教猊下《げいか》は王城での総会にご出席されているため、数日お戻りになりません。ファタールさまはしばらく自室でお食事をなさるようにとのことでしたわ。また、カーニバル最終日には、大聖堂で大規模な式典がございますので、その準備をしておくようにとお言伝をいただいております。それにしても、ファタールさまもカーニバルにおいでになりたいでしょうに、おかわいそう」

そんな会話を振られて、私は目をまん丸にしてしまった。この話題に、乗ってもいいのかな……

「あ、あなたも行きたかったでしょうに、ごめんなさい。私の世話を押しつけられてしまったのでしょう？」

「まあ、わたくしはちっとも構いませんわ。だって預言姫ファタールさまのお世話をさせていただけるのですもの！　こんな栄誉なことはございません。子々孫々まで語り継ぎますわ」

シャルナはそう言って満面の笑みを浮かべると、懐《ふところ》から何かを取り出して私に差し出した。

「これは……？」

彼女の手にあるのは、羽で覆われた目元だけの仮面だ。

「クジャクの羽がとてもきれいでしょう？　昨今はラキム神殿でもカーニバルの風習に合わせて、このような仮面をつける人が多いんですよ。修道女仲間からもらったものですが、雰囲気だけでも味わっていただこうと思いまして」

青や深緑の羽がついた仮面を受け取った瞬間、なぜか心臓がドキドキし始めた。みんなこういったもので顔を隠してカーニバルを楽しんでいるのだろうか。

「あなたは、カーニバルに行ったことがあるの？」

「ええ、ファタールさま。わたくし、実は大変な大年増《おおどしま》なのですわ。わけあって二十七にもなって修道院に入りましたが、それまではいろいろと世俗にまみれておりましたから」

シャンデル王国のラキム修道院には、一生を神に捧げる覚悟で入る敬虔《けいけん》な信徒もいるけれど、どちらかといえば貴族や良家の子女が高等教育の一環として多額な寄進をして入ることが多い。そのため、ラキム神殿の修道女はほとんどが十代の若い娘ばかりだった。

確かに彼女の言うとおり、シャルナはお世辞にも十代の娘には見えない。ただ、顔立ちは凛《りん》としていて、髪をすべて隠してしまう修道服を身に着けていてもなお、とても美しい女性だ。もしかしたら夫に先立たれた未亡人なのかもしれない。

「カーニバルはさぞ楽しいのでしょうね」

「そうですわね、若い人には楽しくてたまらないと思いますわ。普段は許されない夜歩きもできますし、羽目を外しすぎなければ多少のことはお目こぼしされます。夜通し歌い明かしたり、たくさん並んだ屋台で両手に抱えきれないほどの串焼きを買って食べ比べたり、名前も知らない若者と恋を語らったり。ラキムさまは寛容な神さまですが、それにしたってよくお許しになると、心配になるほどです」

聞けば聞くほど興味を駆り立てられるが、同時に、自分は絶対参加できないだろうなと思った。

名も知らぬ若者と恋を語らうなど、大司教が許すはずがない。

　まるで現実味のない夢物語を聞かされているようで、苦笑しかできなかった。

「ファタールさまはまだお若いのですし、大司教さまも一日くらい自由にさせてくださってもいいじゃありませんかねえ」

　私と話すことに慣れたのか、シャルナの口調がどんどん砕けてくるのがちょっとおもしろかった。今まで、私にこんな話し方をした修道女はいないから、とても新鮮だ。

「そうですね、屋台で串焼きを食べるくらいのことはしてみたいです」

「わかりました、ファタールさま。今夜はもう無理ですが、明日のお昼には屋台の串焼きをお持ちいたします！　それにお許しをいただけましたら、こちらにリュートを持ち込んで、街でよく弾かれる音楽など献上させていただきます」

「まあ、シャルナさんはリュートが弾けるのですか？」

「ほんの趣味程度なので、お耳汚しかとは存じますが」

「うれしいです、楽しみにしています」

「では明日、必ず串焼きとリュートをお持ちいたしますね。――遅くまで話し込んでしまいまして、大変失礼いたしました。今夜からカーニバルが終了するまで、正門と大聖堂がずっと開放されているのでご心配かもしれませんが、聖騎士さまの警備は厳重ですからご安心くださいまし」

　そう言ってシャルナが立ち去ると、途端に室内に静寂が落ちた。いつもどおりの私の部屋なのに、あんなふうに賑《にぎ》やかに話されたあとだと、静けさに耳が痛む。

「夜通し歌い明かして、食べ歩いて」

シャルナに手渡された仮面を眺めながらベッドに腰を下ろしたとき、かすかではあったが、どこからともなく音楽が聴こえてきた。カーテンと窓を開く。ひんやりした夜気の中、耳を澄ますと、たくさんの楽器が奏でる音色が耳に飛び込んできた。

「カーニバルだ……」

私の部屋からは、巨大な大聖堂の建物と広大な中庭しか見ることができない。でも、この背の高い建物の向こうでは、たくさんの人たちがカーニバルに心をときめかせて、笑い、歌っているのだろう。

「……」

ふいに頭をよぎった考えに一瞬、呼吸が止まった。

窓の外と、手の中の仮面を見比べてしまう。さっき、シャルナはなんと言っていただろうか。

カーニバルが終了するまで、正門と大聖堂がずっと開放されている——そう聞こえた気がする。

(外に……?)

この部屋は、聖堂の奥にある三階建ての建物の、最上階。でも、窓から抜け出して階下のひさしに降り立てば、下へ降りることは簡単そうだ。実は、何度もそこをたどる自分の姿を夢想してきた。

もちろん下に降りたところで、夜は門が閉じられているし、昼間は誰かしらに見つかってしまうので、実行したことはない。けれど今日は正門が開いている——

(一晩、そう一晩だけよ。修道女だってカーニバルの雰囲気を楽しむことは許されているんだし、ちょっとくらいなら……）

そう思った私は衣装室に飛び込んだ。貴族の姫君の衣装部屋とは違って、そこにあるのはすべて祭服だけど、聖女として人前に立つときの紫色の豪華なものから、黒く地味な修道服まで、女性用の祭服はひととおり揃っている。

白いネグリジェを脱ぎ捨てて、一番質素な黒い修道服に着替えると、先ほどもらった仮面をつけた。まるで変装でもしているような気がして、心が躍《おど》る。

今夜はもう誰も訪ねてこないだろう。明日の朝、起床の時間にベッドに入っていれば、不在にしていても気がつかれることはないはずだ。何より、大司教が不在——こんな機会はまずない。下手をすれば次の機会は四年後だ。

生まれて初めて、カイザール大司教の命令に逆らって、窓枠に手をかけた。

手は震えていて、心臓も飛び出しそうなほど鼓動していたけど、カーニバルのおこなわれている表通りに一歩身体が近づいたら、もうためらいは消えた。

聞こえてくる音楽が大きくなる。風に乗って、人々の喧騒《けんそう》が耳に届いた。

そこから先は夢中だった。階下のひさしにどうにか着地を果たし、さらにもうひとつ下の階に降り立とうとする。でも、一階の窓にひさしがなかったので、ここからは飛び降りなくてはならない。

（いきなり想定外……）

いくら地面が芝生だとはいえ、二階から飛び降りるのはさすがに怖い。あわてて辺りを見回すと、建物のすぐ脇に、倉庫の屋根が見えた。ひさしを伝って倉庫の屋根に飛び移ったらどうだろう。あちらには梯子《はしご》もかかっているし、簡単に下まで降りられそうだ。

ほっとして、そっと壁伝いにひさしの上を歩いた。飛び移るには勇気が必要だったけど、ここまできて今さら部屋へ戻るのはいやだった。

（……えいっ）

思い切って跳躍したら、思いのほか大きな音が夜の空に響いた。でも、無事に屋根の上に飛び移ることができた。

私にこんなことができるなんて。

緊張のあまり全身が震えている。これで、梯子《はしご》を下りて正門まで庭を駆け抜ければ、私もカーニバルに参加することができるのだ。

子供の頃からあの恐ろしい大司教に厳しく教育され、預言姫としての振る舞いを叩き込まれ、言われるがまま命じられるがままに偽聖女を演じてきた。そんな窮屈な生活の中、友人のひとりもいない、好きなことをしたこともない私が、たった一晩くらい自由を求めて何が悪いというの。

そう思い、屋根にかかっている梯子《はしご》を下りようとしたとき――耳に馴染《なじ》んだ金属鎧の音が飛び込んできた。

（聖騎士の巡回⁉）

そうか、今夜は正門が開いたままだから、いつもと巡回の時間が違うのだろう。このまま屋根にいたら、気づかれてしまう。かといって、梯子《はしご》を下りてしまったらもう隠れる場所はどこにもない。

屋根の上を屈《かが》んで歩きながら、神殿を囲う外壁にもたれかかった。倉庫は壁の内側に沿って建てられているので、このままこの壁を乗り越えれば外へ出ていくのは簡単だ。だけど壁の向こうは足場も何もない石畳。芝生の上に飛び降りるよりも危険で、骨折では済まないかもしれない。

（ああ、ここで終わり……）

屋根の上から壁の向こう側を覗き込み、遠い石畳を恨めしく眺めようとして――固まった。

なんと石畳に、ひとりの青年が立っていたのだ。空を見上げていたのだろう彼と、壁のてっぺんから顔を出した私の目が合う。

「月夜の散歩かい？」

彼は突然高い壁から顔を出した私に驚いたようだったけど、すぐに整った顔に楽しそうな笑みを浮かべ、そう声をかけてきた。

でも、私はそれに笑い返すことができなかった。背後ではどんどん聖騎士の鎧の音が大きくなってきている。屋根の上の私に気がつくのも時間の問題だ。

そこで、私はとんでもないことを思いついた。

「受け止めて！」

なりふり構っていられなかった。溺れる者は藁《わら》をもつかむという心理に近かったかもしれない。無謀なことをしたと、思わなくもない。カーニバルの夜に、なぜかひと気のない路地裏にいた青年に向かって返答も聞かずに飛び下りたのだから。

「え、ちょ……うそ……っ！」

彼があわてるのも当然だろう。

途中でやっぱり怖くなってしまい、私は空中で目を閉じた。でも、青年は宙を舞った私の身体をしっかりと受け止めてくれた。

たくましい腕に抱き留められる感覚があって、恐々と目を開ける。すると、青年の後ろ髪が視界に入ってきた。

初めて間近に見る、若い男の人のうなじ。半端に伸びた黒い髪。厚みのある肩。

「無茶をする！」

「ごめんなさい。でも、ありがとう」

彼に抱き着いていた身体を起こし、そう謝罪した。でも、彼はそれには答えず、ちょっと驚いたような顔をして私を見ている。

「あの、もう下ろしてくださっても」

「うん……」

なんとなく呆けたように彼は生返事をしてから私を地面に下ろすと、私の目元を隠していたクジャクの羽の仮面と、髪を隠していた修道服のケープを無造作に剥《は》ぎ取った。

「あ――」

「すっげ、ど真ん中」

「……？」

何を言っているのかよくわからないが、青年に間近から覗き込まれて、私はあわてて顔を伏せた。

ただでさえ対人耐性がないというのに、男性とはヴェール越しにしか対面したことがないのだ。とにかく落ち着かない。

しかも、若い殿方の顔を生で見るのは、物心ついてから初めてではないだろうか。

「君さ……」

彼が何かを言いかけたが、すぐに口をつぐんだ。頭上の壁から「そこで何をしている！」と、聖騎士の声が降ってきたのだ。

ああ、せっかく無事に逃げ出せたと思ったのに、修道服を着ていたら言い訳もできない！

そう内心で嘆いた私は、次の瞬間、固まった。

なんと彼が突然私を壁におしつけ、覆いかぶさるように抱き着いてきたのだ。そして、私の頬に唇を寄せる。

唇が触れる寸前で、彼は壁の上を見上げて言った。

「よしてくれよ聖騎士さん。せっかくの逢瀬の邪魔をしないでくれるかな」

「ちっ、神殿のまわりで不埒《ふらち》な真似をするのはよせ」

「そう妬《ねた》むなよ、カーニバルは始まったばかりだぜ。聖騎士どのにも神と美女のご加護があらんことを！」

そんな軽口の応酬が頭上でなされた後、静かになる。そっと目線を上げると、聖騎士の姿はもうなくなっていた。青年と壁に挟まれていたおかげで、私の修道服は聖騎士の目に入らなかったようだ。

口先ひとつで聖騎士の追及をかわすなんて、この人、すごい。

そう思った直後、私は硬直した。目の前に見えるのは青年の露《あら》わになった喉元で、喉仏がすぐ目の前。顔よりも先に男らしくごつっとした首筋を間近に見てしまい、頬が赤らむのがわかった。

「あ、ああの、庇《かば》ってくださって、ありがとうございました……」

そうお礼を言うのがやっとだ。

「どういたしまして。いやまさか、神殿の壁からこんなにかわいい女の子が降ってくるとは思わなかった。修道院暮らしに嫌気がさして、脱走でもしてきた？」

かわいいなんて言われて、もうどっちを向いていいのかもわからない。

「まあ、そのようなものです……」

世間的に『預言姫』がどの程度認知されているかはわからないが、一般的な修道服を着ているので、まさか私が預言姫ファタールだとは思われていないだろう。

混乱しつつつもかろうじてうなずき、改めて青年の顔を見上げる。

私よりすこし年上だろうか、溌剌《はつらつ》とした整った顔立ちをしている。黒い瞳は柔和だけど、どこか厳しそうな力を内側に秘めている——そんな印象だ。

そして、とても背が高かった。私とは頭ひとつ分くらいは余裕で差がある。身近な比較の対象が大司教しかいないのであれだけど、若々しくてとても格好いい青年だ。

捲《まく》った袖からのぞいている腕はたくましくて、筋肉が流れるようについている。羽織った外套《がいとう》はところどころ擦り切れていて、たくさんの大地を踏みしめてきたであろう革の重たそうなブーツには、傷や土汚れが見て取れた。腰に剣を携《たずさ》えているので、旅の剣士なのかもしれない。

大司教の姿は私に恐怖しか植えつけないけど、この青年の顔立ちは、とても好ましく映る。見ていて安心するというか、ずっと見ていたいというか……

そんなことを考えている自分に気づき、あわてて頭を振った。外に出た途端にこの気の緩みよう、彼がもし、無知な若い娘を食い物にする悪い人だったらどうするの。

でも、助けてもらったという事実がある以上、彼を疑うのはすでに難しかった。

「あなたは、どうしてこんなところに？」

「いやあ、カーニバルに浮かれて飲みすぎたから、ひと気のないところで酔いを醒《さ》ましてたんだよ。まあ、あんまり驚いたから、もう酔いは完全に抜けたけどな」

そう言って彼は笑った。

「本当にごめんなさい」

「いいって、いいって。これもラキムさまの粋《いき》な計らいかもしれないし。俺、ルージャっていうんだ。賞金稼ぎを生業《なりわい》にしてる旅の者で、ミルガルデは常連だ。君の名を聞いても？」

「は、はい。私――レイラといいます。改めてルージャさん、助けてくださってありがとうございました」

レイラ――これが私の本当の名前。

『預言姫ファタール』の再来などと噂されているうちに、いつしかファタールと呼ばれるのが通例となっていたけれど、これもカイザール大司教の思惑どおりなのだ。『私』という個人の存在をかき消して、『預言姫』を印象づけるのに、これ以上ない名前だったから。

「レイラか、きれいな名前だな」

幼い頃、カイザール大司教に封印されて以来この名前を名乗るのは初めてだったけど、ルージャにそう褒められたら、自分でもおかしくなるほどうれしさがこみあげてきた。

「神殿を抜け出して、カーニバルを楽しもうって魂胆だろ。これも縁だ、君さえよかったら案内するよ、レイラ。街には不慣れなんだろう？」

「い、いいんですか？」

「こんなかわいい子と一緒に歩けるなら、こっちから頭を下げてお願いしたいくらいだね！」

信用しても大丈夫かな、という常識的な心配もしてみたけど、なぜか彼には警戒心を呼び覚まされなかった。何がどうとははっきりとは説明できないけど、今まで出会ってきた人々とまるで違う、そんな不思議な感覚があるのだ。

それに、右も左もわからない私がひとりでウロウロしていたって、何もできないに違いない。

「こちらこそ、お願いします！」

「よし、そうと決まればさっそく行こう！」

ルージャに手を引かれて歩き出す。大通りへと向かうにつれ、喧騒《けんそう》がどんどん大きくなってきた。

やがて、神殿の正門前に出たとき、私はそこに立ち尽くした。

縦横無尽《じゅうおうむじん》に行き交う人、人、人——

私にとって夜という時間は、静謐《せいひつ》で、もっとも孤独を感じる時間だ。それがどうしたことか、ここでは夜なのに明るく、孤独の欠片《かけら》すら見当たらない。

ごちゃごちゃと品物が並べられた露店、肉がこんがり焼ける匂いを漂わせる屋台、でたらめに笛を鳴らしている大道芸人、仮面をつけ着飾った若い娘たちの輪、それを追いかける若者たち、酔漢《すいかん》が豪快に笑う声、聖堂に向かって祈りを捧げる老人、酒樽を運ぶ牛馬など。

目から耳から鼻から、ありとあらゆる感覚が刺激される。

私が知っている人の集団とは、荘厳な大聖堂に整然と並び、頭《こうべ》を垂れて神に祈る人々の姿だけだ。こんなに雑然とした、活気に満ち溢《あふ》れた光景を見るのは、生まれて初めてだった。

「わぁ……」

人ごみの真ん中に立ち尽くし、つい感動のままに視線を巡らしていたら、ルージャが隣でくすくす笑った。

「そんなにめずらしい？」

「だって、何もかもが初めてで」

「箱入りの修道女なんだな、レイラは。もしかして、貴族の姫君か？」

「ち、違うわ。私……その、孤児なの。小さなときからずっと修道院暮らしだから、それで」

とっさについた嘘だけど、半分は本当のことだ。

子供の頃のことだからはっきりとは覚えていないけど、カイザール大司教に拾われるまでは親もなく、食べ物にも困るような貧しい生活をしていた。それが、大司教に連れられて神殿に行ったら、飢えることはなくなり、清潔な服をもらえ、あたたかなベッドで眠れるようになった。

大司教に従ってさえいれば飢餓《きが》に苦しむことはなくなると知っていたから、窮屈な生活にも厳しい勉強にも我慢してこられたのだ。――そう、今までは。

「そうだったのか、悪いことを聞いたな」

陽気な笑みを浮かべていたルージャが、表情を曇らせた。こんな楽しい夜にそんな顔をさせるつもりではなかったのに。

「気にしないで、世間知らずは本当のことだから。それに、今はとても楽しい！」

だけど、ぼやっとしていると前から横からやってくる人たちにぶつかりそうになるので、一時《いっとき》も気を抜くことができない。この人たちはなんて鮮やかに人ごみを横切っていくのだろう。

そうやって大通りを並んで歩きながら、ずらりと道の脇に並んだ露店を覗いていった。

「ルージャさん、あれはなんですか!?」

「東方のガラス細工だな」

「あっちの瓶に詰まってるものは!?」

「香辛料だね」

「いい香り！　わあ、かわいい髪飾り！」

片っ端から見て回って、その都度大はしゃぎするものだから、ルージャは呆れたように笑っている。だって、本当に楽しいんだもの！　これは夢じゃないのだろうか。

物心ついた頃にはもう神殿の奥深くに鎮座して、預言者の真似事をしていた。街に連れ出されたことなんて、本当にただの一度もなかったし、買い物をした経験もない。

それに、神殿で供される食べ物は曜日ごとに決められていたから、世の中にこんなにたくさんの食べ物や料理が存在することも知らなかった。

「こっちはチーズにジャム、これは紅茶。あっちの屋台はエールだな。一杯飲んでみるか？」

エールといえば広く世の中に普及しているお酒で、神殿では原料となる植物を栽培しているけど、私はお酒を飲んだことがないので遠慮した。そうしたらルージャは、見たこともない半透明の液体が注がれたカップを私に差し出す。

神殿で出される飲み物は、ハーブティや山羊《やぎ》乳がほとんどだったから、見慣れない飲み物をついつい凝視してしまった。

「これは何？」

「ペーシュっていう異国の果実でつくったジュースだよ。こんなのはカーニバルでもなきゃ滅多に飲めないぜ」

高価なものなのだろうか。そういえば私、銅貨の一枚すら持ち合わせていないのだ。

「私、お金を持っていなくて……」

「そんなのいいって、今夜は全部、俺のおごり。レイラの反応が見てておもしろいからさ」

そう変に期待されると重圧を感じてしまうけど、ありがたくそれを一口飲んだら――

「あっ甘い！　ルージャさん、これとっても甘い！」

口の中に広がる甘さに興奮して、ついついじたばたと足踏みを繰り返してしまった。こんなに甘くておいしい飲み物が、この世に存在していたなんて！

それを見て、ルージャがぷっと噴き出す。

「ジュースひとつでこれだけ喜んでもらえるなら、おごり甲斐があるな。レイラ、こっちに来なよ」

彼に手を引かれて、通りに軒《のき》を連ねているお店のひとつに入る。どうやら仕立て屋のようだ。

「カーニバルは派手なナリの連中ばかりだから、修道服じゃやっぱり悪目立ちする。好きな服を選びなよ」

「え、ええ!? そこまでしてもらうわけには……」

「俺がそうしたいんだから、遠慮すんなって。それに、どこで神殿関係者の目に入るかわからないだろ？ 身バレしたら困るだろうが」

言われてみればたしかにそうだ。修道女もカーニバルを楽しむことは許されているけど、もちろん日中の限られた時間だけだ。こんな夜更けに、いかにも神殿とは無関係の若い男性と歩き回っていたら、最悪通報される恐れがある。ルージャにも迷惑がかかるだろう。

「だから変装。さっきつけてた仮面もあるし、服装さえなんとかすれば大丈夫だろ。選ばないなら俺が勝手に決めるぞ？」

ルージャはたくさんの服の中から手早く候補を選び出した。私を鏡の前に連れ出して、ああでもないこうでもないと、けっこう楽しそうだ。

最初は申し訳ない気持ちでいっぱいだったけど、たくさんのかわいらしい服を当ててみせられるうちに、だんだんその気になってしまった。

ラキム教の祭服は質素で、修道服は黒一色だし、助祭や司祭でも黒か紺、シャツは白と決まっている。私の祭服には白などもあったけど、どれも一色だけで飾り気のないものばかりなのだ。まるでそれを知っているかのように、ルージャが選んで持ってくるのは、どれも胸が高鳴るきれいな色味の服だった。

「あ、これがいいかも……」

私が選んだのは、淡い緑色を基調にしたレースのワンピースだ。裾広がりのスカートは幾重にもフリルが重なっている。

「いいな、よく似合う。おかみさん、これもらうよ」

そして着替えた私の髪を手早くまとめると、ルージャはどこからか取り出した髪飾りで留めてくれた。さっき露店で見かけて、私がかわいいとはしゃいでいた物だ。いつの間に手に入れていたのだろう。

生まれて初めての服、髪飾り。いろいろなことが夢みたいで言葉にならなかった。

それから、大道芸を見たり、各所でおこなわれているパレードに飛び込んだり、初めてだらけの経験に時間が経つのも忘れて楽しんだ。

夜もだいぶ更《ふ》けた頃、酒場に誘われて入ると、そこではすっかり酔いの回った客たちが陽気に酒を酌《く》み交わしていた。ひとりがルージャの姿を見て気安く声をかけてくる。

「おいルージャ、どこでこんなかわいい娘を引っ掛けてきやがった！」

「こんな清純系に手を出す気か。てめえが賞金首になるぜ」

「うるせえ、これから仲良くなるとこだ。外野は黙ってろ！」

彼らの軽口に目を瞠《みは》りつつも、ルージャが人々から愛されているのを感じる。

「……ルージャさんは、どうしてこんなに親切にしてくれるの？」

あれこれ注文しているルージャの差し向かいに座りながら、私は思わず尋ねていた。

成り行きで同行することになった世間知らずの小娘に、ここまで世話を焼く必要はないだろう。だって、どう考えても今夜限りの付き合いなのだ。飲み物をおごってくれるだけならまだしも、服や髪飾りまで買ってくれるなんて。

彼を疑っているわけではないけど、こんなに親身になってもらえる心当たりがまったくない。

私がすこし不安そうにしているのを見て取ったのだろう、ルージャは運ばれてきたエールを一気に呷《あお》ってから安心させるように笑った。

「べつに親切じゃないよ。どっちかといえば、下心かなあ」

「下心……？」

「そう。こんなかわいい子を連れて歩けるなんて幸運、めったにないしな。君に一目惚れ。ほんっとにかわいい」

「え……」

ルージャの黒い瞳がニコニコと笑っている。彼の言葉をどこまで鵜呑《うの》みにしていいのかはわからなかったけど、男の人にそんなことを言われたのは当然のごとく初めてで……

「神殿の壁のてっぺんからさ、見も知らぬ俺に向かって飛び込んできた女の子に、無関心じゃいられないだろ？」

あのときはとっさのことで、深く考えての行動ではなかった。

でも、あの場にいたのがルージャでなかったとしたら、果たして私は同じように行動していただろうか。そう、一目見て、彼に好意を抱いたのは私も同じだ。

「修道女を口説こうなんて不埒《ふらち》なことは考えてないから心配すんなよ。ただ、せっかくの縁だし、一緒にいられる時間くらい楽しみたいだろ」

「あ、ありがとう……」

うつむきながらも、うれしくて口元が勝手に笑ってしまうのを止められない。

そのときだった。目の前にドンと料理ののった皿が置かれた。見上げると、給仕の女性がルージャを見て笑っている。

「あら、どこの色男かと思ったらルージャじゃない。カーニバルが始まった途端、さっそく女の子を口説いてきたの?」

「人聞きの悪いことを言うな」

「あんた、どこのお嬢さんか知らないけど気をつけるんだよ。この男、自分がいい男だってわかってるもんだから、あちこちで女の子を引っ掛けてる、とんだ遊び人だよ」

「おいおいおい、なに言ってくれてんだよ。レイラ、違うぞ。俺ほど誠実な男はそうそういないからな? この女の言ってることはデタラメだからな?」

どこまで本気のやりとりなのかはわからないけど、少なくともルージャがこの店の常連であり、この給仕の女性ともよく知った仲だということはわかった。

「ルージャさんはとてもやさしくて、信頼できる方です。私は遊ばれているわけではないので、ご心配なさらないで」

「……あ、そう？　ならいいんだけどね……」

彼女は私の言葉に戸惑ったように答えて、お店の奥に戻っていった。

「私、何か変なこと言ったのかしら……」

ルージャに小声で尋ねると、彼は照れたような困ったような顔をして私の頭をぽふぽふと撫でた。

「レイラはいい子だな。さあ、遠慮はいらないから好きなだけ食べなよ」

テーブルには湯気が立つ熱々の肉やサラダ、シチューなどおいしそうな料理が並んでいる。

神殿ではいつもひとりか、ときどき大司教と一緒に無言の食事をするくらいだったから、賑《にぎ》やかな店内で、ルージャといろいろな話をしながらのあたたかい食事には感激しっぱなしだった。

私も市井の人間になることができたら、毎日こんなふうに楽しく過ごせるだろうか。そんなことを想像して、叶いっこない願いについついため息をこぼしてしまう。

でも、そろそろこんな楽しい時間も終わりだ。夜明けまではまだもうすこし時間があるけれど、のんびりしていたら抜け出していたことがバレてしまう。

「……私、もう神殿に戻らないと」

「もうそんな時間か。神殿まで送るよ」

カーニバルに浮かれていた街も、深夜になってさすがに落ち着きを取り戻していた。夜通し遊んだあとのけだるい空気が漂っているせいか、神殿に向かう足取りも重くなってしまう。

できれば、もうちょっとこうしてルージャと歩いていたい。神殿に帰ったら、この楽しかった時間も全部、夢のように消えてしまうのだろう。

「レイラ」

神殿の近くまで戻ってくると、ルージャが無言になっていた私の肩に手をおいた。

「さっきの酒場の二階が宿になってる。カーニバルの間は俺、ずっとそこに部屋借りてるから。もしまた出てこられたら、いつでも来なよ」

「え――本当に?」

次があると思った途端、重くふさがっていた胸が晴れていく気がした。

なぜだろう、彼の傍にいるのはとても心地いい。いつもは人が近くにいると警戒してしまうのに、ルージャはすんなりと私の傍に入り込んできた。

これが、彼の言う一目惚れなのかな。

「今夜は楽しかったよ、レイラ。本当は帰すのが惜しいんだけどな。今日の出会いの記念に、ここにキスしてくれないかなぁ、なんて」

ルージャが冗談めかして自分の頬を指さした。

「キス……?」

私が凝視すると、ルージャは「嘘だよ」とあわてたように手を振る。でも、私は彼の腕に触れ、その硬さに驚きながらも引き寄せていた。

「今日はありがとう、ルージャ。あなたと一緒にいるの、とても楽しかった」

つま先立ちをして、すこし屈《かが》んだ姿勢になったルージャの頬にキスをする。彼の頬に唇で触れた瞬間、あたたかい肌のぬくもりが伝わってきた。

「……」

名残惜しさはもちろんあったけど、それ以上に気恥ずかしくて、私は逃げるようにして彼の前から走り去った。

去り際に見たのは、キスされた頬に手を当て、黒い双眸《そうぼう》をまん丸にしているルージャの姿だった。

†

外で遊び歩くという初めての体験をした私は、明け方に部屋に戻ってきてからも興奮冷めやらず、そわそわと落ち着かなかった。そしてほとんど一睡もしない状態で朝を迎えた。

カーニバル期間中は大司教がほぼ不在のため、『ファタール』は朝の礼拝が終わると用なしだ。普段から大司教に命じられた以外の仕事はほとんどないが、今日はそれこそ部屋に待機するしかないので、読み返すよう言われていた聖典を開きながら、うつらうつらとうたた寝をしていた。

そして昼頃、修道女のシャルナが昨晩の約束どおり、カーニバルの屋台で手に入れた串焼きや、リュートを持って私の部屋にやってきた。

「ファタールさま、お疲れでいらっしゃいますか？」

「大丈夫よ。あなたがリュートを弾いてくださるというから、楽しみで眠れなくて。本当に持ってきてくださったのね」

寝不足の原因の大半はそれではなかったけれど、彼女のリュートを楽しみにしていたのも本当だ。昨晩、先駆けて吟遊詩人たちの歌や演奏を聴いてしまったけど、それを自分の部屋で聴けるというのだから、けっこう期待していたのだ。このシャルナという風変わりな修道女がどんなふうにリュートを奏でるのかも興味津々《きょうみしんしん》だった。

「では、こちらがお約束の串焼きです。さきほど、カーニバルの露店で買い求めてまいりました」

「ありがとう！　いい香り」

ルージャに連れられて歩いた大通りで、この香ばしい香りを嗅《か》いだ記憶がある。

紙にくるまれた串焼きを広げると、お肉の脂《あぶら》が滴《したた》りきらきら輝いていて、とてつもなくよい香りが漂った。

「わあ……」

私、昨日からこんなことばかりしていて……カーニバルってすてきだ。

「存分に味わってくださいな。椅子をお借りいたします」

私に串焼きを勧めながら、シャルナはリュートを取り出した。古そうなリュートは、だいぶ使い込まれている。シャルナの細い指が弦を鳴らすと、思ったよりも深い音が響いた。

「このリュートはどうしたの？」

「実はファタールさまの無聊《ぶりょう》をお慰《なぐさ》めしたいのだと院長さまに申しましたところ、お貸しくださったのです。お若いファタールさまがカーニバルの雰囲気にすら触れられないのはおかわいそうと」

「まあ……」

修道院長とはあまり接点がなく、厳しそうな老女だということしか知らない。私は、何百年も昔の聖女の生まれ変わりだと喧伝《けんでん》されているので、神殿内部でも本当にごく一部の人としか関わりが許されていなかった。

「大司教猊下《げいか》も、ファタールさまに自由な時間をさしあげてくださってもよろしいじゃありませんか。わざわざこんなふうに閉じ込めておくなんて」

憤慨しながらシャルナは弦をつま弾いた。その手つきは、ずいぶんリュートに親しんでいるように見える。

「では串焼きを頬張りながらお聴きください。それが庶民流ですので。ミルガルデで流行の曲をいくつか披露いたしますわ。あいにくと歌は歌えないのですが……」

そう言ってシャルナは軽快な曲を立て続けに何曲か弾いた。底抜けに明るい、幸せな音楽。

「これはミルガルデでは定番の曲で、初めて恋を知った娘の歌なんです」

恋──私にはまったく縁のない言葉だった。そもそも男性と知り合うことがないのだから、仕方がないとは思うけど……

ふと、今朝まで一緒だったルージャのことを思い浮かべる。彼は私に一目惚れしたなんて言っていたけど、一目惚れって恋と同じ意味なのかしら。

「恋をするってどういうことか、シャルナさんは知っている？」

つとそんな質問が口をついた。すると、シャルナは目だけを上げて、静かに微笑む。どきっとするような大人の女性の微笑だ。

「もちろんです、ファタールさま。二十七年も女をやっていれば、ひとつやふたつ、恋をすることもありますわ。年がら年中、その人のことばかりが頭にあって、必要なことがなんにも手につかない厄介な状態になるものです。すこしのことでもうれしくて、ちょっとのことで気分がふさいで。とても疲れるけれど、とても幸せなひとときですわ」

「シャルナさんは、その人とは——？」

立ち入ったことを聞いている自覚はあったけど、二十七歳で修道女の道を選んだ彼女の恋の行く末に無関心ではいられなかった。

「運命の相手ではなかったのですわ、残念ながら」

「運命の、相手？」

「ええ、ファタールさま。真に結ばれる男女は、運命によって出会うものなのです。この世界には幾千、幾万もの人が存在するのに、結ばれるのはたったひとりだけ——たまに多数の運命の人がいる方もいらっしゃいますけど、まあそれは例外中の例外と申してよいでしょう。とにかく、これだけ大勢の人間の中でただひとり好きになって、相手からも好きになってもらえるのは奇跡です。これを運命と言わずしてなんと言いましょう」

なんだか大げさにも聞こえるけれど、たしかに人々の出会いは偶然で、その中からただひとりを見つけ出すのは、奇跡なのかもしれない。

「運命的に好き合った者同士でも、添い遂げることが許されないこともございますしね……。そういえばファタールさま。預言姫さまの神のお声を聴く能力も、ことご自分に関すること、そして運命の相手には発揮できないと聞いたことがございます。それは本当なのですか？」

逆に問い返されて、しばし固まった。たしかに、自分の未来はどうがんばっても視ることができない。視たいとも思わないけれど。

でも、運命の相手の未来も視えない？　それは初めて聞いた。

この能力に関する私の知識は、触れた相手の未来が視えること、自分の体調が悪いときはうまく視えないときがあること、同じ能力かはわからないけれど結婚した初代ファタールは子をなして能力を失ったこと――それだけだ。

ファタールが生きていたとされるのはもう何百年も前だし、その間に跡を継ぐような預言者は現れなかったから、預言者に関する文献はほとんど残されていない。

「視えない――運命の相手は……」

そのとき、私はようやく気がついた。昨晩ルージャに出会って、何度も彼に触れたのに。

(一度も彼の未来を視なかった。視えなかった……)

常日頃、私は決して人に触れないように距離を置いている。こうして親しく話してくれるシャルナにも、直接触れてしまうことがないよう一定距離を保っていた。

でも、ルージャは違った。

彼の傍にいると警戒心を抱かなくて済むと、心のどこかで安堵していたのを覚えている。それは、いくら彼に触れても未来が視えなかったからだ。

最初に出会ったとき、彼に向かって飛び降りて、その腕に抱き留められた。あのとき何も視えなかったから、彼には近づいても大丈夫だと無意識のうちに判断していたのだろう。

（ルージャは、運命の人――？）

シャルナが下がって部屋にひとりきりになってからも、ずっとそのことが頭について離れなかった。昨日は初めて外に出るという大冒険に興奮して、彼の未来を視ることができないことも気にならなかったけど……

（運命かどうかは知らないけど、視えなかったのは事実だもの。どうしてルージャの未来は視えなかったの？　それとも世の中には視えない人もいるのかな……）

答えの出ない疑問が、ぐるぐると頭の中をめぐっている。夕食の時間も、湯浴みを終えても、ベッドに入ってからも、ルージャのことが気になってしまい、頭がおかしくなりそうだ。

気がつけば毛布を撥《は》ね上げて、ベッドの下に隠しておいた昨日の服に着替えていた。

初めて、未来を視ることができなかった人。もう一度会って確かめてみたい。

昨日と同じ轍《てつ》を踏まないように、巡回の聖騎士をやりすごしてから、私は部屋を飛び出した。

昨晩、ルージャと歩いた道を、記憶を頼《たよ》りにしながら辿《たど》る。

初めての人ごみとたくさんの露店に心を奪われていたせいで、記憶はだいぶ曖昧《あいまい》だったけれど、ルージャは複雑な小道には入らなかったので、迷うことはなさそうだ。

今日も昨日と同じく街は盛況、もしかしたら昨晩よりも賑《にぎ》わっているかもしれない。世界中の人がここに集まっているのではないかと思うほどだ。

ルージャもこの喧騒《けんそう》のどこかにいるのだろうか。宿をとっているとは言っていたけれど、訪ねていっても彼が部屋でおとなしく過ごしているとは考えられない。好奇心は旺盛《おうせい》そうだったし、露店で出会う初対面の相手とも、気軽に声をかけあっていたもの。

(あの人は、私とは対極の存在だ――)

賞金稼ぎをしていると言っていたけれど、自分の力で生きている彼はとても自由に見えた。誰からの制約も受けず、好きなところへ行き、自分の意思で生きている。

もちろん、私はルージャのごく一面しか見ていないけれど、一緒にいた短い時間でも彼の生き生きした姿に憧憬《どうけい》を抱いた。

それに比べ、私は聖女だ預言姫だと敬《うやま》われてはいても、人と関わることを許されず、自分の思いを口にすることもできず、カイザール大司教の都合で生かされているだけの人形のようなものだ。親しく軽口を交わせる相手もいない。

私ほど孤独で淋しい人間はいないのではないだろうか――そんな風に思えてきて、無性にやるせなかった。大勢の中にいればいるほど、自分がひとりきりだということを思い知らされるようで。

暗い思考にとりつかれて、うつむき加減に歩いていたのが悪かったのかもしれない。真正面から人にぶつかって、その反動で尻もちをついてしまった。

「あ……」

今、何かが視えた気がして、私は顔を上げた。触れたのがごく一瞬のことだったから、よく視えなかったけど……。

「こりゃとんだ別嬪じゃねえか。立てるか？」

赤ら顔の酔っぱらいが、私の頭上から酒臭い息を吹きかけてきた。手には酒壺を持っていて、すっかり出来上がっているようだ。

「ご、ごめんなさい」

差し出されたごっつい手には触れず、後ずさりしながら立ち上がろうとした。彼の持つただならぬ雰囲気に尻込みしてしまったのだ。こわもての巨漢で、どこか荒《すさ》んだ空気を持つ彼は、荒事に縁のない生活をしてきた私にとって、存在そのものがとても怖かった。

でも、その手は逃げる私の手首を強引につかんで立ち上がらせる。

「せっかく手を貸してやってんのに、無視たぁひでえじゃねえか、お嬢ちゃん」

これまで関わったことのない部類の男だ。酔っぱらいという生物を見たのは昨日の酒場が初めてだったし、ましてや話しかけられたのも初めてだ。

「人の厚意を無下にするのはどうかと思うぜ」

ぐっと腰を抱き寄せられて、顔を近づけられる。嫌悪感が込み上げたけど、自分の身の心配はしていなかった。なぜなら――

「今すぐ放してください。そうしないと――」

「そうしないと、なんだってんだ？　衛兵でも呼ぶってか」

「だって、あなた殴られて、地面の上にひっくり返ることになりますし」

既に視えた未来。ほんの数分後の未来だけど、確かに私の目は捉えていたのだ、この酔っぱらいが地面に横たわる姿を。

案の定、私の手をつかんだ男の手が、誰かにつかみ返された。そのまま強引に腕をねじりあげられ、男は大きく叫ぶ。

「いて、いてて!」

「汚い手で触らないでもらおうか」

私の背後から伸びてきた腕を辿《たど》っていくと、そこにはルージャがいた。伸びた前髪の間から、黒い瞳が剣呑そうな光を宿して、目の前の酔っぱらいを睨んでいる。

「小僧が!」

酔漢《すいかん》が見た目よりも素早い動きで握り拳を作り、ルージャに殴りかかった。でも、ルージャはそれを手のひらで受け止めてしまう。この酔漢《すいかん》に比べたら、ルージャはかなり細身で、とても力ではかなわなそうなのに。

「おっと、おまえさんの顔、どこかで見たことあるぞ」

ルージャが巨漢の顔を下からじろじろ見ている。今にも殴られてしまいそうな距離に、私のほうが恐れをなしてしまうけれど、彼はいたって自然体だ。

「あんだとぉ?」

「ああ、思い出した。賞金首のディアス・ロードンだな!」

その名をルージャが口にした瞬間、酔漢《すいかん》が酔漢《すいかん》ではなくなった。どうやら一気に酔いが醒《さ》めたらしい。理性的な顔になると、ルージャに握られている拳を力任せに抜き、ふたたび彼に殴りかかる。

そうか、ルージャは賞金稼ぎだと言っていた。賞金首はすなわち、彼の稼ぎの源だ。

ルージャはそれを難なくよけると、均衡を崩した男の横っ面に、力任せに拳を叩き入れた。男はよろめきつつも、すぐに反撃する。

自分よりも体格のいい相手だというのに、ルージャは恐れる気配も見せず、なめらかな身体さばきで、相手の反撃を受け流した。

何度か拳の応酬があったけど、男の拳がルージャの身体をかすめることは一度もなかった。かわりに、ルージャの拳は頬や腹部に幾度となく命中し、顎《あご》を殴り上げたところで男は地面にどうっと横たわった。

私が視た、彼の未来そのものだ。

いつの間にかまわりには人だかりができていて、やんや、やんやの喝采《かっさい》が起きている。こんな喧嘩沙汰《ざた》も街の人々にとっては余興のひとつでしかないようだ。

「兄ちゃんやるじゃねえか！」

「よ、色男！」

次々と称賛を浴びて、ルージャは手を上げてそれに応《こた》えていたけど、仰向けに倒れた巨漢の傍に屈《かが》んで耳元に何事かを告げると、私の手をつかんでその場を早足で立ち去った。

「ありがとうございました」

私の手をぎゅっと握っているルージャの大きな手をみつめながら、私は彼の背中に礼を言った。

（視えない――ルージャのこと、何も）

あの酔っぱらいのことはちゃんと視えたのに。この人の未来はやっぱり視ることができないんだ。

「あの、さっきの人、賞金首なんでしょう？　あのままにしておいていいんですか？」

賞金首を見逃してしまったら、彼の生活に関わるのではないだろうか。

「ああ、いいんだよ。カーニバルの間は賞金稼ぎは休業。祭りのときに衛視《えいし》に突き出すなんて無粋だし、換金所にはそもそも誰もいやしないよ」

言われてみればそうだけど、何か悪いことをしたから賞金をかけられているのだろうに、放置でいいのかしら……

「それにしてもびっくりした。人だかりができてるから何事かと思ったら、まさかレイラがいるなんてな」

いや、今は賞金首のことより、自分のことだ。まさか、昨日の今日でルージャに再会できるなんて、本当に運命の人だったりして。なんだか無性にうれしくなってしまう。

「私、あなたにもう一度会いたくなって、それで……」

二晩続けての脱走は、さすがに危険ではないかという不安もあったけど、いてもたってもいられなかったから。

ふいにルージャが立ち止まり、私の手を放して振り返った。

「レイラのそれは、天然？　それとも計算ずくなのか？」

「は？　え？」

言われている意味がわからなくて、じっとルージャの顔を見ると、彼はすぐに苦笑して私の頭を撫でまわした。

鋭そうな顔立ちをしているのに、私を見る彼の黒い瞳はやさしくて。そんなルージャを見ていると、胸が締めつけられるように苦しくなる。

「こんなに早く来てくれるとは思わなかったから、うれしいよ。けど、そんなにしょっちゅう抜け出してきて、大丈夫なのか？」

「たぶん大丈夫。カーニバル期間中は神殿も忙しくて、修道女たちもお手伝いに駆り出されてるし」

「レイラは手伝わなくていいのか？」

しまった、余計なことを言ってしまった。あまり神殿のことを口にしないほうがいい。

「昼間手伝ってるから大丈夫なんです」

「ふうん。でも昨晩もあまり寝てないだろ？　身体壊すぜ」

「すこしくらい大丈夫。それよりも、よかったらちょっと歩きませんか？　ルージャさんに約束や用事がなければ……」

そっと彼の手に自分の手を重ねてみる。やっぱり何も視えない。この人は、私にとって特別なのだろうか。それとも、たまたま彼が特殊な体質なのだろうか。

「もちろん。もし用事があっても、こっちを優先するよ。それからさん付けはいらない。ルージャって呼んで」

重ねた手を握られ、心臓がドキッと跳ね上がる。ルージャの手はあたたかくて、ずっと握っていても大丈夫だという安心感に満ちていた。

この人なら、私を不安から救ってくれるのではないだろうか――

思わずルージャの手を握り返して、深く息をつく。

「もしかして、さっきの喧嘩で怯えさせた？」

「え？」

私がため息をついたせいか、ルージャが心配そうな顔でこちらを見下ろしていた。

「ずっと神殿で過ごしてきたんだろ？　喧嘩沙汰《ざた》なんか目の前で見せられたら、そりゃ驚くよな。悪かったよ」

「そんなことない！　びっくりはしたけど、ルージャ、強くてとってもかっこよかった！　助けてもらえてうれしかったし」

思いがけないことを言われてあわてて言い訳すると、ルージャは自分の口元を押さえた。なんだろう、彼の顔が心なしか赤い気がする。

「あのさ、レイラ。そういうこと、男に軽々しく口にすんなよ」

「そういうことって？　思ったことを言っただけよ？」

「……」

頭をかきつつ、ルージャは深いため息をついた。なんでそこでため息をつかれるんだろう？

「と、とにかく歩こうか。こんな道のど真ん中で突っ立っててもしょうがない」

私の手を引いてルージャがスタスタと歩き出した。背が高くて脚も長いので、かなりの早足にならないとついていけないほどだけど、なんだかその後ろ姿が照れているように見えて、頬が緩んでしまった。

そのまま、昨日よりもずっと遠く、大通りの向こうまで歩くと、噴水のある広場に出た。

たくさんのランプで照らされた広場では、道化師の姿をしたリュート弾きが陽気な曲を奏で、東方風の衣装を着た踊り子たちが柔らかな身体を誇るように舞っている。

そんな喧騒《けんそう》の中、噴水の縁に腰を下ろすと、ルージャが屋台で買ってきたティパをくれた。白くて平べったいパンに野菜や肉を挟んだもので、ミルガルデでは朝食や軽食として好まれているらしい。

「昨日からごちそうになりっぱなしで、ごめんなさい。ルージャに会いたくて押しかけてきちゃったけど、ただの迷惑にしかなってなくて」

「ああ、君のそれは天然のほうだな」

「はあ……？」

苦笑しながらそう言って、ルージャはティパにかぶりついた。

「こんなのは小銭で買えるけど、レイラにはいくら金を積んでも会えないからな。気にすんなって」

「ありがとう。それにしても、ルージャって本当に強いのね、あんな大きな人相手に全然負けないなんて。賞金稼ぎって言ってたものね。剣が得意なの？」

「剣でも斧でも拳でも。必要とあらば舌戦だって負けないけどな、他人に負けるのは嫌いだ。けど、レイラには軽蔑されるんじゃないかと思ったよ」

「軽蔑？　どうして？」

「ラキムといえば大地神、豊穣の神さまだろ。殺生《せっしょう》なんてもってのほかだ。殴り合い、下手すりゃ殺し合いをしてる俺は、君には野蛮に映るんだろうなってさ」

「そんなことない。だって、努力して得た力でしょう？　使い方次第では悪い力にもなりうるけど、ルージャはきっとそれを悪いことには使っていないと思うし」

私みたいに何の努力もせずに得た、それも他人の未来を盗み見るようなひどい能力に比べたら、彼の特技は尊《とうと》いものにしか思えない。

「修道女の君にそう言ってもらえると救われるな」

大きな手に包み込まれるように頭を撫でられると、無性に恥ずかしくなってうつむいてしまう。

「そういや修道女って、毎日どんな生活してるんだ？」

「えっと、礼拝したり、聖典を読んだりとか……お掃除や菜園の管理でしょ、それから……」

一般の修道女が日常的にやっていることを必死に思い出す。それに比べて、私の日常は驚くほど中身がない。形だけの礼拝に神殿関係の書物を読んだり、大司教が連れてくるお客の未来をときどき視たり。たったそれだけ。

「ルージャは普段どんなことをしているの？」

「俺は……旅しながら賞金首の情報集めに奔走《ほんそう》してるかな」

そう言いながらも、なぜかルージャの目が泳いでいる。その理由を確かめようとルージャの黒い瞳を覗き込んだら、彼は降参したように手を上げた。

「ごめん、かっこいいこと言ったけど、仕事がないときは街や酒場をブラブラしてるだけの遊び人です……」

そう言ってルージャはニッと笑った。彼の言うことを額面どおりに受け取ってはいけない、そう思わせる悪い笑顔だ。

でも考えてもみれば、昨日今日出会ったばかりの相手にベラベラなんでも話すわけがないし、私だって本当のことは言っていない。

——本当のことなんて、言えるわけがない。

そう思った矢先だった。

「そういえばレイラ、預言姫ファタールに会ったことある？」

「預言姫……？」

思いがけない名前を聞き、私の呼吸が一瞬止まった。その名がどうして彼の口から出てくるの？

「ラキム神殿にいるんだろ？　神の声が聴こえる聖女さま。あれって本当なのか？」

「……確かに神殿にいるけど、預言のことはよく知らない」

ティパを持った手を膝に下ろして答える。なんだかそっけない声になってしまった。

「やっぱ奥の院で鎮座ましましてるんだろうな。レイラは会ったことある？」

いやな流れだった。どうしてルージャからファタールのことを尋ねられているんだろう。

「――ないわ。どうしてそんなことを？」

「いや、さっきあの酔っぱらいに絡まれてたとき、レイラがあいつに言ってたろ。『放さなきゃ殴られて地面にひっくり返ることになる』って。実際そうなったわけだし、なんだか預言者みたいだなって思ってさ。まさか君が預言姫ファタールだったり」

そう言って笑っているから、おそらくただの冗談で言っているんだろう。でも――

「そんなこと。ただ、あなたが近くにいたのが見えたから、きっと助けてくれるだろうって思って、それであんなことを……」

心臓が鼓動を速めた。うまく言い逃れられているだろうか。かえって怪しまれていたり……

そもそもあの騒ぎのとき、ルージャは私の背後からやってきた。どう考えたって、私が彼の姿に気がつくはずがないのだ。

とはいえこれ以上言い訳をすれば、動揺しておかしなことを言ってしまいそうだ。

(落ち着かなきゃ。私と預言姫ファタールを結びつけるものなどないはず、大丈夫)

もし私が預言姫だと知ったら、ルージャが離れていくような気がする。

「そんなことよりも――」

無理矢理その話題を打ち切って、他愛のない話をたくさんした。だけどファタールの名が出たことで焦ってしまって、せっかくの会話もおいしいティパも、私の記憶に何ひとつ残らない。せっかくルージャに会いに来られたのに。

やっぱり私は、外の世界になんて憧れるべきじゃなかったのかもしれない。

「レイラ？　心ここにあらずって感じだな。どうした？」

「……ごめんなさい。ちょっと、考え事をしてしまって」

「せっかくのカーニバルなのに心配事か？　神殿を抜け出してきたことが気にかかってるんだろ」

ルージャは立ち上がり、私の手を引っ張り上げた。

「ちゃんと明け方までに送り届けるから心配するなって。それよりもっと賑《にぎ》やかなところで楽しもう。四年に一度のカーニバルだしな」

「う、うん」

それから彼が連れていってくれたのは曲芸や大道芸が披露されているテントに歌の舞台など、たくさんの人々と関われる場所だった。

考え事なんかしている暇もないほど賑《にぎ》やかで楽しかった。

ルージャが飛び入りでナイフ投げの妙技を見せてくれたときには、力いっぱい拍手喝采《かっさい》を送ったし、彼が楽隊に交じって歌を歌った時は「音痴《おんち》！」と周囲の人々から突っ込まれたものの、彼自身が大笑いしていたものだから、観客たちも大喜びで野次を飛ばしていた。

しまいには観客からおひねりが飛び出し、連れの私にもお菓子をたくさんくれた。

こんなに楽しい世界があったなんて知らなかった。ルージャと一緒にいると、私ひとりでは絶対に知ることのできなかった新しいことに、たくさん出会える。経験できる。

彼の姿が視界に入るだけで、胸が高鳴った。このまま永遠に朝がこなければいいのに。

ひとしきり楽しんだあとは、街の裏手を流れる小川の橋の欄干《らんかん》にもたれかかって、せせらぎを聴きながら小休止。表通りの喧騒《けんそう》から一息つくために逃れてきた人々が、やはり同じようにくつろいでいた。

「私までこんなにたくさんお菓子をもらっちゃっていいのかしら。ルージャへのご祝儀なのに」

「構わないよ。レイラがあんまりかわいいからくれたんだろ。下心ありそうな男ばっかり寄ってきて、追い払うの大変だったよ。って、俺もその中のひとりだけどな」

そう言って笑いながら、ルージャはもらったお菓子をつまんで口の中に放り込んだ。

「そんな、たまたまこういう外見に生まれてきただけで、私は何もしてないのに。それに引き換え、ルージャって本当にすごい。賞金稼ぎだけじゃなくて、大道芸の才能もあるなんて」

「あの下手な歌が？」

えっと……確かに、とっても上手――ではない、けど。

「歌の良し悪しはともかく、それで人を楽しませることができるなんて、本当にすごいと思うわ」

「お、さりげなく歌の評価を避けたな？」

「もう、せっかく褒めてるのに」

「ははは、悪い悪い。けど、俺も別に芸人の修行は積んでないよ、レイラの容姿と一緒でさ。それでもレイラは褒めてくれるだろ？　レイラの外見だって、それこそ持って生まれてきたものなんだから、そんなに卑下することはないさ。君は努力しないで手に入れたものを褒められるのが嫌いなのか？」

「……そう、なのかも」

容姿は正直、神殿では隠してしまうものだから、気にしたことも気にする必要もなかったけど、『預言』という一点において、本当にこの生まれつきの能力が疎《うと》ましかった。

こんな力さえなければ、これほど窮屈な思いをしなくて済んだかもしれないのに。もっとも、力がなかったら、大人になる前に死んでいたかもしれないけど。

「私は――何か努力できることがあればいいなって、ずっと思ってるの。生まれつきの能力に縛られるのが本当に辛いから……」

「生まれつきの能力？　外見ではなくて？」

問いかけられて、あわてて口を噤《つぐ》んだ。うかうかと余計なことをしゃべってしまったかも。

「あ、うん。それよりこのお菓子、本当においしいね」

「なあレイラ、神殿にいるのは辛いのか？」

「ううん、なんでもないの！　ちょっと愚痴を言っちゃっただけ。そんな深刻な顔しないで。だってほら、神殿の外はこんなに楽しいことだらけでしょ。帰りたくないなって思って、つい」

誤魔化すようにルージャの顔を見て、笑ってみせた。でも、彼はそれには乗ってこず、私の顔を凝視したままだ。

「それなら、ずっとここにいればいい」

「え？」

ルージャの指先が私の頬に触れた。途端に心臓がトクンと鼓動を打つ。

「神殿に帰るのがいやなら、俺のところにいればいい。俺は君を縛ったりしない」

黒い瞳が真剣な光を浮かべて私をみつめている。一瞬、その光に吸い込まれそうになって、身体が傾いた。

ルージャの言葉に、胸がひどくざわついた。私、確かに彼に惹かれている。すこしでも長くこの人の傍にいたいと、そう思ってしまった。

(神殿を、出る？)

私を閉じ込める牢獄のような場所を出て、ルージャと一緒に……

その未来を思い描いた途端、胸が高鳴り出した。突如として目の前に差し出されたそれは、なんて甘美な誘いだろう。

差し出された手に、思わず手が伸びてしまいそうになる。

でも、ルージャの目を見返した時、その瞳が唐突に誰かのそれに重なって見えた。——以前、私に親切にしてくれたあの若い助祭だ。

「あ——」

幻覚となって現れた若い助祭は、まるで叱責するような険しい目で私を見ている。

私が誰かに好意を寄せた結果、どうなった？　あの助祭がいなくなったときのことを、私は忘れていない。恋愛感情なんてなかった。それでも、彼はいなくなった。

ぶるっと身体が震える。この手を取ったら、ルージャまでもが消えてしまいそうで怖い。

「……私、やっぱり帰るね。いろいろありがとう、楽しかった」

ルージャから一歩離れると、振り切るように笑って踵《きびす》を返す。

まだ日付が変わったかどうかという時間だから、帰るには早い。でも、このままルージャの傍にいたら、本当に離れがたくなってしまう。それはとても危険なことだった。

「レイラ」

ルージャの呼びかけには応《こた》えられなかった。私はこんなところにいるべきではない。あの神の名を冠した牢獄から逃げ出したら、迷惑がかかってしまう。一番、迷惑をかけたくない人に。

ううん、迷惑で済めばいいけれど、危害すら及ぶかもしれない。でも今ならまだ引き返せる。

彼の未来が視えないなんて言って浮かれていたけれど、そんなのは私の一方的な都合で、ルージャには何の関係もないことなのだから。

「ありがとう、ルージャ。……さよなら」

彼の視線を半ば振り切るようにして歩き出した途端、熱く盛り上がった涙の粒がこぼれて風に散った。

「待てよ、レイラ！」

ふいに彼が私の肩をつかんだ。反射的に振り返った私の濡れた頬に、彼のもう片方の手が触れる。

「何で泣いてるんだよ……なんでもないなんて、ちっともそんなことないだろ」

「本当になんでもないの。お願い、手を離して」

これ以上、ルージャに惹かれてしまわないうちに、この場から逃げ出さなくちゃ。本当は離してほしくなんてないけれど、このままではルージャの身に危険が降りかかる。

スッと、ルージャの大きくてあたたかな手が頬から離れていった。胸が引き裂かれるような思いに襲われるけど、この痛みは今だけのことだ。彼にもしものことがあったら、私は一生自分を呪い続けなくてはならない。

今度こそ振り切って帰ろうと足を踏み出した瞬間、背中から回されたルージャの腕にとらえられた。驚いて振り向いた途端、ルージャの顔が近づいてきて、やわらかなものが唇に触れた。

「……！」

たぶん、こんなに目を瞠《みは》った経験は過去になかったと思う。ルージャの唇が私に重なっている。頬を伝っている涙を、彼の指先が拭《ぬぐ》った。

接吻《キス》――されたのだ。

彼のぬくもりが離れていく。次いで、すこしバツが悪そうな表情で私の顔を覗き込むルージャと目が合った。

「レイラ、俺は」

言葉なんて何も思い浮かばなかった。ただ、後から後から涙がボタボタと流れ落ちる。

たった二日、ほんの短い時間を一緒に過ごしただけなのに、ルージャとお別れすることが、こんなにも悲しいなんて。

私たちの様子を見て、通りすがりの人たちがからかうように声をかけてくる。

「おーお、カーニバルの夜に女の子を泣かすなよー」

「痴話喧嘩は陰でやれよ、甲斐性なし」

「うるせえ、余計なお世話だ！」

ルージャはそう言い返しながらも、さすがにあわてて私の手を引いて橋から離れる。

その間も涙は止まらない。結局、ルージャに手を引かれるままうなだれて歩くしかなかった。彼に申し訳なくて、情けなくて、でも自分で自分が制御できなかった。

「レイラ」

泣きすぎてぼうっとした頭に、ルージャの声が降ってくる。ぼんやりと顔を上げると、また唇をふさがれた。

狭い路地で、彼に抱きすくめられながらくちづけを繰り返される。触れる唇があたたかくて、やわらかくて。驚く私の唇が舌先でなぞられていく。

「ん……っ」

息をつくように口をわずかに開けると、忍び込むようにしてルージャの舌が入ってきた。舌と舌を絡めながら、私の頬を両手で包むみたいに持ち上げ、何度も何度も角度を変えてキスを深めていく。

恥ずかしくて、頬が一気に熱を帯びた。

触れるキスすら初めてなのに、口の中に舌を入れられるなんて。

でも、漏れ聞こえる彼の熱い吐息を感じているうちに、いつしか私も胸の一番深いところからため息をついて、ルージャの腕に縋《すが》りついていた。

「レイラ、泣いている理由を聞かせてくれないか。単純に神殿に帰るのがいやだってわけじゃないだろ」

ルージャは私の鼻先や頬をついばむように唇を寄せて、ぺろりと涙を舐めとる。

「なんでもないから……本当になんでもないの……」

「何がなんでもないんだ？　持って生まれた能力で神殿に縛られてる。それは、君の預言の力のことか」

やっぱりバレていた――！　唇を噛んで濡れた目で彼を見上げると、ルージャはため息をついて、頭に手をやった。

「ごめん、鎌をかけた。やっぱりそうだったのか」

「……」

ああ、誘導尋問に引っかかってしまった。でも、大丈夫。もう今夜限りでルージャとはお別れだから。

「俺に話してみなよ。レイラを助けたい」

「無理よ。そんなことしたら――あなたが」

カイザール大司教のことだ。私とキスしたことを知っただけでも、ルージャを殺しかねない。

だって、私を預言者と偽って聖女の座に据え、貴族や裕福な人々に大金を払わせて私に預言をさせている。それで権力争いの激しい神殿の中で地位を築き上げた。そのうえ、政敵となる相手の未来を私に覗かせ、その弱みを握って脅しているのだ。

私は大司教にとっては出世の道具で、金儲《かねもう》けの手段で、あの人の不正の生き証人だ。絶対に手放してもらえるはずがない。

「レイラを泣かす神なら、俺がその軛《くびき》から救ってやる」

「だめ！　そんな危険なこと、大事な人にさせられないから――！」

彼の胸に手を当て、押しのける。ルージャの気持ちはうれしいけど、それがもたらす恐ろしい現実を、私は知っていた。

だけど、ルージャは私の両手をつかむ。

「言ったろ、俺は君に惚れてる。本気だ」

「ダメなの、私の、傍は……ルージャが危険だから……」

「俺に鉄槌《てっつい》を下すとでも、神が言ってるのか？」

「そうじゃな……」

また唇をふさがれて、息が上がってくる。泣いたせいで瞼《まぶた》は重くて熱いし、ルージャに重ねられた唇も、涙だか唾液だかわからないもので濡れて腫れぼったくなっている。きっとひどい顔をしているだろう。

みっともなくて恥ずかしいし、でもルージャの強引なキスがだんだん心地よくなってきて、わけがわからなくなってきた。

「レイラが修道女だから諦めなきゃならないと思ってたが、神殿にいるのがそんなに辛いなら、君が俺を大事な人だと言ってくれるなら、君を掻《か》っ攫《さら》っていくぐらい、俺にはわけもない――」

彼が投宿している部屋に入るなり、ベッドにもつれこんだ。

恥じらう間もなくルージャの手に服を剥《は》がれ、彼自身も上衣を脱ぎ捨てて私にのしかかる。そして、首筋や耳元、頬に瞼《まぶた》、あらゆる場所に唇を押し当てていった。

たった一日前に出会ったばかりの人とこんなことをしているなんて、なんて罪深いのだろう。でも、その罪深ささえも溶かしてしまうほどにルージャの手は熱い。彼は、私の素肌にその熱を馴染《なじ》ませるようにやさしくなぞっていく。

「ルー、ジャ……待って」

何十回もキスを交わし、呼吸が乱れる。背中を直接撫でまわされて、皮膚が粟立《あわだ》った。大きな手に腰をつかまれ、緊張のせいで喘《あえ》ぐ喉をぺろりと舐められる。

「あ——あ……」

逃げるように顔を背けると、粗末な部屋が目に飛び込んでくる。

歩き回ることもできない狭い部屋、動くたびにギシギシと軋《きし》む古びたベッド。床の上にはルージャと私の服が脱ぎ捨てられていた。

流されるままに身体を重ねているけど、時間が経つほどに、その先に起きる事態が頭の片隅にちらついて離れなくなる。

——このままでは、ルージャが危険にさらされる。

「君を穢《けが》したら、神罰が下るか？」

そんなことを耳元にささやきながらも、ルージャにやめる気はなさそうだった。首筋にたくさんのキスを落とし、私の肌を味わうように唇を這《は》わせる。

「違うけど、でも。こんなこと――許されない……」

目を伏せて呟いたけど、声に力は宿っていなかった。ルージャとこうして触れあうのは、とても心地よくて。

「レイラの許し以外、俺には誰の許可も必要ない。神からだって奪ってやる」

彼は私の頬を両手で挟み込み、自分の顔の真正面に向けさせた。間近で見れば見るほど、精悍《せいかん》な顔立ちに目が釘付けになっていく。

「俺とこういうことをするのはいやか？」

「だって……こんなことが知られたら、あなたに災いが降りかかるわ」

「それはファタールの預言？」

力なく首を横に振った。もうこの人に嘘をついても仕方がなかった。何もかもわかったうえで、ルージャは本音をぶつけてくる。本気で向かってきてくれる人に、これ以上嘘は転がり出てこない。

「レイラ、俺を信じてみないか？　君が何を背負って、何に怯えているのかはわからない。だからこそ俺に話して、頼《たよ》ってほしい」

「どうして……」

ルージャの黒い瞳は真剣そのもので、ごまかしを許さないほど強くみつめてくる。

「どうしてそんなに、私にやさしくしてくれるの――」

子供の私にやさしくしてくれた助祭は、ある日突然いなくなった。あのときの不可解な出来事への悲しみと、もしかしたらという疑念、私のせいだという自責がいっぺんに膨れ上がる。

あの助祭とルージャが重なり、目の前の彼をまともに見ることができなくなった。

「君に本気だから。昨日出会ったばかりで何を言ってるんだと、君は思うだろうな。俺も一目惚れなんて信じてなかった、昨日までは。だけど、レイラと別れた後で、君を引き留めなかった自分を一日中呪ってた」

ルージャが私の髪を手に取り、何度もそれにくちづける。

「考えたんだ。ラキム神は婚姻を禁じてはいないし、還俗《げんぞく》することだってできる」

「……そうかもしれない。でも、私は」

「預言姫は、神殿を出られない？」

「……」

無言で首を横に振るしかなかった。そんなこと私にわかるはずがない。

神殿の戒律にはたぶん、そんな項目はないはずだ。預言姫なる地位だって、つねに神殿に存在するものではない。たまたま神殿関係者にそういった特異な能力を持つ者が現れたとき、暫定的に与えられるものだから。

それに、初代の預言姫は還俗《げんぞく》して結婚した。私にそれが許されないはずはない。でも――

「神殿が君を閉じ込める檻なら、俺がそこから連れ出してやる。レイラ」

泣き腫らした目に、また涙がたまっていく。今だけ、この人に身を委《ゆだ》ねてもいいだろうか。

彼にだけは人肌のぬくもりを求めても許してもらえる気がした。触れても未来が視えないルージャとなら、体温を分け合うことができる。

気づいたときには、カイザール大司教に拾われてから今日までのことを、包み隠さずルージャに打ち明けていた。神殿内でも隔離され、徹底的に管理されている生活。私と関わって行方不明になった助祭。誰かと自由に話すことも、やりたいことも、すべて許されない日々。

ルージャを巻き込んで本当にいいのか、迷いはあった。でも、ぽつりぽつりと話していくうちに堰《せき》を切ったように、現状の辛さや吐き出すことのできなかった不満、自分の未来を想像することもできない不安が飛び出してきたのだ。

そうか、私、ずっと、不安で胸が押し潰されそうになっていたんだ……

「預言姫なんて言われていても、本当は神さまの声なんて聴こえない。未来を視る力は生まれつきだもの。なのに、自分の行く末は想像すらできないのよ。こんなの、滑稽《こっけい》よね」

自嘲するような笑みが浮かんでしまい、両腕を重ねて顔を隠した。

「伝説の預言姫が、神殿内でそんな扱いを受けていたなんて、思いもしなかった。めちゃくちゃじゃないか。敵はカイザール大司教か……」

神殿の外の人にだって、大司教という存在は恐れるに足る相手だろう。私はその大司教に歯向かえと、ルージャをけしかけているのかもしれない。

「ルージャ、やっぱり危険すぎるから」

「いや」

ルージャは私の唇に指を当てて、それ以上の言葉を押し留めた。

「国王にすら口出しをさせない力を持つラキム神殿全体を敵に回すのは、さすがにちょっと骨が折れるが、敵が大司教ひとりだけなら楽だ」

一瞬、まじまじとルージャの顔をみつめてしまった。まさか、そんな言葉が出てくるなんて。

「本気なの？」

「俺はいつだって本気さ。このまま、レイラの心も身体も俺のものにしたいってことも。神の許可はいらない。君さえ許してくれるなら」

そう言って、ニヤッと笑って見せるから。

呆れるほどに能天気で自信満々のルージャに、私もとうとうつられて笑ってしまった。

「何があっても、死なないでいてくれるのなら……」

「レイラを手に入れるのは命がけってわけか。わかった、約束する。俺は、君が恐れるものに絶対負けやしない」

もう何度目かわからないキスを重ね、私はおそるおそるルージャの身体に腕を回した。

信じられないほど硬くて厚みのある身体。自分の身体以外を知らない私にとって、ルージャの身体は驚異そのものだった。

このたくましい腕に、助け出してもらえるのだろうか。本当に、あの牢獄から私を救ってくれるのだろうか。

頬に唇が押し当てられ、まるで愛おしむように頭をぎゅっと胸の中に抱えられる。

人の身体の匂い、熱。私が今まで知ることもなかったたくさんのものに押し包まれて、胸がいっぱいになる。

ルージャの重たい肉体に押し潰されるように抱きしめられていると、頭の中をめぐっていた不安も恐れも、胸の奥が焼けただれていくような懊悩《おうのう》さえも消えていく。

男の人の唇で肌に触れられ、舌で舐められ、非日常の感覚に身体の芯が震えたけど、ためらいはなかった。私は、この人が大好きだ。

「やわらかいな、レイラは」

乳房をやんわりと握られ、乳首を吸われ、おかしな感覚に息をつく。気持ちいいような、くすぐったいような、曖昧《あいまい》なそれに喉が鳴った。

すると、彼の舌が喉に触れて、かぷりと喉笛を唇で食まれる。

「は……っ」

もどかしげな吐息がこぼれてしまい、恥ずかしくてルージャの視線に耐えられなくなった。

でも、彼は手加減などしてくれない。耳の裏側や鎖骨の線、胸の周囲も真ん中もやさしく手で触れ、唇を這《は》わせて、私に声を上げさせようとするのだ。

「不思議なもんだな。つい昨日まで君の存在すら知らなかったはずなのに、もう二度と手放したくないって思ってる」

私の長い髪を手にとってくちづけ、頬にキスを落とす。やわやわと触れあうだけだったけど、苦しくなるほどうれしくて、胸がつまるほどに幸せな気持ちになった。

誰かとやさしく触れあった記憶なんて、私にはなかったから。

「……私も、私だけを見てくれる人になんて、永遠に会えないと思ってた。昨日まで」

ルージャはすこし身体を離し、私を見て微笑んだ。鋭い目元がくしゃっと崩れる。鍛え上げられてずっしりと重みを感じる身体とは裏腹に、表情はふんわりとやわらかくて。

完全に心を持っていかれた瞬間だ。

「かわいいな、レイラ」

彼の両手が私の胸を収め、きゅっとやさしく握り潰す。そして、その先端を指でつまんでくすぐった。

「ん――っ」

やわらかく指の腹でさすられ、変な気持ちになったとき、胸の合間にルージャが唇を寄せてきた。乳房を舌で撫で、ふくらんだ先端を咥えて、舌先で飴玉のように転がしていく。

「やっ、待っ……」

突然の感覚に、思わず彼を押しのけようとするが、両手首をつかまれてそのままベッドに縫いつけられてしまった。

仰向けにはりつけにされ、ルージャがぴちゃぴちゃと音を立てて胸を舐めるのを聞いているうちに、居たたまれなくなって目を閉じる。

「レイラの肌、本当に白くてきれいだな」

ちゅっと唇を押し当てて吸われる感覚に意識が痺《しび》れた。男女のまぐわいについて、漠然とした知

識はあったけれど、こんなことをされるなんて思いもよらなくて。

そして、それは突然だった。下腹部に彼の指が触れた瞬間、ぞわっと何かが全身を走り抜けた気がした。もう一度、今度はもうすこし深く。

「あんっ……」

全身が強張って、呼吸が止まる。ルージャの指が信じられない場所に触れている。割れ目の奥に指を滑らせているのだ。

「やっ、待って、そんなところ……っ」

「レイラの全部が知りたい」

あわててルージャの右腕をつかんだけど、もう片方の彼の手に引き離されてしまう。そして、さっきよりもはっきりと割れ目の中を弄《いじ》られた。

「ふ、ぁあっ、ああっ!」

一瞬で身体が制御不能に陥《おちい》った。

たった一ケ所を指先でなぞられているだけなのに、そこから生まれてくる感覚が全身に伝播《でんぱ》していく。頭のてっぺんからつま先まで、文字どおり身体の隅々までを彼に翻弄された。

ぬるぬるとルージャの指を滑らせているのは、私自身の身体から滲《にじ》み出したものだ。街の中でキスを重ねていたときから、そこが熱く潤《うる》んでいたことはわかっていたけど、まさか触れられてしまうなんて……

いたたまれなくなって目を閉じる。

「すごく濡れてる」

割れ目を往復する指が増える。ある一点を集中的に指の腹でくりくりと転がされると、自分の意思とはまったく関わりなく、喉から悲鳴が上がった。

「ぁああっ、や……あぁ！」

そこを小刻みに揺らされ、くちゅくちゅっと粘ついた音がとてつもない快楽を伴って、耳を犯していく。

「感じてるな」

「はっ……ぁっ」

身体を逃がすと、それを追いかけるようにルージャの唇に乳首を挟まれ、舌でねっとりと舐められた。

さっきそうされたときは、くすぐったくておかしな気分だったけど、下腹部と同時に弄《いじ》られると、触れられている場所すべてが気持ちよくて、気がつけば彼の身体にしがみついて身体を揺さぶっていた。

「ふぁ、あ……ん」

「レイラ、かわいい――」

ルージャの膝が私の脚の間に割って入り、いやらしく濡れた場所を大きく開かせる。突起をまさぐられると新しい熱が蜜のように溢《あふ》れ、つと流れ落ちていくのがわかった。

まるで、ルージャの指を欲しがって涎《よだれ》がこぼれていくみたいだ。

それを隠さなくてはと気持ちは逸《はや》るのに、その思いとは裏腹に膝が緩んで自《みずか》ら大きく開いてしまう。いつしかぐちゅぐちゅと水音が高らかに鳴り、自分のはしたない喘《あえ》ぎ声とルージャの吐息が入り乱れて、狭い部屋の中を淫《みだ》らな空間へと変えていった。

「んあっ、やっ、ああ……」

しがみつくようにルージャの頭を抱き、その黒髪に顔を埋める。日向《ひなた》のような彼の匂いが鼻孔をくすぐった。今日、初めてこんなふうに触れあったのに、ずっと以前から知っていた気がする、ひどく懐かしく感じる匂い。

「レイラのこの黄金色の髪も、細い身体も、やわらかくて触れると気持ちいい――」

すべての出来事が信じられなくて、でもルージャに与えられる快感は強烈に身体に刻まれていて――

ただただ、快楽を貪《むさぼ》るようにルージャのたくましい身体に触れ、ねだるみたいに腰を揺さぶって、彼の名前を呼んだ。

「はぁ――っ、ん、ルー、ジャ」

「ここ、硬くなってる。すごく感じやすいんだな……」

いつの間にかベッドの上にうつぶせにされていて、ルージャが私の背中を覆うように抱きしめている。でも彼の右手は休むことなく私の秘裂をくすぐり続けていた。

腿《もも》は溢《あふ》れ出た蜜でぐっしょり濡れている。たぶんベッドも汚してしまったに違いない。

（でも、気持ちいい……）

シーツにしがみついて啼きながら、身体を反らし続けた。さっきからルージャにそこを往復されるたび、何かが張り裂けそうな感覚がやってくる。

「う、あ、ぁ……も、はやく――」

自分でも何を言っているのか、全然わからなかった。でも、ルージャに焦《じ》らされている気がして、苦しい快感から早く解放してほしくて。

自分の髪が背中をさらと流れていく感覚だけでもむずがゆいのに、ルージャが私の肩に舌を這《は》わせ、その黒髪が肌をくすぐると、もう力なく悲鳴を上げることしかできない。

「レイラの割れ目、火傷《やけど》しそうなくらい熱いよ……」

吐息まじりに耳元でささやくルージャは、含み笑いをして私の耳を甘噛みした。

「は、ぁっ――」

思わずベッドに突っ伏して、何かに耐える。そうしたら今度は割れ目をうごめく指が角度を変え、ぐっと私の中に入り込んできた。

「や、なか……だめぇ……」

彼の手のひらがぐずぐずに濡れそぼった場所を擦り、指先は身体の中を探る。身体の内側を指で何度もなぞられているなんて、信じられなかった。

「中はもっと熱いな」

「ん、あぁっ、あっ」

中に入った指が増やされたのか、熱量と圧迫感が増す。指の動きが加速して水音も激しくなった。

かと思うとさらに深く抉《えぐ》り、何かを探しているように動く。すると、それに刺激を受けて私の腰は、浅ましくもびくびくと震えてしまった。

「ここが感じた？」

「あ――」

中をまさぐられ、動くたびに秘裂に当たる手が擦れて――気持ちいい。

このまま続けたら、どうなってしまうのだろう。こんな姿を暴かれて、幸福感を得るよりも不安のほうが大きくなってくる。

そんな不安を察したのか、ルージャは私の身体を仰向けに戻すと、ぎゅっと抱きしめてくれた。

こうされると、私が安心するのを知ってるのかな――

「君を身体を穢《けが》すなんて、本当に神罰ものだな」

それまでの甘ったるい声が一変して、つぶやくルージャの声はひどく真剣だった。急に現実に引き戻される。

ラキム神が罰を下されるかはわからないけれど、カイザール大司教の逆鱗《げきりん》には間違いなく触れるだろう。あの轟《とどろ》く雷鳴のような声と、一分の隙さえ見逃さない鋭い目を思い浮かべると、昂《たかぶ》っていた気持ちに冷水を浴びせかけられたようになる。

「……やっぱり、怖い、よね……」

自然と肩が落ちた。悲しいけど、引き返すなら今だ。今ならまだぎりぎり、私が涙に暮れるだけで事は済む。

でも、ルージャはすぐに笑顔に戻ると、うなだれた私の顔を覗き込んでまた唇を重ねた。

「神罰はべつに怖くなんかないさ。ただ、レイラの無垢《むく》な身体をこの俺が穢《けが》すと思うと……」

私の乱れた髪をかきあげながら、ルージャはクスクス笑う。

「女神を犯してる気がして、背徳感でゾクゾクする」

……目が点になった。どういうことだろう。

思わずルージャの黒い瞳を確かめるように覗き込むと、彼はごほんと咳払いの真似をして、緩んだ頬を引き締めなおした。

「女の子の純潔を奪うってのは罪深い行為でありつつも、同時に、自分だけのものにするっていう高揚感もあってさ……って、なに言ってんだろうな俺は。ごめん、わからないよな」

そう言うとルージャは身体中にキスを注いだ。そして、また指を奥へ挿入すると、私の身体が反応する場所を執拗《しつよう》に刺激していく。

一度は鎮まった身体がふたたび熱を帯び始める。

「は……っ」

ルージャの指にくすぐられているうちに、目の前がチカチカして、真っ白に弾けていく不思議な感覚があって――怒涛《どとう》のように何かが押し寄せてきた。

呼吸が止まる。全身が強張って、震え出す。

「や……あ、あぁぁあっ！」

やがて押し寄せた得も言われぬ絶頂感に、一瞬、意識が飛んだ。自分で自分の身体を抑制できなくて怖くなるほどに。

「めちゃくちゃキレイだ、レイラ」

ルージャの腕の中でしばらく身体を強張らせていたけれど、彼の唇が何度も私の頬に押し当てられていくうちに、ほぐされていった。

「かわいい」

まるで潮が引くように快感の波は引いていった。ただ、心臓が早鐘を打ち、呼吸は乱れっぱなしだ。

身に着けていたままの下衣を脱ぎ去ったルージャに、ぐったりした身体を抱き起こされ、座った状態で背中から抱きしめられる。すると、腰のあたりに硬いものが当たっている感触がして、ふたたび身体が硬直してしまった。

ルージャの手が私の胸に伸びてきて、ふたつのふくらみを手の中に収める。

「レイラの胸、やわらかいな――」

指先でつままれ、手のひらに持ち上げられて、やさしく握られる。それだけでなく、鎖骨や肩、腰にもまんべんなく触れられ、ルージャの手の感触を身体中に刻みつけられた。

「あぁ……」

触れている場所が熱い。腰に押し当てられた硬いものが強く擦りつけられる。肩越しに私の頬や耳たぶにキスを繰り返す唇から、荒々しい呼吸が漏れている。

突然、ルージャの脚が私の脚を大きく開かせて固定してしまった。目を開けると、遮《さえぎ》るもののない秘部へと手が伸びていく光景が飛び込んでくる。

「はっ……」

左手で胸の愛撫を続けながら、ルージャの右手が剥《む》き出しになった割れ目に触れた。さっきまで指を挿入されてぐっしょり濡れていたそこに、追い打ちをかけるよう指でくすぐられた。途端、身体中をビリビリと刺激が走り抜ける。

「や、あぁ……っ」

ルージャが指を曲げると、ねっとりとした蜜の音が大きく響く。彼の指が透明な愛液にまみれてどろどろになっていく様《さま》までがはっきり見えた。

指使いが淫《みだ》らで、恥ずかしいのにその動きから目が離せなくなってしまう。

気持ちいい、でも恥ずかしい。膝を閉じて隠してしまいたいのに、はしたなく脚は開かされ、自《みずか》ら快楽を得ようとするように腰が揺れてしまうのだ。

「ぃやあんっ……や、ルージャ……っ」

彼の手にまとわりつく透明な蜜が空気を含んで、たとえようもなく淫猥《いんわい》な音を立てる。そしてルージャは濡れた指を私に示すように広げると、その指を中に挿れていく。

(見ちゃった……)

本当に身体の中に彼の指が挿入されている。私がそれを見ていると知ってか、後ろから私ごと上半身を倒すようにして、秘裂を犯す様子をさらに見せつける。

「やめ……あぁっ！　あっ、あっ……っ」

指が抜き挿しされるたびに、粘液が彼の指を穢《けが》していく。指が中で蠢《うごめ》いている様子までもがはっきり見えてしまい、頬が真っ赤に染まるのが自分でもわかった。

「かわいい……もっと声、聞かせて」

吐息まじりにささやかれるその言葉に、心臓が速度を上げた。

中を擦る指が、ある一点に狙いを定めたように動き出す。さっきこうされて、頭が真っ白になってしまったことを思い出した。

また、あんなに激しい快感が身体を駆け抜けていくのだろうか。

そう思っただけで秘裂が疼《うず》いて、ルージャの指をぎゅっと締めつけていた。

「気持ちいい？」

「う、うん……。だけど……」

身体が暴走してしまいそうな不安に襲われる。でも、とても気持ちよくて……

目頭が熱くなってきた。さっきまで泣いていたせいもあるけど、どちらかというと快感に昂《たかぶ》って、身体が熱っぽくなってきたせいだ。

「あぁ――また……っ！」

今度は声もなく果てたあと、ルージャの広い胸にぐったりと背中を預けた。

開いたままの脚の間はびちょびちょに濡れていたけど、恥ずかしいと思うよりも、もっとルージャの熱を感じたい、そんなことを考えてしまう。

ルージャは中に挿れていた指を抜くと、瞼《まぶた》にキスしながら私をベッドに横たえた。

私を気遣うようにやさしくて、でもとても真剣な目。本気で私を求めてくれている――そう感じた瞬間、身体の芯がぞくっと震えた。

この人に今、身体を支配されているのだ。それに苦しいほどの喜びを感じている。

「本当に俺のものにするからな――」

こんなに全身をとろかされているのに。もう身体も心も全部、ルージャのものになっているのに。

ぼんやりとそんなことを思った瞬間、突然、視界にそれが飛び込んできた。

――ルージャの、男性の象徴。

さっきからずっと全裸で睦《むつ》みあっていて、腰に当たったときはびっくりしたけど、その後は私の視界に入らなかったのでほとんど気にしていなかった。たぶん、見えないように彼が気を使ってくれていたのだろう。

でも、そのそそり立つ大きなものを見た途端、心の隅がかすかに怯えた。

私の知識なんて、ないも同然だ。でも、本能的に何かを察知して、こくんと喉が勝手に鳴ってしまった。

つぷっと指がまた、膣の中に挿し込まれる。でも、私の身体はルージャを異物とは判断していないのか、抵抗なくそれを受け入れていた。

ただ、さっきの絶頂の余韻がまだ身体に強く残っている。彼の指が秘裂の中の蕾に触れると、鋭い快楽が走り、身体が勝手に逃げた。

「やぁん……っ」

「もうたっぷり濡れてる」

初めて目にした男性器は猛《たけ》り狂うようにそそり立っていて、獰猛《どうもう》な獣を思わせた。今、指でまさぐられている場所を、あれが貫くのだろうか。

「挿れるよ」

わずかな逡巡《しゅんじゅん》はあったけど、小さくうなずいてそっぽを向いた。気恥ずかしくて、どこを見ていればいいのかわからない。

でも、ルージャを受け入れたら、あの神殿での窮屈な生活に終止符が打たれる——そんな気がした。

「はぁ……」

深いため息をついたとき、熱い塊が脚の間に宛《あて》がわれた。

ルージャが私の上にのしかかる。体重をかけないように腕で自分の身体を支えながら、ゆっくりと膣の中に侵入してきた。

ぬるりとした違和感を最初に覚えた。でも、それが奥に入ってくるにつれて、重たい圧迫感に変わっていく。喉が詰まり、体内を貫こうとする楔《くさび》に軋《きし》むような痛みを覚えた。

「ひ——んっ」

熱いものがどんどん奥に侵入を果たしていく。かすかな痛みを感じつつも、ぬめったものに鈍重《どんじゅう》に貫かれる不思議な感覚に、私の呼吸が速度を上げていった。

ルージャは、ゆっくりゆっくり確かめるように奥へと進む。

でも、そんな彼も時折目を閉じて、何かをやり過ごすような顔をしている。眉間には深い皺《しわ》が刻まれ、唇から漏れる吐息は苦しそうだ。

もしかしたら、ルージャも痛みを感じているのかな。

「大丈夫……？」

彼の頬に手を当てて尋ねた。はっきり言って人の心配をしている場合ではなかったけど、ルージャも歯を食いしばっているように見えたから。もし彼が辛いのなら、そんなのは本意じゃない。

「うわ」

私が触れた途端、ルージャはまるで雪崩《なだれ》を起こしたようにうなだれ、私の肩に額《ひたい》を押し当ててきた。

「レイラ、そりゃないよ……」

「え？」

こんな本能剥《む》き出しのまぐわいにも、私の知らない作法があって、それに反することをしてしまったのだろうか。

でも、顔を上げたルージャの頬は、心なしか赤く染まっているように見えた。

「くそっ、なんてかわいいんだよレイラは。最初に見たときも、かわいすぎて好みすぎて心臓ぶち抜かれたけど！　こんなときにまで俺の心配？　愛おしすぎるだろ！」

「え、え？」

「こんな得体の知れない男に処女をくれてやっていいのかとか、怖いとか痛いとか、自分の心配がいろいろあるだろ？　俺が言うことじゃないけどな」

「で、でも、ルージャは怖くないし……痛みもそれほどでは……」

辛うじてそう弁明すると、ルージャはため息をついた。そしてなんだか難しい顔をして私の唇に唇を重ねる。

「もうこのまま、神殿に戻るなよ。ずっと俺の傍にいればいいよ……」

そしてふたたび身体を起こすと、熱い塊をさらに奥に押し込んできた。

「ん……っ」

「レイラの中、熱くて、めちゃくちゃ気持ちよすぎる……」

ときどき眉間に皺《しわ》を寄せながら、ルージャの腰が動く。そうか、これは辛い表情ではないのか。

中に突き入れられ、抜かれ、ふたたび最奥まで貫かれる。痛みはあったけど、耐えられないほどではなかった。

ただ、身体の中を直接擦られていることが不思議で、最初はそれがどんな感覚をもたらすのかがよくわからなかった。

だけど、何度かそれを繰り返されているうちに、痛みの裏側にべつの感覚が隠れているのを感じ取ってしまう。

「あ、ん――っ」

さっき中を指でかきまわされたときと同じ場所を、ルージャの熱塊に突かれ、びくんと身体が震えた。

「レイラ……っ」

目の前にルージャのたくましい肩がある。動くたびに首の後ろにかかった黒髪が揺れる様《さま》に、ドクドクと心臓が脈打った。

「あぁ……」

彼も短い吐息をずっと繰り返しているけど、私と同じように快感を得ているのだろうか。

「ルージャ」

思わず名を呼ぶと、彼が顔を上げた。

さっきまでの、どこか照れくさそうな表情はもうなくなっていて、黒い瞳は快楽に耽《ふけ》るように霞《かす》み、わずかに開いた唇からは熱く乱れた呼気がこぼれている。

「レイラ」

くちづけが降ってくる。

この一晩で、何度キスをされたことだろう。私の口の中に舌が入り込む。そこを荒らすようになぞり、私の舌を逃がすまいと絡めとりながらも腰を打ちつけてくる。

ゆっくり、私の中に感覚を残すように、深く、じっくり。

「んん……」

唇をふさがれていたから声は出なかったけど、摩擦が起きるたびに蜜がぐちゅぐちゅ音を立てる。

ルージャの楔《くさび》を感じる襞がどんどん敏感になっていった。

「ふ、う……んっ」

彼の身体にしがみつくように抱き着き、知らないうちに自分で腰を浮かして揺らしている。

「レイラ――ほんとに、愛しい……」

前髪をかきあげられたかと思うと、唇や鼻先、頬や額《ひたい》にも、くちづけが降ってきて、胸がいっぱいになった。

私の腹部を貫く彼の硬くて鋭い塊が、そこをずっと擦っている。そのたびに私の中にどんどん熱が蓄積されていく。満たされ、溢《あふ》れて、今にも弾けてしまいそうだ。

「あっ、あ――っ」

瞼《まぶた》が震えて、全身がふたたび強張り始める。さっきの絶頂感がまた起きようとしているみたいで、でものぼりつめても届かなくて、達しそうになると身体が逃げてしまう。

このままでは、頭が変になりそう――

「や……ルージャ、こ、わい……！」

「大丈夫、力を抜いて」

彼のあたたかな腕に強く抱きしめられ、そのぬくもりに安堵した瞬間、身体の芯がぎゅっと固まった。

「あ、あぁ……っ！」

やがて、じわりと熱い感覚が広がり、頭の中がからっぽになるような強い快感が押し寄せてきた。

腰を弓なりに反らせて、ルージャとつながりあっている部分に押しつけ、その感覚を自分の中に受け入れる。

途端、感じたことのない幸福感に満たされる。

「――っ」

一瞬、ルージャが呼吸を止め、私の中を貫いていた楔《くさび》を抜いた。その直後に、腹部に熱い飛沫《ひまつ》が放たれる。

しばらく私の上に乗ったまま、ルージャは肩で息をしていたけど、呼吸が落ち着くと顔を上げて私の頬に手を当てた。

「……ごめん。次はちゃんと準備しておく」

ルージャは傍にあった手拭《てぬぐ》いで私の濡れた腹部を拭《ぬぐ》いながら言う。

「準備……？」

ルージャの言葉の半分も理解できていない。まだ頭がぼうっとしていて、ちゃんと思考が働いていないみたいだ。

「いや、まさかこんなことになるとは思ってなかったから、避妊具を用意してなかった」

「ああ……」

言われてようやく得心した。男女がまぐわった結果がどうなるかくらい、さすがに知っている。

「でも、私……」

「ちゃんと、今度は用意しておくよ」

微笑するルージャにまた深いキスを求められ、言葉を遮《さえぎ》られる。そのままルージャの優しい手に身を委《ゆだ》ねていたら、とてつもない安心感に包まれて。いつしか寝入ってしまった。

——はっと目を覚ましたとき、彼の腕の中に抱かれた状態の自分をみつけた。

ルージャもそのまま眠ってしまったようだ。耳をくすぐる誰かの深い寝息が不思議でたまらない。

誰かの呼吸をこんなに近くに感じたのは初めてだった。

もうずっと、このままこうしていよう。そう思ってもう一度眠りかけた瞬間、外からリュートの音が聞こえてきた。

(シャルナのリュート……)

昨日、彼女が聴かせてくれたリュートの音に似ている——そう思うと同時に、意識がはっきりと切り替わった。夢見心地の時間が終わったことを理解したのだ。

このまま神殿に戻らなかったら、いったいどれほどの人たちが罰を受けるのだろう。私に親切にしてくれたシャルナは間違いなく処罰の対象になる。当然、巡回の当番だった聖騎士たちも。

窓に目をやると、カーテンの向こうは、うっすらと白み始めていた。急いで戻らないと、神殿が大騒ぎになる——

そっとルージャの腕の中から抜け出すと、床に散乱したままだった服を拾って着た。

「……レイラ?」

空気が動いたせいか、ルージャが目を覚ます。

「起こしちゃってごめんなさい。ルージャ、やっぱり私、神殿に戻るわ」

「どうして——」

昨晩、あれほどに私を連れ出すと言ってくれていたルージャだもの。驚くのは当然だ。

「私がここで逃げたら、たくさんの人に迷惑がかかるから。私の世話を担当している修道女も、たくさんの聖騎士たちも咎《とが》められる。だから、難しいかもしれないけど、還俗《げんぞく》を願い出てきちんと正式に神殿を出ようと思うの」

今までは、絶対に無理だからと考えることさえ放棄していた。でも——

「だけど、大司教がそれを許すはずはないんだろう？」

「大司教とふたりきりのときは、どうしても萎縮《いしゅく》してしまうし、無言で却下されるだろうけど、今、王城に各地の神殿関係者が集まって総会を開いているの。カーニバルの最終日には式典があって、神殿の偉い人たちも大勢集まる。そこで願い出るわ。それなら大司教も無視はできない。必ず協議にかけられる」

「もし、それで却下されたらどうするんだ」

その可能性はもちろん考えた。

「いざとなったら、嘘の預言をするわ。私を神殿から放り出さないと、神の怒りが下るって。それを信じないのであれば、神殿自《みずか》らが預言姫の言葉を信用に値しないものと、軽視していることになるでしょう。それなら、預言姫なんて必要ないってことになる」

そう言ったら、ルージャは目を丸くして、ぷっと噴き出した。

「なるほど、そりゃいい。レイラの言葉を否定すれば、神殿は自己矛盾を抱えることになるわけだ。紛糾《ふんきゅう》の種になりそうだ。けど、それじゃ俺の出番がなさそうだな」

心の底から残念そうにルージャが言うので、私の頬は自然に緩んでしまった。

「そんなことない。ルージャが私を後押ししてくれたんだもの。今まで、自由になりたいと思ってはいても、実際には何も行動できなかった。絶対に無理だと最初から諦めていたから。でも、ルージャが待っていてくれるなら、私、何でもできそうな気がするの。思っているだけじゃだめだ、自分で動かないと、って」

彼がいるからこそ、外で自由になりたいと、本気で思った。

「わかった。式典の日には必ず神殿に行く。いざとなったら俺が外からなんとかするから、くれぐれも無茶はするなよ」

第二章　預言姫の初恋

今日もどうにか人知れず部屋に戻ることができた。

大司教の執着を考えるともっと厳しく監視されていてもおかしくないのだけど、これまで私は従順で、神殿から逃げ出そうなんて考えたこともなかったため、向こうも安心しているのだろう。聖騎士たちも神殿の敷地奥にある修道院や私の部屋を監視しているわけではなく、護っている立場だ。ゆえに、外から門を潜《くぐ》るときは緊張したけれど、なんとか問題なく部屋まで戻ることができた。

そうして帰り着いたのはよかったけど……

（痛い……！）

昨晩、ルージャと睦《むつ》みあって、彼に純潔を捧げた。そのことについては後悔してないし、軽率なことをしたとも思っていない。

ただ、自分のベッドに戻ってきた途端、ルージャに貫かれた下腹部に痛みを覚えるとともに、とてつもない経験をしたのだと今さらのように手足が震え出した。

横になると頭がぼうっとし始め、シャルナがやってくる頃には、微熱が出ていた。

「まあファタールさま、お風邪でございますか？　目元がすこし腫れぼったいようです」

昨晩、泣き腫らしたせいだ。ああ、みっともない顔を一晩中ルージャに見られていたのか。穴があったら入りたい。

風邪でないことはわかっていたけど、不調には違いない。街に出たことだけでも充分に綱渡りだったのに、気持ちが昂《たかぶ》ったり、男性に身を委《ゆだ》ねたりと、とんでもない一日だったのだ。

しかも、昨晩もほとんど寝ていない。

「すこし、調子が悪いみたい……。今日は休んでいても大丈夫かしら」

「それが、正午にカイザール大司教がお戻りになる予定でございます。ファタールさまには、いつものお勤めがあるので準備しておくように、とのお達しがございました」

なあんだ、大司教がいないから、心行くまで惰眠を貪《むさぼ》ろうと目論《もくろ》んでいたのに。

「わかりました。では、大司教猊下《げいか》がお戻りになるまで、すこしだけ休ませてください。正午には動けるように準備します」

「かしこまりました、ファタールさま。でも、本当にお辛そうですわ。猊下《げいか》に申し上げて、休まれてはいかがですか？」

「大丈夫よ。しばらくしたら起こしてくださる？」

「かしこまりました。ゆっくりお休みください」

ふたたび静寂が下りてくると、ベッドの中でため息をついた。

こうして神殿に戻ってくると、ルージャのもとに戻ることがひどく困難に思えてくる。でも、あのまま彼のもとに逃げ込んでいたら、シャルナにとんでもない迷惑がかかっただろう。戻ってきた判断は正しかったと思う。自分が逃げるために、誰かを犠牲にする気はなかった。

静かな部屋でじっとしていると、ルージャに触れられたときのことを思い出してしまう。素肌をその大きな手に翻弄されて、とても恥ずかしい姿をさらしてきた。

まだ、ルージャに抱かれたときのまま身体を清めていないし、信じられないほどに彼の手で濡らされた秘部は、今もしっとりと潤《うるお》ったままだ。

「……」

思い出すだけで頬が熱くなってしまった。毛布を引っ張り上げて頭までもぐる。こんなことを考えていたら、いつまでも熱が引きそうにない。

結局、ちゃんと眠ることができないまま、シャルナに頼んで湯浴みの準備をしてもらった。ルージャの匂いをそのままにしておいたら、カイザール大司教に何かを知られてしまいそうな気がして、すこし怖い。もはや証拠隠滅を図る犯罪者の気分だ。

そんなことをしているうちに正午が近くなったので、預言姫の祭服に袖を通した。

いつものお勤めといえば、シャンデルの貴族さまの預言をすることだった。とはいえ王城では神殿関係者たちの会談がおこなわれている最中のはずだ。そんな時期にどうしてわざわざ預言をさせるのだろう。

まさか、何かを知られた？　後ろ暗いことがあるせいで、そんな一抹の不安がよぎった。

これまで、人とは事務的な会話しかしたことがなかったから気がつかなかったけれど、ルージャ曰《いわ》く、私は思ったことが顔や態度に出やすいらしい。

私に起きた変化を悟られないように、何を聞かれても知らぬ存ぜぬで押し通そうと心に決めた。

「ファタールさま、大司教猊下《げいか》がお呼びです」

シャルナとともに、ふたりの聖騎士が恭《うやうや》しく迎えに来る。

「わかりました」

濃いヴェールで顔を隠してしずしずと歩くが、やっぱり身体の調子が悪い。腹部の奥はズキズキ痛むし、足元もふわふわしていて、ときどき足がもつれそうになる。たぶん、私の後ろに付き従う聖騎士には、不審がられているだろう。

ファタールの預言は、大聖堂の奥にある小部屋でおこなわれる。大司教しか入ることのできない鍵付きの部屋の真ん中をカーテンで区切り、私が奥に、預言を受ける人が入り口側に座る。

先に部屋に入って待っていると、今日の仕事相手が入ってくる音がした。

「預言姫ファタールさま、初めて御意を得ます」

ずいぶんと仰々《ぎょうぎょう》しい口調の男性だ。声から察するに、三十代そこそこといった感じで、やっぱりその声は自信がなさげ。

そもそも、自分に自信を持っている人は、預言とやらに縋《すが》ることなんてない。先が不安でたまらない人、自分の決断に自信を持てず、責任をとれない、とりたくない人がやってくる。

失敗したとしても、「神の言うとおりにしたのに」と神さまのせいにすればいいのだから。

そう考えると、ルージャは預言なんて必要としないだろうな。神の声に逆らってでも、自《みずか》らの意思を曲げないだろうし、あの大きな手で自分が必要とするものをつかみとるのだろう。

（私のことも、その手でつかんでくれるかな……）

あの手に抱き寄せられたことをふいに思い出して、胸のあたりがざわついた。まだ身体に触れられた感覚が残っていて、陶然となってしまう。

「……ファタールさま、そちらにいらっしゃるのですか？」

そうだ、仕事中だった。こんなときに私は何を考えているのだろう。しっかりしなくちゃ。

「おりますわ。どうぞ、おかけください」

自分の声でようやく意識がこちらに戻ってきたみたいだ。でも、まだすこし調子が悪くて、目の前がふわふわしている。

「此度《こたび》は預言姫ファタールさまの御意を得る機会を賜《たまわ》り、これほど栄誉なことはございません。ぜひあなたさまの声で神の御言葉を拝聴いたしたく、こうして参上いたしました」

なんとも重苦しい言い回しに、私の目までぐるぐる回ってしまいそうだ。

「迷いを神にお告げなさい。きっと、開くべき道を示してくださいますわ」

そんなことを言いつつも、私が示してほしいくらいだと毒づく。本当にあの大司教の鼻を明かしてここを出ていけるのだろうか。実を言えば不安ではあった。

今は「絶対に出ていってやる」と気持ちばかり大きいけれど、実際に物心ついた頃から見てきた恐怖の支配者の顔がそこにあれば、たちまち萎縮《いしゅく》してしまうだろう。

……じゃなくて、お仕事しなくちゃ。

「お手を」

カーテンの隙間からそっと差し込まれた手は丸くて、よく肥えていた。なぜか、それを見て嫌悪感が頭をもたげてくる。

――ルージャ以外の男の手に触れたくない。

そうは言っていられないのだけど、心の底から気が重かった。でも、これをこなさなければ、先に進めない。

ためらいがちに、男性の手に触れる。もちろん、慈愛に満ちた聖女然として。

でも、今日は何もかもがいつもと違った。

「……？」

両手で彼の手を包み込んだけど、いつも目を閉じたときに脳裏に現れる未来の映像が、まったく視えなかった。

（うん、めいの――人？）

一瞬、そんな考えがよぎって、身体が傾きかけた。いやまさか、そんな数日のあいだに何人も運命の人に出会うわけがない。

「預言姫の御手は、とても熱いのですね。神の御声を受けるせいでしょうか」

そうじゃなくて、ただ熱があるだけなんだけど……。あ、そうか、体調が悪いせいで、未来が視えないのかもしれない。これまでにも本調子でないときには、こういうことがあったし。

それとも、もしかして――

（ルージャとまぐわったから……？）

初代の預言姫ファタールは、結婚し子をなして、預言の力を失ったと言い伝えられているから、その可能性も大きい。

ファタールが力を失った要因が、処女性をなくしたことか、子を産んだことか、そこは伝わっていないからわからないけど、カイザール大司教はそんな事態を恐れて、私を人前に——とくに男性の前に出さないようにしていたし、素顔も見られないようにしていた。そのうえ、間違っても子などなさないように、子供を産めなくする薬を私に与え続けてきたのだから。

でも、もしルージャとのことが原因だとしたら、私はもう預言姫ではいられなくなる。そして、人の未来が視えないのなら、人に触れることを恐れる必要もなくなるのだ。

それは私にとってはとてつもない朗報だけど、大司教にとっては大変な事件だろう。不用意に伝えればとんでもない事態になりかねない。

それにもし本当に預言の力がなくなっているのだとしたら、神殿を出ていくその日までは誰にも知られるわけにいかなかった。いざというときの嘘の預言ができなくなってしまう。

とにかく今の問題は、目の前の人の預言をどうするかだ。適当なことを言ってごまかすのは、神に縋《すが》ってきている人を前にしてさすがに失礼だし。

この窮地を脱する方法をあわてて模索し、直ちに実行した。

「あぁっ」

私は絶望的な声を上げると、そのまま椅子から崩れ落ちてどさりと床に倒れた。音がするように強く落ちたものだから、ちょっと痛かったけど仕方がない。

「ファタールさま？」

カーテンの向こうから恐々と声がかけられる。どうやら異変を察知してくれたようだ。

「聖女さま？　誰か、ファタールさまのご様子が……！」

†

こうして、うまいこと預言の場から逃れた私は、そのまま部屋に連れ戻されてベッドに入れられた。

シャルナがカイザール大司教に「朝から体調がお悪くて」と弁明してくれたので、なんとか事なきを得たようだ。うれしいことに、私を預言の部屋まで連れていった聖騎士も、私がふらついていたことを報告してくれたらしい。

熱は大したことはないけれど、貧血だなんだと言い訳しておけば通用するはず。私はけっこう図太いし頑丈だけど、普段から儚《はかな》げな演出をしているのだ。

何はともあれ、ひとまずこれで心おきなく休める。

そう思ってベッドの中でうとうとしていたときだった。部屋の扉をノックする音がして、シャルナが顔を覗かせた。

「ファタールさま、お加減はいかがですか？」

「……大丈夫よ。ごめんなさい、心配をおかけして」

シャルナの声に安堵して、思わず親しく話しかけようとすると、彼女を押しやって黒い祭服姿の男性が入ってきた。

「大司教さま……」

神の教えをやさしく人々に説く大司教は、私に顔を向けるときはいつも険しい表情をしているが、このときは特に怒気をはらんでいた。ベッドまでやってくると、じろじろと観察するように私をねめつける。

「体調が悪いそうだな」

「は、はい。申し訳ありません」

とても寝たままでいられず、上体を起こしてうつむいた。これまでだってまっすぐ顔を見ることなんてできなかったけど、今日は特に強い視線を向けられていて、身体が震えそうになる。

「体調を崩して預言ができぬか。預言のできぬ聖女など、何のために存在しているのかわからぬな、ファタール」

「……」

私は人の未来を視るためだけに生きているわけじゃない——そんな反駁《はんばく》の言葉も、凍りつくようなカイザール大司教の目を前にすると、口の端にすら乗せることはできなかった。

「私が不在の間、どれほど自堕落な生活をしていたのだ。たったの二日だ」

「恐れながら大司教猊下《げいか》、若い娘は身体を壊しやすいものでございます。どうか、ファタールさまをお責めになりませんよう……」

心配そうに見守っていたシャルナが庇《かば》ってくれたが、大司教は振り向きもせずに一喝する。

「修道女ごときが誰に向かって物を言っている！」

「……出過ぎた真似をいたしました」

シャルナにまで恐ろしい思いをさせてしまい、申し訳なくて、でも彼女を庇《かば》う言葉が何も出てこない。

「先ほどの貴人には、カーニバルが終わったらもう一度来ていただくことにした。それまでには調子を戻しておけ。わかっているだろうな」

「はい」

大司教が踵《きびす》を返しかけ、ほっと息をつきかけた瞬間だった。唐突に大司教の手が伸びてきたかと思うと、私のネグリジェに手をかけ、力任せにそれを引き裂いた。

「……！」

何が起きたのか理解できずにいた私の肩に、あわてた様子のシャルナがガウンをかける。襟ぐりが裂け、素肌の上に着けた胸元の下着が露《あら》わになっていた。

「ふん」

私の身体を鋭く一瞥《いちべつ》し、今度こそ大司教は部屋を出ていった。

「なんてことを……ファタールさま、今、着替えをお持ちします」

シャルナが着替えを取りに行っている間、羽織ったガウンを胸元に手繰《たぐ》り寄せながら、心臓が凍りつくような恐怖を感じていた。いま、何かを確認された気がしたのだ。

改めて自分の身体を見下ろしてみる。今の出来事で震え、鳥肌が立っているが、それ以外にとくに変わったところはないと思う。ルージャに抱かれたけど、そんなこと、外から見てわかるはずがないよね――？

不安で不安で、震える手を見ているうちに涙がこぼれた。やっぱりここから抜け出すなんて、無理なのかもしれない。このまま、ずっと大司教の軛《くびき》につながれたまま、永遠に。

「ファタールさま、お着替えになったらすこし落ち着きますわ」

ガタガタと震えている私にシャルナがやさしく言ってくれた。いつも、大司教の恐怖にひとりで臨んでいる私にとって、味方してくれる人がいるということが、どれだけ救いになっただろう。

「あ、ありがとう。シャルナさんは、大丈夫？　私を庇《かば》ってくれたばかりに、猊下《げいか》の叱責を受けてしまって。本当にごめんなさい」

声は震えていたけど、大丈夫、大丈夫と自分に言い聞かせ、なんとかシャルナに声をかける。

「何をおっしゃるのですか。そんなことよりも、ファタールさまは、大司教猊下《げいか》にいつもあのような……？」

その問いには曖昧《あいまい》に笑うことしかできなかった。服を裂かれたのは初めてだったけど、あの手の物言いはいつものことだ。

「あんまりではありませんか。ただでさえ自由がないのに、あんな」

最初の驚きから覚めたのか、シャルナは憤慨して大司教が出ていった扉をみつめた。

こうして私のことを案じてくれる人をほったらかしにして、ルージャのもとに走らなくてよかった。心の底からそう思う。でも、正規の手続きを踏んでここから大手を振って出ていくのは、かなり困難なことのように思えた。

「ファタールさま、ここを出られては？」

「え？」

シャルナが口にした言葉に、私は目を瞠《みは》った。

「預言姫さまには大切なご奉仕があるのでしょうが、神の声が聴こえるというだけで、不当に自由を奪われているようにわたくしには見えます。ファタールさまが心底望んでここにいらっしゃるのならともかく、わたくしにはそのようには思えませんわ」

「それは……」

式典で還俗《げんぞく》を切り出すつもりだと、シャルナに言ってしまいたかった。

でも、下手なことに彼女を巻き込むわけにはいかない。

「……大丈夫よ、ありがとう」

今はまだ混乱している。ゆっくり落ち着いて、たくさん考えなくては。

†

身体の不調はすぐに回復したけれど、あの日以来、心のほうが不調をきたして憂鬱《ゆううつ》な日々が続いていた。

王城では神殿関係者たちの会談が相変わらず続いているようだけど、大司教はあれから毎日、神殿の私室で起居《ききょ》をして、会談へ赴《おもむ》く。

そして夜にいきなり私の部屋を訪れては、小一時間程度の説教をしていくのだ。毎日のこの予告なしの訪問は、確実に私の心を疲弊《ひへい》させた。

まるで、私の決意を挫《くじ》くように冷たく、心ない言葉を聞かせるのだ。やはり、牽制をされているとしか思えない。

シャルナは私の担当から外されたのか、あの日以来姿を見ることはなくなり、私の世話係としてまたべつの修道女がふたりあてがわれた。

いつものように、私語は一切なく、名を名乗ることもない。

一瞬、あのいなくなった助祭のことを思い出して肝が冷えたけど、どうにか今の世話係に尋ね、シャルナは通常の勤めに駆り出されてることを聞き出して、心の底から安堵した。

だけど、一番きつかったのは、寝ても覚めてもルージャのことで頭がいっぱいの自分自身だった。気が沈んでいきなり泣き出しそうになったり、まったく食欲もないしで、まさに絶不調の最中《さなか》にいた。一日一日が地獄のようで、このままでは衰弱死してしまうのではないだろうか。

あれからまだ数日しか経っていないはずだけど、ルージャがいるであろうミルガルデの街と、この神殿の中はあまりにも遠くて、流れる時間の速度さえも違う気がした。

式典のときは神殿に来てくれると言っていたけど、時間が経つにつれてルージャの中で私の記憶など薄れていってしまうだろう。彼は私と違って、毎日たくさんの人と関わりを持っているのだから。

もし彼が、私と過ごした夜を一夜の夢として忘れ去ってしまったら……

「ああ……！」

今すぐ会いに行きたい。ルージャのことで頭がいっぱいなのに！

毎日毎日、ぐるぐるとそれだけが頭の中をめぐっていた。

そして、カーニバルも残すところあと三日に迫った日の午後のことだった。

「ファタールさま、今しがた大司教猊下《げいか》がお戻りになられまして、次の鐘の時刻に大聖堂へ来るようにとの仰せです」

「大聖堂へ？」

「ええ。国王陛下がぜひともファタールさまにお会いしたいと、大司教猊下《げいか》とともに神殿へいらしたそうです」

「国王陛下……」

シャンデルの国王は、私がミルガルデにやってくる一年ほど前に即位したばかりの方だと聞いている。王国と神殿は密接な関係にあるけれど、国王が神殿にいらっしゃる際に私が呼ばれたことはないし、私自身、自分が国王陛下におめもじできるような立場ではないとわかっていたので、それについて何かを思うこともなかった。

ただ、対外的に私は『預言姫の生まれ変わり』と呼ばれ、神殿内で特別な地位にある。司祭や司教からも神聖なものを崇《あが》めるような扱いを受けているので、これまで国王と一度も面会したことがないほうが不自然なのかもしれない。

とはいえ、その理由はなんとなくわかっている。

シャンデル国王は、まだ三十代半ばだそうだ。つまり、大司教が私から遠ざけたい『若い男』に分類される。ここまで徹底されると、大司教がすこし滑稽《こっけい》に思えてしまうほどだ。

それが一変して、なぜ今さら。

預言姫の祭服を着て、ケープでしっかり髪を隠す。もちろん、顔がよく見えないようにヴェールで隠すことも忘れない。人前に出るときの、私の正装だ。

修道女と聖騎士に囲まれて大聖堂へ赴《おもむ》くと、大司教の他、国王とその随員と思われる方々が五人ほど、祭壇に向かい片膝をついて祈っていた。

彼らは私の姿を見ると、一斉に立ち上がる。

「陛下、こちらが預言姫ファタールでございます。さあファタール、この方がシャンデル国王イルサーディ陛下でいらっしゃる。ご挨拶を」

大司教の声から、私を紹介することをかなり渋っているのがわかった。そのことに小さな反発を覚えた私は、できる限りの女らしい声で国王に挨拶をする。

「初めて御意を得ます、陛下。わたくしがファタールでございます」

「お初にお目にかかる、預言姫ファタールどの」

私はヴェールをかけているので、国王の顔ははっきりとは見えなかったけれど、かなり背が高いことはわかった。声はやわらかく包み込むような響きを帯びている。そして、立っているだけでもひれ伏しそうになる空気をまとっていた。

これが国王の貫禄というものだろうか。そもそもの育ちの違いが現れているようで、自分に恥じ入るばかりだ。

預言姫なんて称号は虚飾にすぎないし、私はただ神殿に閉じ込められて何もできずにいるちっぽけな存在だ。元々は食うにも困るような貧しい出自だから、国王の持つ存在感にただただ圧倒されるばかりだった。

「ファタールどの、握手を？」

国王の手が目の前に差し出された。白い手袋をしているけれど、長くて繊細な指だ。

「申し訳ございません、国王陛下。私は人に触れることができません。どうか、お赦《ゆる》しを」

預言姫は神聖なものであると、一般的には広まっている。だから、安易に私に触れようとする者など神殿にはいないし、たいていの場面では「神聖だから」の一言で皆納得していた。

長い儀式で清めて、ようやく聖女に触れ、預言を受けることができる——という筋書きだってあるのだから。

「予の手は穢《けが》れておるか？」

「決してそのようなことはございません。ですが……」

「陛下」

大司教がようやく傍へやってきた。

「国王陛下といえど、神殿の方針には従っていただきたい。不用意に神聖なものに触れ、神の怒りを買う必要もありますまい」

「聖女に触れると神の怒りを買うか。なるほど、若い娘は神聖なものだ。だが、握手もできぬというのであれば、不便なものだな、ファタールどの」

それはそうなんだけど、私が好きでやっていることではないし、かといって大司教の手前、国王の言葉に賛同するわけにもいかない。結局黙り込むしかなかった。

「仕方ありませんよ陛下。あまりわがままを申されても、預言姫が困るだけですから。彼女も神に仕える一信徒、神殿の決まり事を独断で破るわけにはゆきますまい。今日のところは、念願かなって預言姫にお会いできただけでよしといたしませんか。せっかく僕が大司教猊下《げいか》を説得して、面会を許してもらえたのですから。あまり多くを望むのは強欲というものです」

そう言って仲立ちに入ってくれたのは、国王側の随員だった。その声に聞き覚えがある気がして、思わず息を呑む。

とっさに顔を上げると、暗いヴェールの向こうにかすかに見えたのは、丸眼鏡で髪をひっつめにした青年だった。

――なるほど、聞き覚えがあったのは、ディディック補佐官だったからか。

なぜか一瞬ルージャの声かと思ってしまった。さすがにこんな場所にルージャがいるわけがないのに、そんな勘違いをした自分が恥ずかしい。ルージャに会いたいと思いすぎて、ちょっとおかしくなっているのかもしれない。

「さすが、ディディック補佐官はよくわきまえていらっしゃる。陛下、大変恐れながら、神殿内の掟《おきて》には陛下といえど従っていただく必要がございます。ご不快かとは存じますが、どうぞお収めください」

我が意を得たりとばかりに、大司教の声が明るくなった。ディディック補佐官のことは、前回ずいぶん煙《けむ》たそうにしていたけれど、国王を諫《いさ》めてくれるのであれば心強い味方のようだ。

それにしても、国王を前にしてもディディック補佐官の口調は遠慮がない。彼は怖いもの知らずの天然……？

補佐官に諫《いさ》められて、国王はおもしろくなさそうにため息をついた。でも、彼の諫言《かんげん》を受け入れる姿には好感を覚える。

「では、予も清めの儀式をおこない、予の未来を神に問うてもらうか」

この国王の言葉に、大司教は苦虫をかみつぶしたような表情をしていることだろう。ヴェールをかぶった私には詳しくは見えないけれど、空気で彼の機嫌くらいは察知できる。

「儀式には準備も時間も必要です、陛下。ファタールも疲弊《ひへい》いたしますゆえ、またの機会に」

「どうも、予は大司教に嫌われておるようだ。では預言姫どの、次回お目にかかる際にはよろしく頼むぞ」

国王は、握手は求めなかった。その代わり、腕を伸ばすなり私のヴェールをつかみ、それを捲《まく》り上げた。

「ほう……これは想像以上に美しい」

目の前にある国王の整った顔立ちに、ただただびっくりした。切れ長の目は、預言姫の正体を見透かすような力強さがあって、目を離すことができない。

「陛下、いきなり失礼じゃないですか。やめてくださいよもう。そんなだから女性に嫌われるんですよ」

ディディック補佐官がヴェールを捲《めく》っている国王の手に、ビシッと手刀を叩きこんだ。はらりとヴェールが顔の前にかかる。

「今どきそういう高圧的な男はいやがられますからね、どうぞ慎んでください」

（ええっ……!?）

いくら怖いもの知らずだからって、国王に何てことを！　ヴェールの中を覗かれたことよりも、ディディック補佐官の行動に目を丸くしてしまった。

それに彼もたしか前回、私のヴェールの中を覗き込もうとしていたけど、あれは失礼ではないのだろうか。なにより、国王に向かって「そんなだから女性に嫌われる」――って。

思わず声を出して笑ってしまった。

「ほら、ファタールどのが寛容な女性でよかったですね。でなければ今頃、シャンデル国王の名は失墜していましたよ」

「そなたは主君を何だと思っているのだ」

「僕は敬愛する非モテの主君を、どうにかモテ男に修正しようとがんばっているのですよ。このまま嫁のなり手がなければ、シャンデル王国そのものが瓦解しかねませんから。それよりもほら、めったに大聖堂を訪れることもないのですから、ゆっくり鑑賞していくといいですよ。ミルガルデのラキム神殿は王国随一の歴史ある建造物ですし、この祭壇におわすラキム像は、それこそ神殿建立時よりここに立って人々の営みを見守り続けてくださった由緒ある像です。ああ、手触りも極上です」

そんな風に言って、補佐官は大きなラキム神像の腕に触れ、撫でまわす。

「ディディック補佐官！　ラキム像にお手を触れませんように！」

大司教があわてて制止する。

国王の来訪というから緊張していたけれど、国王と補佐官のやりとりがおもしろくて、ここしばらくふさぎ込みがちだった気分がすこし晴れた気がした。

結局、私が国王とそのお供の方たちを連れて、神殿内をひととおり案内し、この日は終わった。

そんな日々を過ごすうちに、いよいよカーニバルの終わりが近づいてくる。カーニバル最後の大司教命令はこうだった。

「明日の夜がいよいよカーニバル最後の夜だ。明後日《あさって》の昼には、大聖堂で市民も入れた盛大な式典をおこなう。おまえもその式典には出席しろ」

「はい」

従順に答えるものの、一瞬、身体が緊張のために硬直した。明後日《あさって》の式典のあと、神殿のお歴々の前で還俗《げんぞく》を申し出ると決めている。いくら大司教とはいえ、他にも大勢の神殿幹部や関係者がいる前で「ダメだ」のゴリ押しはできないはずだ。

きちんと協議してもらって、晴れてこの神殿を出ていきたい。

「私は明日の夜は王城に出向くが、間違っても体調を壊さぬよう、万全にしておけ」

「はい」

大司教の背中を見送ったあと、私は宙をみつめた。

明日の夜でカーニバルの夜が終わる。そして、大司教が不在。ルージャに会いに行く最後の機会だ。もう一度会って、すっかり気弱になってしまった私に活を入れてもらいたかった。

そして、カーニバル最後の夜、私はまたあの服を着て、ルージャのもとへと走り出していた。

――このときの私は気持ちが昂《たかぶ》っていて、冷静な判断ができなかったのだ。

†

最後の夜は、さすがに人々にも疲労の色が見えた。初日のウキウキするような喧騒《けんそう》とは違い、すこしけだるげな、そしてこれでお祭りが終わってしまうのだという物憂《ものう》げな空気が漂っている。

とはいえ、最後の夜を華々しく飾ろうとする吟遊詩人や芸事師も多く、活気は続いている。縦横無尽《じゅうおうむじん》に行き交う人たちをかわしながら、ルージャの宿を探す。二度目に歩いたときは、かなり意識して街を観察していたので、場所はだいたい把握できていた。

ルージャは待っていてくれるだろうか。神殿で数えきれないくらい繰り返したその問いに、ようやく答えが出る。

（大丈夫、ルージャが待っていてくれるのを確かめに行くだけ。そして、明日の式典の後で、還俗《げんぞく》することを宣言する。うまく神殿から自由の身になれるといいけど……）

そして、いよいよルージャの投宿する店にたどり着いた。

一階は酒場になっていて、大きく開いた店の戸口からは中の様子がよく見える。店内にぎっしり詰め込まれたテーブルはすでに満席で、皆、カーニバルの最後を惜しむように酒を酌《く》み交わし、料理を楽しみながら語らい合っている。

その中に、ひときわ賑《にぎ》やかな集団がいた。髪を色とりどりの羽飾りで彩《いろど》り、私がもらったクジャクの羽の仮面よりもよほど派手な仮面をつけ、きらびやかなスパングルがきらめくドレスを着た女性の一団だ。

髪を思い思いに結い、飾り、女性であることを心の底から楽しんでいる様子がうかがえる。すこし、うらやましい。私にはそうやって着飾る機会はなかったから。

そして、そのテーブルの中心には――

(いた……!)

女性たちの甘ったるい笑い声に混ざり、ルージャの楽しそうな低い声が響く。

ある女性から頬に手を当てられ、あからさまに誘われている様子だ。しかも、まんざらでもなさそうに笑っている。

そういえば、先日この店の給仕の女性が、ルージャは女性にたいへんモテると言っていたっけ。あのときはなんにも気にしなかったけど、その様子をこの目で見てしまうと……

強烈に腹の底から何かがこみあげてきた。この感覚をどう表現すればいいのだろう。

ちょうど、その給仕の女性がルージャの席に料理を運び、彼に何事かを告げる。すると、ふたりが同時に顔を上げて私を見た。

どうやら、給仕の女性が私の存在に気がついて、ルージャにご注進に行ったらしい。

私は店の入り口からその様子を眺めていたけど、彼に存在を知られた途端、なぜか居たたまれなくなって踵《きびす》を返した。

ルージャに会いたくて、毎日毎日おかしくなりそうだった。ようやく会いに来られたのに、なんで逃げ出してるんだろう――

「レイラ！」

足早に表通りまでやってきたとき、ルージャの焦った声が追いかけてきた。

「待ってくれ、レイラ」

肩に手を置かれ、本当の名前を呼ばれる。その確かな存在に胸が高鳴ったけど、同時に胸を引き裂かれるのにも似た痛みを覚えた。

振り返った途端、幻ではないルージャの姿に目頭が熱くなる。あれほど恋焦がれた人が、手の届くところにいる。

「会いに来てくれたんだろ？」

バツが悪そうな、でも安堵したような表情でルージャは言い、両腕を広げて私の身体を抱き寄せた。

私も、なぜ逃げ出したのか自分でもよくわからないままだ。でも、かすかなお酒の匂いに混ざるルージャの香りに包まれ、彼が私の髪にくちづけるのを見たら、途端に顔が歪んでしまった。

「レイラ、会えてよかった……あれから毎日、君に会いたくてどうにかなりそうだった」

耳元でルージャがささやき、私の頭を撫で、頬に唇を押し当てる。

「それから、変な誤解をされる前に言っておくけど、彼女たちは隣国のファンネルから来た踊り子で、これから夜通しで踊るんだそうだ。たまたま同じ店に居合わせただけで、べつに俺が引っ掛けたわけじゃないからな」

「ほんと……？」

「もちろん。そんなことより、カーニバルが終わっても君が神殿から出てこなかったら——と、乗り込む算段をつけるので忙しかった。敵情視察のために何度も大聖堂まで出向いたし。おかげですっかり礼拝の手順まで覚えた」

そう言ってルージャはラキム神への祈りの仕草をしてみせる。神さまなんて縁のなさそうなルージャが生真面目な顔をして印を切るものだから、思わず笑ってしまった。

「私も、ずっと会いたくて仕方がなかったの……」

会えずにいた間、もしかしたらルージャは私のことなんてもう忘れているんじゃないかと、すこしだけ疑心暗鬼になっていた。

私が彼と共に過ごした時間なんてほんのわずかで、彼がこれまで生きてきたたくさんの時間の中では、本当にごく一瞬の出来事なのだから。

でも、変わらずに私を抱きしめてくれるこの腕の中にいると、そんな煩悶《はんもん》をしている時間なんて、それこそ吹けば飛ぶほどの一瞬だったと思えた。

それから、ルージャとふたりでカーニバル最終夜の街をぶらぶら歩いた。

先日のように屋台で買い食いしたり、色とりどりの衣装を着たパレードの列を見送ったり。神殿の中に閉じ込められているときからは、考えられないほど幸せな時間だ。

「いよいよカーニバルが終わるけど、うまく言い出せそうか？」

「うん。明日の式典参列者を調べたけど、神殿の主だった人々はほとんど参列するから。大司教といえども、私の希望を握りつぶすことはできないわ」

「だが、万が一にも還俗《げんぞく》を却下されたときのことを考えると、嘘の預言を後出しするのは良くないな。わざとらしく見える。最初から、自分を還俗《げんぞく》させよという神の託宣《たくせん》があったと、そう言い出したほうが自然だ。どうせ、それが嘘か本当かを調べる術《すべ》はないんだから、大げさなくらい厳粛《げんしゅく》に。少なくとも、ミルガルデの神殿内で預言姫の言葉は信頼度が高いようだから、半信半疑だとしても、信じる人間のほうが多いんじゃないかな」

「そうね、わかったわ」

「それと、俺なりに王城に来ている神殿関係者について調べてみたんだ。中には『預言姫』の存在自体を疑ってかかっている面子《メンツ》もいるようだから、そのあたりがレイラにとっての味方になるかもしれない。預言姫ファタールは、とどのつまりはカイザール大司教が独占しているわけだ。それを快《こころよ》く思わない連中も多いみたいだからな。預言姫が自発的にいなくなるなら、大司教の政敵にとっては万々歳だろ」

思わずぽかんとした。今回のことは完全に神殿内部のことで、ルージャにはただ待っていてもらうしかないと思ってたのに、そんなことまで調べていてくれたなんて。

「……ルージャ、ごめんなさい」

「え？」

「だって、私のために調べてくれていたのでしょう？　それなのに私、ルージャが私のことを忘れていたらどうしようとか、そんなことばかり考えていたの……」

ルージャの手が私の髪をくしゃっと撫でた。

「それを言ったら、俺だって君が本当に存在していたのか、ヘンな妄想に取りつかれてたんじゃないかって自分を疑ってたよ」

そう言ってルージャが笑う。くすぐったい感覚に思わず目を閉じてしまったけど、この先の未来も、この手に触れていたいという気持ちがますます大きくなっていく。

「でも、よくそんなことを調べられたのね」

「賞金稼ぎは情報第一だからな。情報源には事欠かないよ」

そう言ってもう一度笑ったかと思うと、突然濃厚なキスをされた。街中《まちなか》で、たくさんの人が歩いているのに――！

そのうえ、ルージャは何事もなかったようにけろっと続ける。

「ああ、でもやっぱり心配だ。神殿での君の居場所がわかっていれば――たとえば大聖堂にいるときなんかに俺が乱入して、君を掻《か》っ攫《さら》うっていうのが一番よくないか？　そうすれば、誰かが罰せられることも……」

「だめよ、聖騎士は厳しい訓練を受けた戦士だし、数だってたくさんいるもの。いくらルージャが強くても、ひとりで乗り込むなんて無茶よ。お願いだからやめて。あなたを危険にさらしたくない」

ルージャの手を取って、それを額《ひたい》に押し頂いた。この手は絶対に失いたくない。

「……その方法ではうまくいかないって、君には視えるのか？」

私は首を横に振った。

「もともと自分のことは視えないし、ルージャのことも私には視ることができないから……」

「俺の未来は視えない？　なぜ？」

私よりはるかに高い位置にあるルージャの顔を見上げ、首を傾げた。

「わからないわ。私の『運命の人』の未来は視えないって、そう聞いたことはあるけど……」

ちょっと遠慮がちにそう切り出して、彼の反応をうかがう。

運命だなんて、乙女的な発想で浮かれてた私も私だけど、誰かにそう話すのはけっこう恥ずかしい。笑われてしまうかな。

「運命の人？　ああ、運命の相手はすなわち、自分の未来と交錯してるからってことか。それはつまり、俺とレイラの未来が交わってるって、そういうことになるのかな」

ルージャは訝《いぶか》しむことも笑い飛ばすこともなく、納得する説明をしてくれた。それが本当に正しい理由なのか知る術《すべ》はないけれど、すとんと腑《ふ》に落ちたのは事実だ。

「そう言われると、俄然《がぜん》やる気になるな。レイラは俺みたいな得体の知れない男の妻になって後悔しない？」

「つ、ま……？　私と結婚してくれるの？」

神殿を出るという目的ばかりに目が行っていて、事が成就したあとのことなんて、ちゃんと考えていなかった。

「レイラはそのつもりじゃなかったのか？　俺はこう見えてもけっこう身持ちが固いんだ。その気のない女の子の純潔を奪っておいて知らんぷりなんて、そんな真似ができるかよ。言っておくけど、俺があんなことをしたのはレイラに本気だからだぞ！」

「――」

私たちの重ねた時間が短いからか、ルージャは繰り返し繰り返し、本気だからと私に言う。でも、時間の長さなんて私には関係なかった。私と同じ時間を――やさしくてあたたかくなるような心を共有した人は、この世界にルージャただひとりだけだったから。

もしこれが全部嘘だったなら、私の人生なんてここで終わってしまってもかまわない。

「ルージャ、ありがとう……」

そのとき、あたりが急に賑《にぎ》やかになった。ふたりで同時にそちらに目を向けると、視線の先にはさっきルージャと一緒に酒場にいた踊り子たちがいた。

彼女たちは羽の扇を手にして、美しく妖艶な踊りを披露する。思わず目が釘付けになってしまうほど艶《あで》やかで、美しくて、そのきらびやかな姿に目を細めた。

「レイラの未来も、あんな風に自由でまぶしいんだろうな。俺が絶対、自由な場所に連れ出してやるから――」

†

夜半になり、またルージャの部屋で身体を重ねた。

先日は私も混乱していたし、衝動《しょうどう》の赴《おもむ》くままだったけれど、今日はそうではない。きちんと自分の意思で、本当に大好きな人とぬくもりを分かち合うのだ。こんな幸せな時間を過ごしていることが、今でも信じられなかった。

「今日はちゃんと準備しといたから」

人が悪そうに笑い、ルージャが取り出したのは男性の使う避妊具らしい。世の中にはこういうものも存在しているんだと初めて知った。

だけどそれを見た瞬間、とてつもない罪悪感に襲われた。まだ、ルージャには言えていないことがある。今までの私は、それをさして大きな問題とも思っていなかったけれど、私を妻にとまで言ってくれる人に秘密にしておくわけにはいかなかった。

「その、大丈夫だから、気にしなくていいわ……」

「そういうわけにはいかないだろ」

「私、間違っても妊娠しないように、子供のころからずっと強い薬を飲まされてて……副作用のある薬だからたぶん、一生子供はできないだろうって」

「……なんだ、って？」

途端、ルージャの顔が歪んだ。

私は自分が子供を産むなんて想像したこともないから、べつになんとも思っていなかった。一生を傀儡《かいらい》のまま、神殿で過ごすのだと信じていたから。

「ごめんなさい――」

「どうして君が謝る。あの野郎……レイラにそんなことを……！」

彼は顔を怒りで染め、拳を固く握りしめた。そして何も言わず、その鍛え抜かれた腕の中に私を閉じ込める。

彼の見た目は細身だけど、その腕も胸もこうして触れると厚みがあるのがわかる。自分の身体がひ弱に思えてくるほどだ。

「絶対にあの神殿から連れ出す」

私を抱く腕にいっそう力をこめてきて、苦しいほどだ。でも、とても甘ったるい苦しさだった。

彼の腕の中にいると、すべてが夢心地になって溶かされていく気がする。

「なんだか、このまま抱きしめていたらレイラを壊しそうで怖いな。こんなに華奢《きゃしゃ》だから、力の加減が難しい」

ベッドの上で私の身体中に唇を押し当てながら、ルージャは言う。

「そんなに貧弱じゃないから。私、これでも身体は丈夫よ」

「でも、ここは弱いだろ？」

きゅっと胸の先端をつままれて、小さく声が出てしまう。すると、ルージャはもっと声を上げさせるように指の腹でそこを何度も擦り、口に含むと、舌先で敏感な粒を転がして、軽く歯を立てる。

「ふぁぁ……っ」

くすぐったいをすこし超えた感覚に、思わず身震いした。ルージャに悪戯《いたずら》されて、疼《うず》くものが身体の芯に集約されていくのを感じる。

「なんてキレイなんだろうな、レイラの身体は――」

手でやさしく揉みしだいていた乳房を、ルージャは唇で吸う。まるで、私の身体を自分に吸収しようとしているようにも見えた。そして、それに底知れない悦《よろこ》びを感じている自分をみつけ、恥ずかしくて顔を背ける。これではまるで、ルージャに支配されたがっているみたいだ。

これまで、ずっとカイザール大司教に支配されてきて、今、その軛《くびき》から逃れようとしているのに、さらにまた誰かに支配されたいと思うなんて。

「レイラはいやがるかもしれないけど……レイラを俺に会わせるために、大司教ががんばってそこらの馬の骨を君に寄せつけないようにしてたと思うと、感謝しかないな」

大司教が必死に馬の骨を追い払っている姿を想像して、つい笑ってしまう。これまでの抑圧された生活は窮屈で仕方がなかったけれど、確かにそれがあったから私はルージャに出会うことができたのだ。

「ま、大司教にしてみりゃ、俺こそが馬の骨そのものなんだろうけど」

熱心に胸のふくらみに唇を寄せながら、ルージャは私の頬に手を当てて、やさしく撫でてくれる。

そして喉や肩、わき腹に手を添わせて、身体中に愛撫を加えた。

そのたびに肌がぞくぞくと粟立《あわだ》って、はしたない声が漏れる。

あっという間に、じわりとそこが濡れ始めた。ルージャの愛撫を一番待ち望んでいる、熱く疼《うず》く場所が。

でも彼はそこには触れずに私を抱き起こして座らせると、背中から抱きしめてきた。背中に人のぬくもりを感じるという不思議な感覚に、ぼーっとなってしまう。

「レイラの髪、いい匂いがする」

ルージャは、私の長い髪をかきあげて、肩や首の後ろ側に唇を這《は》わせた。ゾクッと震えを感じて丸くなった私の身体をこじあけ、私の視界に入るように胸を手で弄《もてあそ》び始める。

「あっ――んぁあ……」

すくわれた乳房が彼の手の中で形を変え、私にぴりぴりとした快感を伝えてくる。いやらしい手つきでくすぐられる様子を見ていると、ますます声が漏れた。

ルージャにくちづけられた痕が、乳房の脇に小さな朱の花を咲かせている。それがまるで、ルージャの所有印のように見えて、すこしくすぐったかった。

その間も、彼の唇や舌がずっと私を追い立てる。生温かな舌が肩を濡らし、耳元を音を立てて舐めるのだ。そのたびに彼の熱い吐息がかかって、ますます肌が粟立《あわだ》った。

そして、おしりのほうに当たる、熱くて硬い感触。

ルージャに抱きすくめられ、思いつく限りの快感を与えられる。乱れる自分が怖くて、でもどこか物足りなさを感じてしまって——どうしていいのかわからなくなる。

「はぁっ……あぁっ！　ルージャ……っ」

はじめは脚を閉じていたはずなのに、気づけば立てた膝を大きく開いていた。ルージャの胸に背中を預けて身悶《みもだ》える。

彼が首筋をなぞるたび、その荒々しい吐息が耳元をかすめていく。

伸びかけの黒髪が視界の隅に入り、縋《すが》るようにそれに指を絡めると、後ろからルージャが頬にキスをくれた。何度か繰り返したあと、ついには唇を重ね合わせる。

激しいくちづけを交わしていくうちに、秘裂の奥が焼けただれたように熱くなって、中から溢《あふ》れたものがとろりとゆっくり流れ落ちた。

「レイラのここ、ぐっしょり濡れてるな……」

熱に浮かされた黒い瞳が、私の肩越しに濡れた場所をじっとみつめる。彼の視線だけでじりじりと燃えるような錯覚に襲われ、蜜で濡れた中の蕾が疼《うず》いた。

「おねがい……ここに、さわって……」

ルージャの手首をつかんで、秘所にそっと導く。自分からこんな真似をして、ルージャに軽蔑されるだろうか。でも彼は私に導かれるままに大きく開いた花唇に指を寄せ、割れ目を広げて指を滑らせた。

「ひぁっ、ああ——っ！」

割れ目に沿ってゆっくり人差し指を動かされると、そこからぴちゃ……と濡れた音が響く。そのたびに敏感な蕾が全身に快感を伝えてくる。

「ルージャぁ……っ」

彼の指先にまったく力は入っていない。とてもやさしく中のふくらみを撫で、時折くるくると円を描くように弄《いじ》る。そしてねっとりと糸を引く蜜を私に見せつけた。

「どんどん溢《あふ》れてくるな……」

さらに、割れ目の中を確かめるようにねっとりと。私の身体がビクッと震える場所をみつけると、今度はそこに小さな振動を流し込む。

「ふ、あぁん……っ！」

下腹部に触れられているのに、頭にまで蕩《とろ》ける感覚が走る。思わず背中を反らすと、ルージャの手が私の顎《あご》をつかみ、耳朶《じだ》に舌を這《は》わせた。

「レイラ——かわいい」

秘裂をなぞる指は、まるで蜜に空気を含ませるように動き、ぐちゅぐちゅと卑猥な音を奏でる。気持ちよくて、恥ずかしくて、とても目なんて開けていられない。

「あ……あっ！　いや——やぁ……」

「だめ？　もっと欲しいって言ってるように見えるよ」

指に触れられている部分がズクズクと脈打つのを感じた途端、子宮へと続く場所から淫《みだ》らな水が溢《あふ》れ出し、くちゅっと音を立てた。

蜜がこぼれる場所にルージャの指が入り込んでくる。内側の壁を擦るように指で体内を愛撫されると、そのたびに身体がビクンビクンと跳ね上がった。

「ここがレイラの弱い場所だ」

意地悪に笑うルージャの声も熱っぽく掠れている。その乱れた呼吸に、彼も私と同じように淫《みだ》らな興奮を得ているのだと知って、すこし安堵した。でも、そんな安堵なんて一瞬で快楽に吹き飛ばされてしまう。

身体の内側から愛撫されているうちに、なんとも言いようのない感覚が身体中に湧き上がってきた。執拗《しつよう》に擦られ、喉の奥から絞り出すような悲鳴が上がる。

「あぁ……そこ……だめぇっ！」

細かな振動を与えられ、一気に絶頂までのぼりつめる。一瞬、全身が硬直して、意識が遠のく。そして、ルージャの指の当たる場所から全身に向かって、快感の波が広がった。

「ひっ、んぁあ……っ」

それが落ち着く頃には全身から力が抜けて、全力疾走でもした後のように激しい呼吸を繰り返すだけだった。

「イクときの顔、ほんとにかわいい……」

「……意地悪」

でも全身をたゆたう疲労はとても心地よくて、心まで満たされていく。

また頬にキスをされ、ベッドの上に横たえられた。身体に力が入らなくて、ぼうっとルージャをみつめていたら、彼の手が私の両膝を折り曲げ、押し広げる。

「やっ、見ないで……！」

部屋の中は小さなランプだけで薄暗かったけど、見えないほどではない。明かりの中ではしたなく濡れた秘部を暴露されるなんて。しかも、今の絶頂で秘裂の中がひくひく痙攣《けいれん》している。

「ずっと甘い香りがしてる。この蜜、舐めてもいい？」

「舐……っ、だめ、だめ、そんなの」

「どうしても？」

言いながら、ルージャの指が開かれた割れ目をそっとなぞり、硬くなった蕾を小さく揺らす。

「ああっ……！」

指先でそこに触れられているだけなのに、また全身にうねるような波が広がっていく。もう気持ちいいを通り越して、すこし辛い。

でも、さらに追い打ちをかけるように、ルージャは指を動かしつつ、胸を揉みしだき、胸の先端を口に含んで舌先で転がし始めた。

生温かな感覚に加えて、舌がその粒をねっとりと包んで、快感を植えつけていく。

もしこの舌が、あそこを舐めたら……

「ふあぁっ、あんっ」

想像した瞬間、蕾をつままれて腰が反り返った。

熱く疼《うず》く場所は、ルージャの指を絡めとるように蜜でぐっしょり濡れている。

——舐めてほしい。

そんなこと間違っても口には出せないけれど。

ルージャは顔を上げると、誘うように舌を出し、私の喉元にそれをじっとりと這《は》わせた。

「舐めるよ？」

もう、いやだとは言えなかった。黙っていると、彼はそれを肯定と受け取ったようだ。私の膝を左右に大きく開くと、淫《みだ》らな部分に唇を寄せた。

「……っ！」

ルージャが、私の下腹部に顔を近づけている。信じられない光景に、まともに目を開けていられない。

でも、彼はそんな私にお構いなしに、たっぷり溢《あふ》れた蜜の中に舌を浸し、蜜の泉に沈んでいる花の蕾を探し始めた。

「っああ！　ルー、やぁあん、あ、ふ……！」

彼に吸われて舐められるたび、ぴちゃ……と濡れた音がする。

最初は舌の先端で突《つつ》かれるだけだったけど、次第に舌全体で蕾を押し潰すように舐め、敏感な蕾を強く吸う。

色々な刺激が強すぎて、気持ちが追いつかない。でも、私の心など知ったことかと、身体はルージャに与えられる快感にひたすら従順だった。

「レイラの蜜、甘いな」

「ああ――気持ち、いい……」

知らないうちに、目尻に涙が溢《あふ》れた。その間も、ルージャが愛液を吸い上げる音と、私の快楽に酔い痴《し》れた悲鳴が部屋の中を満たしていく。

欲望をさらけだして、本能のままに異性と交わるなんて……これは背徳行為なのかな。でも、ルージャが相手なら、私にとっては幸せなことだ。

もし、このことが原因で私の預言の力が失われるのであれば、これは他人の未来が視えるという呪いに囚われた私を解放してくれる儀式――そんな風に思える。

思わず手を伸ばして、ルージャの髪に触れていた。

「ね、ルージャ……これじゃ届かない。ぎゅって、して？」

懇願すると、蜜を貪《むさぼ》っていたルージャの顔がそこから離れ、濡れた唇をぺろっと舐めながら私の上にのしかかってきた。

「いちいち言うことがかわいすぎる。こんなの、いくら理性があっても足りやしない……」

理性的な行為とは程遠いことを、さっきからずっとしていたと思うのだけど。

「ルージャの言うことは、いちいちおもしろいよね？」

「俺はいたって真面目だ」

ルージャはわざわざ生真面目な顔を作ってそう言う。次の瞬間、ふたりで一緒に笑い出した。

「そうだな。こうして抱き合ったほうがあったかいし、気持ちいいよな」

そう言って私の腕をつかんで上体を起こすと、ぎゅっとしてくれる。私もルージャの背中に手を回した。男の人の広くてしなやかな背中の感触が、指先に新鮮だ。

「レイラ、そろそろ俺の分身が君の中に入りたいって喚《わめ》いてるんだけど……」

ルージャの視線に誘われるように、つい目線を下げる。彼の楔《くさび》がまっすぐ私のほうに向かってそそり立っていた。こんな大きなものが、中に入ってくるなんて、ちょっと、信じられない。すでに経験済みのはずだけど、前回は自分でもわけのわからないうちに事が済んでしまった気がするから、あらためて見てちょっと怖気《おじけ》づいてしまった。

「ほら、レイラのここも挿れて欲しがってる」

水浸しの割れ目に、ルージャの指が伸びてきた。クチ——と濡れた音が響き、一気に羞恥《しゅうち》に襲われる。

ルージャが避妊具を取り出して、それをつける。不要だと言ったけれど、「悪虐大司教の飲ませた悪魔の薬に、俺が乗っかれるか」と、ふてくされたように言い捨てた。

その表情に、胸がぎゅうっと疼《うず》く。

「腰、すこし浮かして」

ルージャの膝の上にまたがるような恰好で座り、膝で身体を支えると、彼の太い熱塊の先端が割れ目の中に埋まった。

「ここに座って、そう、ゆっくり腰を下ろしてごらん」

ルージャの手が私の腰をつかんで、そっと下ろしていく。すると、宛《あて》がわれた楔《くさび》がぐっと埋没してくる不思議な感覚がやってきた。

「ん……」

「きついな――レイラの中」

「ご、ごめんなさい……」

「違うって。ほんとこの子は、俺を悩殺する気か？」

彼のあたたかな両手が私の腰を一番下まで押し込む。すると、楔《くさび》が根元まで埋まったのがわかった。そうされると身体の中が痛くて、でも熱くて、すこし混乱してしまう。

「なんだか、卑猥だな。コーフンする……っ」

つながりあった場所が体液で濡れ光っている。生々しい光景に目を奪われてしまった。なんていやらしいことをしてるんだろう。

「レイラ、顔が赤いよ」

「だって……」

小さく笑ったルージャは手を後ろにつき、下から突き上げるようにして腰を打ちつけてきた。

「ひあっ」

驚いて腰を浮かしてしまったけど、追いかけるようにルージャの楔《くさび》が中を貫いてくる。

「レイラも、ちょっと動いてみて」

「う、動くって……」

「身体を上下に、そう、俺のものを呑み込むみたいに……」

言われるがままに身体を動かすと、ぬるぬるした蜜に導かれるように、ルージャの熱い塊が内側の壁を擦りながら奥まで入ってきた。

抜き挿しされるたびに胸をざわつかせるような感覚が呼び覚まされる。

でも、繰り返し硬くて熱い塊に刺激されているうちに、また身体が快感だけを拾うようになっていった。自分で気持ちよくなるために身体をずらし、ルージャのものが当たって心地いい場所にもっていく。

「ああっ、ルージャの……当たって……」

いつの間にかルージャは上体を横たえて、私の胸を下から弄《いじ》っていた。私はルージャの厚い筋肉に覆われた腹部に手を置き、快楽を貪《むさぼ》るように腰を揺らし続ける。

「恍惚《こうこつ》としてるレイラの顔、ほんとやばいな」

どんな顔になっているんだろう。でも、表情を取り繕《つくろ》う余裕はもうなかった。気持ちよさに腰を揺らし、髪も乱れてきっとひどい有様《ありさま》に違いない。

「も――限界」

投げやりにルージャが言うと、つながりあったまま身体をころんと転がされる。今度はルージャが上になった。

そのまま私の腰をつかみ、ルージャが何度も打ちつけてくる。

後から後から溢《あふ》れ出る蜜が、その狂おしい熱を包み込んでもっともっと奥へと引き込むみたいだ。

彼の熱も呼吸もどんどん上がっていく。

「レイラっ、レイラ……！」

甘ったるいルージャの呼び声。痛みはもう摩滅《まめつ》して、気持ちよさしか感じない。

「あ――あ……」

また、身体が絶頂に向かい始める。身体の中でルージャの熱が弾けたのがわかった。最奥を突いた楔《くさび》がドクンと脈打つ。

途端に彼への愛しさが溢《あふ》れてきて、私はのぼりつめると同時に身体が真っ逆さまに落ちていくような、そんな不思議な感覚にとらわれた。


それからは眠ってしまうこともなく、ルージャの腕の中に収まって甘い余韻に浸っていた。

裸のままでごろごろと横たわっている時間がたまらなく幸せで、このままずっとここにいたくなってしまう。

「明日、うまく話せたとしても、さすがにその場で皆さんさようなら、なんてことにはならないと思うの。もしルージャがミルガルデにいるなら、待っていて、くれる……？」

「当たり前だよ、花嫁のヴェールでも選びながら待ってるさ。まあ、あんまり先のことまで気負いすぎると、足元がおろそかになる。俺のことは心配いらないから、レイラは自分のことに集中すること。何かあったら、俺が必ず助けてやるから」

「ありがとう」

唇を重ね、舌を絡め合う。本当に何もかもが夢のようだ。これから先もずっとこうしていられるのか、まったく現実味がなくてすこし怖い。

「ルージャ、本当にあなたに会えてよかった。信じられないくらいうれしい」

「おいおい、それじゃまるで今生《こんじょう》の別れみたいじゃないか、縁起でもない。そういう言葉は結婚式のときに聞くよ」

そう言ってキスを交わすと、ルージャが熱い手でふたたび私の身体をなぞり始めた。私の身体はまた潤《うるお》い出していく。

「レイラ、もう一回しようか？」

吐息まじりに耳元でささやかれ、頬が赤らんでしまった。

「そんな時間は……」

とはいえ、まだ窓の外は深夜の色で、明け方まではしばらくありそうだ。このまま神殿に戻るつもりだったけど、もうすこしだけ甘えていたい——

唇で胸を愛しながら、ルージャの手が割れ目をなぞり、襞をかきわけて中に入り込む。

焦《じ》らされるようにくすぐられていると、すぐに身体の芯が疼《うず》き出す。

ルージャが欲しい、その熱い塊で今すぐ中を抉《えぐ》って欲しい。そんな欲望が狂おしく頭を支配する。

「はぁっ……あッ、そこ、触られると……っ！」

ルージャが楔《くさび》を割れ目に宛《あて》がい、硬くしこりになった蕾に直接その先端を押し当てた。

気持ちよすぎて頭の中が真っ白。

なんて生々しくて、猥《みだ》りがわしいのだろう。

一気に恥ずかしさが上昇して、ルージャの楔《くさび》に擦られている感覚が鋭敏になった。

「やぁああっ、ああ……っ！」

触れあうだけでビクンビクンと震えてしまう。強く刺激されると身体の芯から全身に向かって快感が弾けた。

全身が蕩《とろ》けてしまいそう……

「レイラの乱れる顔、すごくキレイだ」

耳元で低く呟くルージャはずるい。そんな甘い声で睦言をささやかれたら、どうしたって感じ入ってしまう。

「もう、お願い——中、挿れて……」

「俺を欲しがってくれるんだ」

ルージャが精悍《せいかん》な顔をくしゃっと歪めてうれしそうに笑うと、それだけで心臓をきゅっとつかまれる。そう、私に笑顔をくれたのもこの人だけだった。

これまで生きてきて、こんなにも人とくっつきたいと思ったことはないし、その手に触れて安心できるのもルージャひとりだけだった。私が欲しかったものをルージャはたくさんくれる。

それは、この世のどんなことよりも奇跡的なことだ。

「俺の、女神さま」

仰向けに寝かされ、脚を左右に大きく開かされる。ルージャの熱くて硬い塊が宛《あて》がわれ、奥へ奥へとゆっくり侵入してきた。

そうしている間も、その大きな手は私の身体中を愛撫し、唇は鼻先や頬、耳元、首筋、鎖骨など、ありとあらゆるところにやさしいくちづけをくれた。

自分がとても大切にされている気がして、胸がざわつく。なんてくすぐったい感覚なんだろう。

「ふぅ……ん、んっ」

溶け合うほどに抱き合っているうちに、ルージャの呼気と熱塊がさらに勢いを増す。すぐ傍で彼の乱れた息遣いを聞いていると、心地よさの波が次第に強く広がり出していった。自然と腰が反り返り、ルージャの腰に押しつけるような格好になる。

「レイラ……っ」

ルージャは眉間に深い皺《しわ》を刻み、何かをこらえるように唇を引き結ぶ。

先日は、彼のこの表情が苦しそうに見えたけれど、何でそんな風に思ってしまったんだろう。今はルージャが私の中で気持ちよくなってくれている証《あかし》にしか見えない。

「はぁっ、あ、あ、あ……！」

悲鳴を上げすぎて、声が掠れていた。でも、ルージャはもっと私に声を上げさせようとしているのか、身体ごと揺さぶって最奥まで捩《ね》じ込んでくる。

体内に埋まったとてつもない熱量が暴れ、何がどうなっているのか全然わからなくなる。ただただ奥が熱く疼《うず》いて、身体が痙攣《けいれん》し始めて――真っ逆さまに落ちていく。

「――っ！」

一瞬、動きも呼吸も、そして時間まで止まってしまった気がした。

私を刺激する一切の感覚が消失した静寂の中、耳元でルージャが大きく息をつく音だけが聞こえてくる。

それを合図にしたように子宮からとてつもない快感が弾け、身体中を満たした。

「んぁっ、ルー……ジャ、ぁあ――っ」

絶頂感に押し流されてしまわないよう、ルージャの身体に必死にしがみつく。

もう、言いようもないほどルージャが大好きで、この瞬間のために長い間、閉塞感に耐えていたのだと思えるほど、幸せだった。

結局、このぬくもりから離れがたくて、明け方ギリギリの時間まで、それこそ腰が砕ける寸前まで愛し合っていた。

そうして空が白み始める寸前、神殿の近くまで送ってもらい、後ろ髪を引かれる思いでルージャと別れた。

今日が無事に済めば、きっとまた彼に抱きしめてもらえる。

そう信じようとするのに、胸のどこかがチリチリと痛んで焦燥感を煽《あお》る。まるで、先を見通すあの力が、私の未来を否定しているように思えて……。

(大丈夫。きっとうまくいく――未来は、自分で決めるものだから)

夜の中にそびえるラキム神殿を見上げ、私はぎゅっと拳を握りしめてその中に戻っていった。

第三章　預言姫の絶望

その日はまったく寝ていなかったけれど、眠気は欠片《かけら》もおりてこなかった。

式典までの時間はあとわずかだ。そう思うとちっともじっとしていられなくて、部屋の中をうろうろしながらため息ばかりついてしまう。

式典は普段の礼拝と比べると格式ばったものだし、四年に一度の大祭なのだから、きっと大聖堂のほうでは準備に大わらわに違いない。

大掛かりな儀式がある日は、太陽が昇ると同時に斎戒沐浴《さいかいもくよく》をおこなう。

神殿の庭の一角に設けられた沐浴《もくよく》場は、私専用だ。森を模した庭の奥に造られていて、水は足首ほどまでしか張られていないけれど、神像の持つ水瓶から流れ落ちる水で身を清める。

修道女が沐浴《もくよく》場の近くまで付き添ってくれたので、ガウンを脱いで渡す。そして素肌の上に白い薄物だけを羽織って、石で造られたなだらかな階段をゆっくりと下りた。

人の目がないここで、聖女は全裸になって身を清める。風習だからとはいえ、屋外で裸になることの心許《こころもと》なさは例えようもなかった。

最後の羽織り物も脱いで、水が零れ落ちる水瓶の下まで歩いていく。そのとき、昇り始めた太陽の光が降り注いで、身体をくまなく照らし出した。

すると、身体の表面にいくつかの朱い痕が浮かび上がった。まるで、本能のままにルージャと抱き合った私の罪を暴くかのように。

それは、彼にくちづけられた痕。

乳房や腹の脇の目立たない場所ではあったけれど、くっきりと朱い痕跡があったのだ。

それを見て、血の気が引いた。

事の最中はルージャの残した痕に言いようもない喜びを感じたけれど……先日、カイザール大司教に服を裂かれたときも、こんな痕があった――？

(もしかして、これを確かめられた……？)

ドクンと心臓が強く打ち、足が震える。

(待って、あのときにこんな痕が見つかっていたら、その場で追及されたはず……。あのとき、大司教の態度は変わらなかったし、自分自身でも気づかなかったくらいだもの。大丈夫……)

そう自分に言い聞かせるけど、一度抱いた疑念が完全に晴れることはなかった。沐浴《もくよく》をしていても、自分が何をしているのか全然わからず、焦《じ》れた修道女が様子を見に来たほどだ。

「ファタールさま、まだ朝方は涼しいですし、あまり長く水を浴びられては身体に毒です」

「あ、ありがとう……。もう、戻ります」

修道女が身体を拭《ぬぐ》おうとしたので、とっさにその手から手拭《てぬぐ》いを奪い取ってしまった。この朱い印を、誰にも見られたくない。

「大丈夫、自分でやります」

全身が震えて、部屋に戻る足もおぼつかなかった。たぶん、顔は青ざめているだろう。

身づくろいをして、祭服をまとい、髪をケープの中にしまう。

ヴェールをつけたあとも不安は払拭されず、大聖堂に向かうために部屋を出る頃には、刑場に連れ出される囚人の気分だった。

こんな気持ちで、還俗《げんぞく》の宣言をすることができるのだろうか。

もう大聖堂にはたくさんの人が来ているだろう。千人以上は収容できるし、開放された聖堂の大扉の向こう側――中庭にも大勢の人が祈りに来ているかもしれない。

よりよい未来のために。幸せな人生を願って。

もし今日のこの機会を逃したら――このまま偽聖女を演じ続ける？　私の人生って何のためにあるの？　人の未来を視て羨《うらや》むだけ？　私は自分の幸せを求めることを許されないの？

「冗談じゃない……」

「何か、おっしゃいましたか？」

小さく口の中でつぶやいたら、後ろに従っていた聖騎士に聞き返された。何でもないと首を振って前を見据える。

（……カイザール大司教に知られていたって構わないわ。私は、神殿を出ていく。聖職者のふりをするのももうおしまいなんだから！　そうよ、何も問題ないわ。むしろルージャとのことが罪だと言うのなら、破門にしてくれればいい）

土壇場《どたんば》で開き直った。大司教に何を探られていようと、私の決断に変わりはない。

やがて、大聖堂へと通じる扉が見えてきた。あそこをくぐれば、千人以上の前に出る。式典の邪魔はしない。終わったあとで退出する際、関係者の前で還俗《げんぞく》を願い出れば——！

ところが、扉の手前で聖騎士に歩みを制され、廊下の横にある階段を示された。

「ファタールさま、本日はこちらへ」

「なぜ？」

式典や礼拝のときは、祭壇のすぐ前に列席するはずだ。だが、聖騎士に案内されたのは、聖堂を見下ろすことのできるテラスに続く階段だった。

「大司教猊下《げいか》の指示でございます」

唇を噛んだ。事がいつもと違う方向に進んでいる。でも、決意は揺るがない、絶対に。

テラスに出ると、圧倒されるほどたくさんの人々が祈る姿が見えた。大聖堂内は人でごった返し、解放された大扉の外までもぎっしりと黒山の人だかり。

この中にきっとルージャもいてくれるはずだ。

今日は、大司教が祭壇に立って聖典の朗読、説法をおこなうらしい。それ以外の神殿幹部たちは祭壇のすぐ側で、それを見守っている。テラスにいるのは私だけだった。

ふと見下ろせば祭壇の神像が目に入った。

私の企《たくら》みを見抜いたかのような表情のラキム像に、なぜか胸騒ぎを覚える。不安をかき消すため祭壇に向かって静かに頭《こうべ》を垂れ、祈りを捧げる。

どうか、本当に神がいるのであれば、私に自由を——自分として生きることをお許しください。

長い長い説法の後で、大聖堂からオルガンの伴奏と聖歌が流れ出した。毎日聴いているものだけど、これだけ多くの人が歌う姿を目にする機会はそうはない。

聖歌が終われば、式典も終了だ。どうしてテラスからの参列だったのかはわからないけれど、階下には神殿関係者のそうそうたる顔ぶれが並んでいる。必ず彼らの前で宣言してみせる。

オルガンが最後の和音を奏で、やがて広い空間に消えていった。

ところが、式典が終わるのを待ちわびていた私を牽制するように、「さて」とカイザール大司教が重々しく口を開いた。

「この四年に一度という盛大な式典——豊かな実りを祈り、平穏な暮らしをラキム神に願う大祭を皆さまは存分に楽しまれたことでしょう。この世界に生きとし生けるすべてにラキム神の御恵みがあらんことを」

聖印を切って、カイザール大司教は続ける。

「しかし、この大祭において、我々の幸福に水を差すような、とても痛ましい事件がありました……」

カイザール大司教は、私に対するときとはまるで違う、やさしく慈《いつく》しみに満ち溢《あふ》れた聖職者の声で言った。張り上げているわけではないのに、聖堂内にはっきりと通る声だ。

「我が神殿には、ラキム神の御声を聴くことのできる奇跡の聖女がおわします。彼女は預言姫ファタールの生まれ変わりとして、我ら俗人にラキム神の御声を直接届けてくださるのです。預言姫は神殿の奥の院にてつねに神の御傍に侍《はべ》り、その御声に耳を傾けておりました」

ごくんと喉が鳴る。大司教が何を言い出すのか、まったく想像もつかなかった。

「この大祭の期間、ラキム神を身近に感じてもらおうと、この大聖堂の扉は常に解放してありました。ところが、ここに賊が押し入ったのです」

堂内がざわついた。さっきから、尋常ではないほどの不安に、強く心臓をつかまれている。

「賊は神殿の奥へと押し入り、神との橋渡し役である預言姫に襲いかかり――」

そんなのデタラメよ！　そう叫ぼうとしたときだった。

中庭のほうから人々の声が上がった。群衆の中を一台の馬車が縫うように進んでくる。その荷台には柱が立てられていた。そしてその柱に縛りつけられたひとりの男性。

「嘘よ……」

人々に大司教の嘘を訴えようとしていたはずなのに、その同じ言葉は自分に言い聞かせるための小さなつぶやきにすり替わった。

「彼の首には賞金がかけられましたが、本日早朝、シャンデル王国衛視《えいし》の手でこのとおり捕縛されました。しかし、罪びとが捕らえられたとしても、我々の預言姫が傷つけられた事実は消えません。預言姫は、神の御声を聴く奇跡の力を失うことになりました――」

大司教の言葉を受けて、大聖堂に詰めかけていた人々から悲鳴や罵声が上がった。手に持っているものを馬車に向かって投げつけたりと一瞬でその場が混乱に陥《おちい》る。

（カイザール大司教は、何を言っているの。捕縛したって、いったい誰を捕まえたっていうの）

まさか、まさかと頭の中で繰り返す。前に出ようとしても聖騎士に制されて、ただ狼狽《うろた》えること

しかできない。

「ですが！　ラキム神は彼の罪をも赦《ゆる》すでしょう。ゆえに、賞金首となったこの青年はラキム神殿で預かることにいたしました。神の教えで、必ずや彼の悪心は善きものへと変化し、己《おの》が所業を深く悔いることになるでしょう」

カイザール大司教の声で、囚人に罵声を浴びせていた人たちが鎮まっていく。私にとっては不条理な人だけど、多くの信者の前では偉大な聖職者なのだ。

柱を立てた荷馬車はどんどん聖堂の大きな扉に、こちらへ近づいてくる。私は聖騎士の制止を振り切って、手すりに駆け寄り身を乗り出した。

「嘘よ、こんなの……」

馬車が群衆をよけて角度を変え、私からは見えなかったその囚人の顔をこちらに向ける。

縄でくくりつけられているのは、ひどく痛めつけられた様子の黒髪の青年――ルージャだった。

(どうしてルージャが……)

その瞬間、私の意識はぷつりと途切れた。

†

ひどい悪夢だった。

一晩中、彼の腕の中で愛し合って、再会を約束して別れたのはついさっきのことだ。私はここから大手を振って出ていき、彼と一緒になろうと、自由になろうと思って、それで――

目を覚ましても悪夢の続きそのままで、夢と現実の境がわからなくなる。気がついたら自室のベッドに寝かされていたけれど、身体を起こすこともできない。涙が後から後からこぼれてきて、もう何も見えなかった。

私がいけなかったの？　自由になろうとしたことが許されなかったの？　これは分不相応な夢を見た罰なのだろうか。私のわがままで、ルージャが犠牲に――

神殿に押し入った賊が私を襲ったなんて、そんなありえない話を捏造《ねつぞう》するなんて。それに、改心させると言いながら、あんな群衆の前でさらし者にするなんて、やり方がひどすぎる。

……カイザール大司教はルージャをどうするつもりなんだろう。

もちろん、わかっている。あの人はルージャを許しはしないだろう。表向きは慈悲深い大司教猊《げい》下《か》だけど、あの人が自分の利のためだけに動いていること、その邪魔をする者は必ず排除することはわかりきっている。

だけど、私にはそれを阻止する力がない。

打ちのめされてベッドに突っ伏していると、扉がノックされて、身体がすくみあがった。

「ファタールさま。お目覚めでいらっしゃいますか」

それは男の声だった。普段、この部屋に大司教以外の男性が単独で訪れることはない。必ず修道女が取り次ぐようになっているのだ。立て続けの異常事態に身体中の血液が凍りつきそうだ。

「は、はい……」

「大司教猊下《げいか》より、ファタールさまをお連れするようにと申し付かりました。ご同行願えますでしょうか」

そう言われて、下唇を噛んだ。今は大司教の姿を目にしただけで心が砕けそうだ。

あの人の存在が、私にとってはただただ恐怖だった。私の生殺与奪《せいさつよだつ》の権は彼が握っていて、逆らうことができない絶対的な存在だ。彼は、ついには私だけではなく、ルージャの命までもその手に握ってしまった。

でも、行かないわけにはいかない。なんとか、ルージャを助けてくれるように説得しなくては。

「今、参ります」

どうしてルージャのことが知られてしまったのだろう。朝、神殿で別れたとき、誰かに見られていたのだろうか。今にして思えば、なんて軽率なことをしてしまったんだろう。送ってもらうべきではなかったのに。

そもそも、昨日、ルージャに会いに行くべきではなかった。神殿でおとなしくしていれば、ルージャが捕らわれる事態にはならなかったのだから。

後悔の念に打ちのめされつつも、聖騎士の後について大司教の執務室がある奥の塔へと進む。

私の部屋のある建物とつながってはいるが、彼の執務室は本当の高位聖職者しか入れない禁域だ。先日、ディディック国務大臣補佐官が堂々と入ってきて聖騎士たちがあわてふためいていたのはそのためだ。

何度この廊下を暗い気分で歩いたかわからないが、今日ほど囚人気分を味わったことはない。

執務室の前にはふたりの聖騎士がいて、私を先導してきた聖騎士と目配せすると、恭《うやうや》しく扉を開けた。ただ、ふたりとも私の顔を見てなぜか驚いたような、意外そうな顔をしているのが印象的だ。

そうか、いつもはヴェールを下ろして顔を見せないからだ。髪はすべてケープの中に隠していたけれど、今日は素顔をそのままさらしている。しかも、みっともなく泣き濡れた顔だ。ヴェールがないことを今さら思い出して、心許《こころもと》なさにうつむいた。

「大司教猊下《げいか》、預言姫ファタールさまをお連れいたしました」

促《うなが》されて小さくなりながら扉をくぐった私の背中に、先導の聖騎士が小さく言った。

「ファタールさま。残念です」

「え？」

だけど、振り返った瞬間に執務室の扉が閉ざされた。見慣れたはずの大司教の執務室なのに、まるで永遠に閉じ込められたみたいな錯覚に襲われて、心臓がドクンと音を立てる。

「ひどい目にあったようだな、ファタール。あのような賊の手にかかるとは」

椅子に腰を下ろし、まるで憐《あわ》れむように私を見る大司教は、人々を教え諭《さと》すときのようなやわらかな口ぶりだった。長年、この人に恐怖を感じてきた私でさえ、その慈悲に縋《すが》れるのかもしれないと思うほどに。

「大司教さま、違うのです。あの人は……」

身体がぎくしゃくして、思ったように動かない。

大司教は金の刺繍《ししゅう》が入った黒いローブを揺らしながら立ち上がり、私のほうへとゆっくり歩いてくる。

「だが、気に病むことはない。おまえの魂は救われるであろうし、彼はすぐに己《おのれ》の過《あやま》ちに気づき、悔い改めるだろう」

大司教は、「ファタールが押し入った賊に襲われた」という話を本気にしているのだろうか。誰かが嘘の報告をして……？

「大司教さま、彼は決して私を襲った賊などではありません。どうして捕らわれているのか、わかりません。お願いです、今すぐあの人を解放してあげてください」

「わからない、か。神殿中の人間の目を盗んで、外でどこの馬の骨とも知れぬ男に脚を開いたことは事実に相違ないだろう。とんだあばずれ聖女があったものだな」

「……」

「おまえを追尾していた騎士が目撃したそうだ。あの男と街中《まちなか》でふしだらにキスをしたり、宿に消えていく姿をな。預言姫を神の使いと崇《あが》めていた聖騎士は、それを見て大変な衝撃を受けておったわ」

昨晩のことを見られていた——羞恥《しゅうち》と後悔で身体中がガタガタと震え始めた。色んな感情が一気に押し寄せてきて、頭の中が真っ白だ。

「こちらへ」

カイザール大司教が穏やかな声で私を誘《いざな》う。示されたのは部屋の奥の壁にある、見たこともない小さな扉だった。大司教は手にした鍵で扉を開く。

その奥は真っ暗で何があるかわからないけれど、そこから流れてくるひんやりした空気が、私の背筋を震わせる。ここにそんな扉があったことを私は知らなかった。どう見ても隠し扉の類《たぐい》だが、すてきな宝物が隠されているような楽しい場所でないことは一目瞭然《いちもくりょうぜん》だ。

身体に怖気《おぞけ》が走って、思わず自分の身体をかき抱いた。でも、もう逃げ出すことはできない。唯一の逃げ場である扉は固く閉ざされているし、外に立っている聖騎士が開けてはくれないだろう。

それに、たぶんこの奥に……

大司教を押しのけて、私は走り出していた。冷たい石が敷き詰められた薄暗い階段は、地下へと続いている。壁を照らす小さなランプの炎がゆらゆらとゆらめいて、不気味さに拍車をかけていた。

下へ降りきると細い通路が続いており、その左右には鉄格子の部屋がいくつも見える。

「地下牢……？」

神殿に地下があるなんて聞いたこともなかった。それに、ラキム神は慈悲の神としても知られるのだ。牢なんてものが神殿内に存在するはずがない。

だけど、壁や鉄格子の腐食具合を見ると、決してここ数年で作られたものではないことがわかる。きっと建造された当初から、この巨大な神殿に内包されていた秘密の場所だ。何の目的で作られたものかはわからないけど、少なくともカイザール大司教はここを有効活用しているのだろう。

空っぽの牢内を見ながら、震える脚で奥へ進む。冷たい空気の中にときどき、金属の鎖が鳴る音が混ざる。そして、小さく低いうめき声。

突き当たりの牢に辿《たど》りついたとき、「やっぱり」と「どうして」が同時に胸を突いた。

決して広くはない牢の中央には、天井から吊り下げられた鎖に腕をつながれた男性がいたのだ。

上体は裸にされ、ひどく鞭打たれたのだろう、赤いミミズ腫れが縦横に走っている。気を失って水をかけられたのか、乱れた黒髪は濡れ、ときどき毛先から滴《しずく》が落ちた。

足は床にはついているものの、やはり鉄枷が嵌められている。意識はないようで、目を閉じてぐったりしていた。足には全く力が入っていないので、鉄枷を嵌められた両手首でほぼ全体重を支えている状態だ。

「ルージャ……！」

腕を伸ばせば届く距離にルージャがいる。でも、私たちの間に無情に立ちはだかる鉄の格子は頑としてその距離を縮めさせてはくれなかった。

「お願いです、早くここから出してあげて！　このままではルージャが」

背後に立つ大司教の足元に跪《ひざまず》いて、その裾に縋《すが》りついた。この場で彼の命を救えるのはこの人だけなのだ。その慈悲に縋《すが》るしか、ルージャを助ける方法はない。

「何を言っているのだ、ファタール。彼をこのような目にあわせたのは、ファタール、おまえ自身ではないか。あれほど己《おのれ》の立場を忘れることがないよう、言い聞かせていたにもかかわらず」

「……」

返す言葉もなかった。ルージャとの仲が深くなると、彼に危険が及ぶ。そうわかっていたはずなのに、そのことから目を逸らして、ルージャと一緒にいたいという欲を優先させてしまったから。

それがこの結果だ。わかっていたはずなのに。

「おねがいです……」

「そんなにこの得体の知れぬ男が大事か？　食うにも困って物乞いをしていた子供のおまえを救ってやったのは誰だったか？　飢えも貧困もない生活を送れているのは誰のおかげか。すべては神に仕える私を通じた、ラキム神のご意思によるものだ。神の慈悲によって育てられた聖女が、その命の親ともいえる神の御慈悲をないがしろにし、踏みにじる姿を他の信者に見せるわけにはいかない。悔い改めよ」

大司教がラキム神への信仰を標榜《ひょうぼう》している限り、私を処刑すると直接言うことはないだろう。でも、それは事実上、私への死刑宣告のように聞こえた。

「処罰は甘んじてお受けいたします。でも、彼には関係ありません。私が彼を巻き込んだのです。私が……」

「では、自分でこの男の未来を預言してみるがいい。一年後、彼がどのように生活しているか、視てみるのだ。もし無事な姿が視えるというのであれば、男を釈放してやろう」

鉄格子越しに、ルージャに触れてみろと言う。触れるまでもなく、私には彼の未来を視ることはできない。

（未来が視えないのは――近い将来に彼の死が確定しているから……？）

ふとそんな不吉な考えが頭をよぎって、身体が震えた。

ルージャの未来が視えないのは、私と彼の未来が交錯しているから、つまり、彼が私の『運命の人』だからだと信じていた。

でも、そうではなくて、彼の未来が死によって閉ざされているだけだとしたら？

そして、その死をもたらすのが私だとしたら……

格子の間から、手を伸ばし、鎖で拘束されたルージャの身体に触れる。昨日、私に触れたルージャの肌はあんなにも熱かったのに、今は冷たく、力もない。

「ルージャ……」

指先が辛うじて届くだけだったけど、何度もその身体に触る。でも、やっぱり何も視ることはできなかった。

これが、ルージャの未来そのものだとしたら……

「――やはり、視えないようだな」

私のすぐ横に立った大司教は、たくさんの皺《しわ》の中に隠された目で私を見下ろしている。あたかも最後の審判を下したかのように、その表情は険しく厳しかった。

「残念だ、ファタール。この男は関係ないとおまえは言うが、神に仕える清らかな聖女を己《おのれ》の欲望のままに穢《けが》し、人類の至宝ともいえる預言の能力を失わしめた罪は大きい。わかるな？」

「違います！　視えるわ、一年後も十年後も、彼は無事に生きています！」

「では、なぜそのように泣いている？　彼の未来が視えているのなら、悲嘆にくれる必要はどこにもなかろう」

「ルージャは、私を助けてくれただけです。私が言いつけられたことを破りさえしなければ、こんなことにはならなかったんです！　私ひとりが……ですから、どうか」

床の上に崩れて泣いた。私が軽率だったのだ。寝食に困らないこの生活に不満など抱かず、感謝の心を持ってさえいれば、こんなふうに誰かを巻き込むことなどなかったのに。

「……黙って聞いていれば、言いたい放題だな、大司教さんよ」

私の嗚咽《おえつ》に、大司教とは別の低い声音が重なった。

鉄格子の中のルージャが、うなだれていた頭を上げた。疲弊《ひへい》の漂う姿とは裏腹に、その髪の下から覗く黒い瞳は力強いままだ。

「神さまってのは、ずいぶん都合のいい存在だな。あんたのやらかすことは、すべて神の慈悲、神の意思か。そしてあんたに逆らった輩《やから》は、すべて神の御心を踏みにじる背徳者ってわけだ。ラキム神殿はいますぐカイザール神殿と改名すべきだな」

「罪びとの懺悔《ざんげ》は聞き入れよう。それが聖職者の務めだ」

「レイラ、自分を責めることはない。この男は話をすべて自分の都合のいいようにすり替えて、相手の責任感や良心を呵責《かしゃく》でいっぱいにするのが手管なんだよ。外に出たことが神の慈悲をないがしろにする行為？　カーニバルの日に預言姫は外出禁止なんて戒律が存在するのかよ。そもそも預言姫なんて、たまたまその能力を持った人間に『神から与えられた祝福』だとか、ありがたそうな名目を与えて、その自由を奪ってるだけじゃないか。あんたはその上前《うわまえ》をはねてるだけだろ、大司教猊下《げいか》。だいいち、本当に神の声が聴こえるなら、それは真に聖職者として日々の修行を積み重ねた上に降りてくる奇跡じゃないのか？　レイラは、違うだろ？　この娘《こ》は聖職者なんかじゃない。ラキム神の教えなど知らなかった頃から人の未来がたまたま視えただけで、それは神が選んだ者に与えた奇跡じゃない。生まれつきの彼女の能力だ」

床の上にぺたりと座り込んだまま、私は唖然として牢内のルージャを見上げていた。

大司教を相手に、しかも鎖で繋がれているのに、彼の言葉には容赦がない。そして、それはすべて私を庇《かば》ってくれる言葉だ。

こんなことになって、私と関わらなければよかったと思っているかもしれないし、私に恨み言をぶつけていてもおかしくない。でも、ルージャは私を見捨てずにいてくれた。そのうえ守ろうとしてくれている。

こんなにも絶望的な状況なのに、うれし涙がはらはらとこぼれる。

「よく口の回る男だな。この口八丁に騙《だま》されたのか、ファタールよ。不甲斐ないことよ」

「ほら見ろ、まったく別の方向から別の理屈で叩き潰しに来る。反論すればするほど、見苦しいことになるとわかってるんだろ。こいつは決して口がうまいわけじゃない。ただレイラを威圧して、自分が優位であることを誇示しているだけさ。だけど、君が萎縮《いしゅく》するのも無理はない。幼少期から厳しかったオッサンに歯向かうのは、並大抵のことじゃないしな」

ルージャの物言いは諧謔的《かいぎゃくてき》で、こんなときでなければ笑っていたかもしれない。でも、牢につながれたルージャと、逃げ場のない私。とても笑えなかった。

「神をも畏《おそ》れぬ不逞《ふてい》の輩《やから》が。そもそもレイラとは何者か。ここにいるのは預言姫ファタールだ。何を勘違いしているのか知らぬが……」

ルージャにやりこめられるたび、カイザール大司教の言葉尻に力を感じなくなってきた気がする。それはまるで、私をがんじがらめにしていた鎖がすこしずつ解かれていくような、不思議な感覚だ。でも、言葉で優位に立ったとしても、ルージャの危機が去ったわけではない。むしろ、これが彼自身の処刑にサインをする行為に思えて怖かった。

「平行線だな」

「ルージャ、もうやめて」

私が制止した意味を、彼は充分に理解してくれているはずだ。でも、黒い瞳に力強い笑みを浮かべただけで、ルージャは口を閉ざそうとはしなかった。

「いいか、あんたが預言姫ファタールと主張してやまないその娘《こ》を、今すぐ神殿から解放してやれ。ひとりの女の子の人生を縛りつけて、金儲《かねもう》けの道具にするのはやめろ。彼女の能力がなくなって困るのは、あんたひとりだろ？　人間はもともと自分の未来を知る術《すべ》なんて持たないし、必要もない。知ろうと求めることこそが過《あやま》ちだ。預言者なんて必要ない。見知らぬ他人の未来を視なきゃならないレイラの辛さは、あんたにはわからないだろうな」

ああ、この人は、本当に私のことを理解しようとしてくれているんだ。私は、ルージャに出会えて本当に幸せだ。

「やはり、神の慈悲を与えるしかないようだな」

ため息とともにカイザール大司教はそうこぼし、懐《ふところ》から取り出した鈴を鳴らす。

すると、私の背後にあった小さな扉が開き、黒い頭巾《ずきん》で顔をすっぽり覆った人物が、手に鞭を持って入ってきた。

「拷問吏、死なない程度までこの男に神の懲罰《ちょうばつ》をくれてやれ。この減らず口がきけなくなるよう、毎日ギリギリまで責め抜いてやるのだ」

「……」

拷問吏と呼ばれた人物は、一言も発することなく大司教の開け放った牢に入り、鞭を握ってルージャの背後に立つ。

あんなもので打たれたら、ルージャが本当に死んでしまう。

「こ、告発するわ、ラキム神殿の大司教が人を拷問にかけるなんて、こんなひどいこと。今すぐやめさせて！」

「構わぬとも、預言の力を失ったおまえの言うことなど、誰が耳を傾ける？　そもそも色狂いの聖女などラキム神殿の汚点にしかならぬ。おまえもすぐに後を追わせてやるわ」

結局、私の脅しなど、箸にも棒にもかからなかった。ルージャとの舌戦に敗北したからといって、私に対して優位に立っているのは変わらないのだから。

拷問吏が大きく腕を振り上げると、ルージャの裸の背中にためらいもなく鞭を叩きつける。彼の苦悶の声が地下通路中に響き渡った。皮膚が裂けたのか、血が床を汚す。

「やめて、やめて……！」

開け放たれた牢に入って拷問吏を止めようとしたけれど、大司教に腕をつかまれて頬を叩かれ、床に倒れ伏してしまった。初めて大司教につかまれた腕は、思ったより痛くて——次の瞬間、視えた光景に私は目を瞠《みは》った。

「あ……」

「ふん、色に狂った女の浅ましさだな」

カイザール大司教に無理矢理立ち上がらされ、そのまま執務室へと連れ戻される。

「ルージャ、ルージャ！」

いくら泣き叫んでも、鞭打たれる彼の絶叫が聞こえてくるばかりだった。

「ひどいわ、今すぐやめさせて。こんなことをしていたら、それこそラキム神の怒りに触れるだけよ！　あなたの上にラキム神の怒りが落ちてくるのがはっきり視えたわ」

「ふん、苦し紛れの虚言を弄《ろう》しても無駄だ。そんなコケおどしで私を騙《だま》せると思っているのか」

「それなら……私が不要なら、神殿から追放してよ……！」

執務室に戻ると、大司教は地下へ通じる扉を閉ざした。同時に、ルージャの声も聞こえなくなる。でも、まだ地下では凄惨《せいさん》な拷問が続いているのだと思うと、身体が震えて力が入らなかった。

「聖騎士！」

床の上に私を突き飛ばし、大司教は扉の外にいる聖騎士を呼びつける。

「残念ながら、預言姫ファタールはあの男に騙《だま》され、よからぬ洗脳をされているようだ。私を害しようと襲いかかってきた」

「なんですと。猊下《げいか》、お怪我は!?」

「幸いにして無事だったが、神の御言葉を聞き入れる状態ではないようだ。落ち着くまで、自室で休息させよ」

聖騎士たちは、あの拷問現場を知らないのだろうか。訴えようとしたものの、布で口をふさがれ、猿轡《さるぐつわ》を噛まされてしまった。

「神を罵《ののし》ることを言う。預言姫の言は重いが、決して惑わされてはならぬ。このようなことは本意ではないが、暴れるので落ち着くまで縄で縛っておくのだ」

「承知いたしました」

ふたりの聖騎士は何もかもを承知の顔でうなずき、私を部屋に連れ帰ると、窓も扉も絶対に開けられないように施錠してしまった。

ただ、縄だけは解いてくれたので、猿轡《さるぐつわ》を外して聖騎士に事情を説明しようとしたけれど、すぐに扉は閉ざされ、弁明する機会は与えられなかった。

ここにいる聖騎士たちは、ルージャが神殿に押し入って私を襲ったという、式典での話が事実でないことを知っている。私が自発的に外へ出て行き、ルージャと関係を持ったことを知っていたからこそ「残念です」という発言につながるのだろう。

どうすればいいんだろう。何としてでもルージャをあの地下牢から救い出さなければ。あんなひどい拷問をされていたら、命に関わる――

窓には鎖の錠がかけられてしまい、脱出することは不可能だし、外には見張りの聖騎士がたくさん配置されていた。扉が開かないのは試すまでもないことだ。

このままどうなる？　預言ができない預言姫は神殿に不要。ゆえに追放――とはならないだろう。

外部に対しては、私は賊に襲われたことになっている。あくまでも被害者だ。

だからといって、無用の長物となった私を、大司教がいつまでもここに置いておくはずがない。

大司教の知られたくない秘密をいくつも知っている私を、修道院に放り込んで一般の修道女にすることもないはずだ。

ううん、私は預言の力を失ってなんていない。さっき大司教の上にラキム神の怒りが落ちるのを、一瞬だったけれど視たのだから。でも、大司教がそれを信じるとは思えないし、こうなったからには、おそらく私の口を封じに走るだろう。現実的に考えられるのは、自害を装《よそお》った殺害。

そう思い至った瞬間、背筋に冷たいものが走った。今にも暗殺者が部屋の中にやってくるような、そんな不安にかられる。

このままではいけないという焦燥感と、身動きの取れない現状に板挟みになって、涙が出てくる。泣いていても仕方ないとわかっているけれど、とにかく自分の無力さに腹が立つほどの情けなさを感じた。

†

いつの間にか窓の外には夜の帳《とばり》がおりて、一日の終わりを告げていた。

泣き疲れ、冷たい窓に頬を当てて放心状態になっていると、ノックの音が響いた。

条件反射のように心臓が大きく脈を打ち、身体に震えが走る。大司教は必ず私を殺しにくるに違いないから。

でも、施錠されていたはずの扉が開き、大きなワゴンと共に部屋に滑り込んできた人物の顔を見て、安堵に泣きそうになってしまった。

「ファタールさま」

「シャルナさん……！」

預言に失敗した日、私を庇《かば》って大司教に叱責されて以来、会うことができなくなっていたシャルナだった。

「シャルナさん！　どうしてここに……」

「ファタールさま。ああ、こんなに泣いて、おかわいそうに」

私の顔を覗き込むシャルナのやさしい濃紺の瞳を見た瞬間、また新たな涙の粒が生まれて、ぽろぽろと零れ落ちた。

「遅くなってしまい申し訳ありません。お食事をお持ちしました。誰もがファタールさまに食事をお届けするのを嫌がるので、これ幸いとわたくしがそのお役目を買って出ましたの」

シャルナは私をソファに座らせると、手にした布で私の涙を拭《ぬぐ》ってくれた。

「嫌がって？　私は、忌避《きひ》されているのね？」

「ああ、そうではございませんわ、言葉が悪うございました。皆、賊に襲われて身を穢《けが》された聖女さまを、どうお慰《なぐさ》めしていいのかがわからないのです。それに、大司教猊下《げいか》もさすがにこの件に関しては過敏になっておられますし、下手なことをして逆鱗《げきりん》に触れてはたまらないと。現在は、大司教さまが叙聖されている方々に事情を説明し、今後のことについて協議なさっておられます。神殿中が浮足立っておりますわ」

修道女たちに詳細が知らされているはずもない。彼女たちにとっては、式典のときに聞かされた話だけが情報の全てなのだろう。

「今、大司教さまに捕らわれている青年は、ファタールさまのお知り合いの方ですね？　彼に襲われたなんて、嘘なんでしょう？　こんな奥まった場所まで賊が押し入って、しかも聖騎士たちが気がつかなかったなんて、そんな馬鹿げた話があるはずがありません」

「……」

この人になら、何もかも話してしまってもいいのではないだろうか——そんな誘惑にかられた。でも、もし巻き添えにしたら、シャルナもまた私のせいでひどい目にあうかもしれないのだ。同じ轍《てつ》を踏むわけにはいかない。

躊躇《ちゅうちょ》する私の顔を見て、答えを聞くまでもなく彼女はうなずいた。

「やはりそうなのですね。でしたら、何としてでも助け出さなければなりませんね」

涙で歪む視界の中でシャルナの顔を見た。

修道女は私《し》を滅して神に奉公する者なのに、彼女の目は組織に従順な者のそれではないように見えるのだ。

「どうか、気持ちを強くお持ちください。ファタールさまはこれまで、ご自分を犠牲になさってこられました。そろそろご自分のために生きるべきですわ。わたくしも微力ながらお手伝いいたしますから」

「シャルナさんは……ほんとに、修道女？」

震える喉から辛うじて言葉を発すると、彼女は弾けるように笑った。

「わたくしは、ファタールさまをこの神殿から解き放ちたいと考える者のひとりです。今はまだ詳しくお話しできませんが、どうかご自身の未来をお信じください」

神殿内では見たことのないような艶《あで》やかな笑顔だった。祭服のケープを外したら、きっと神の慈悲など必要としない、生きる力に満ちた美女が現れるに違いない。

「私を、助けようとしてくださる人が……？」

「ええ、わたくしどもはファタールさまにお味方させていただきます」

ルージャが捕らわれた今、他にそんなことを考えてくれる人に心当たりはないけれど、大司教に敵対する人もいるとルージャが言っていた。そういった人たちが秘密裏に動いているのかもしれない。

シャルナは窓際に寄り、鎖で施錠されている窓を確かめているようだった。

「外で聖騎士が待っていますから、あまり長居ができません。急いでこれにお着替えください」

そう言ってワゴンまで戻ってくると、布で囲われたワゴンの下段から、修道女の祭服をひと揃え取り出した。

「これ……？」

「ひとまずこの部屋を出ましょう。気の回しすぎならいいのですが、この部屋ではファタールさまの身が心配です」

きっと、彼女は私と同じことを考えているのだろう。大司教が私を殺しにくるのではないか、と。

「でも、外には聖騎士がいるのでしょう？　どうやって……」

シャルナはにこっと笑って、食事を運んできたワゴンを指さした。

ああ、そういうことか。ワゴンの下段は周囲が布に覆われているので、ここに潜《ひそ》んでいけば外からは見えない。

「古典的な方法ですが、有効だと思いますわ。少々狭いですが、ファタールさまは華奢《きゃしゃ》でいらっしゃるので大丈夫でしょう。すこしの間、辛抱してください」

修道服を受け取り、シャルナを見上げた。なぜ彼女が私を助けようとしてくれているのかはわからないけど、本当に私の身を案じてくれている。その気持ちがうれしかった。

「シャルナさん。私は、ファタールじゃない。本当の名前はレイラというの」

「レイラさま」

私の名を反復して、シャルナは濃紺色をした瞳を細めた。

「真実のお名前を打ち明けていただき光栄です、レイラさま。古めかしい聖女の名よりずっとすてきなお名前ですね」

そう言って、シャルナは跪《ひざまず》いた。まるで神に忠誠を誓う聖騎士のようだ。

「シャルナさん、立ってください。私はそんな風に、かしずかれるような人間ではありません！」

「いいえ、短い間でしたがお傍に上がり、レイラさまのお人柄に触れる機会をいただきました。このような不遇な状況にありながら、お心の強さもやさしさも失わないなんて、ただただ敬服するばかりです」

これまでにも、聖騎士から跪《ひざまず》かれたことは何度もあるけど、彼らは『預言姫』という地位に対して敬意を払っていた。でも、シャルナはそうではない。私自身を見て、そうしてくれている。

人に膝をつかせるに値する人間でないことは、私自身が一番よく知っていた。でも、私という人間を見てくれている人が、ルージャの他にもいた。それは、涙が出るほどうれしいことだ。

シャルナが何者だろうと、いい。こうして私という人間を助けてくれる人がいるのだ。そう思うと、ほっとした。

「レイラさま、お急ぎを」

私は急いで修道服に着替え、脱いだ服を抱えてワゴンの中に入り込んだ。

「あの人を助けることはできる？」

「まずわたくしの部屋へ行ってそこで話しましょう。幸い、同室の人間はおりませんから。ではレイラさま、外へ出ます。何があっても息をひそめて、じっとしていてください」

ワゴンの布を下ろすと、シャルナはワゴンを押して部屋を出る。しばらく進み、スロープで階下へ降りている気配がした。

「聖騎士さま、戻ります」

やがてそんな声が聞こえてきた。どうやら建物の入り口まで来たようだ。見つかってはならないと思うと、緊張して身体が震えてきた。

「ファタールさまのご様子はいかがでしたか」

「眠っておいでてでしたわ、おかわいそうに」

「ああ、しかしいったいどうやってファタールさまに危害など。やはり、聖堂を終夜開放していたのがよくなかったのでしょうか。まさか、こんな奥まで外部の者が入り込むなんて」

「そうですわね……本当においたわしい」

それきりシャルナは聖騎士との会話を打ち切って、私の部屋のある建物を出たようだ。しんと静まり返った廊下を歩く足音だけが響いた。

神殿の奥まった場所は、ふだんから人通りもほとんどなく静かなものだ。もう食事も終わった時刻だろうし、修道女たちは朝が早いので、とうに寝静まっているのかもしれない。ときどき、巡回の聖騎士とすれ違う様子はあったけれど、見咎《みとが》められることもなく通り過ぎていく。

やがてワゴンが止まって、布の囲いが開かれた。

「レイラさま、その手前の扉がわたくしの部屋です。相部屋ですが、偶然にも同室はおりませんので、わたくしが戻るまで部屋でお待ちください」

「シャルナさんは？」

「このワゴンを調理場まで返してこなければなりません。わたくしが戻りませんと、騒ぎになりますので。すぐに戻りますからお待ちください」

こうして無事にシャルナの部屋に入ると、私は深いため息をついた。

こんなに簡単に脱出できるなんて思ってもみなかった。みんな、敬虔《けいけん》な信徒ばかりで、人を疑うことなんて知らないのだろう。

ちくりと罪悪感を覚える。皆、信仰心なんてまるで持っていない私を預言姫と慕《した》い、ルージャを捕らえて拷問するような人を大司教と敬《うやま》っているのだ。

今、大司教は神殿幹部たちと協議をしているとシャルナは言っていた。それならば、今はルージャが鞭打たれていることはないだろうか。あの黒い頭巾《ずきん》を被った恐ろしい拷問吏が、今も彼を痛めつけていたりしたら……

頭を抱えて左右に振った。今すぐにでも地下牢に飛んでいって、あのおどろおどろしい場所から連れ出したい。そうよ、大司教が不在なら今が絶好の機会だ。

でも、鍵はない。それにあの拷問吏がいたら、どうやってルージャを助ければいいの？

本当に、どうして私はこんなにも無力なんだろう。部屋から逃げ出してくるだけでも、シャルナの力に縋《すが》らなくてはできなかった。

それに私に深く関わった人は、みんな犠牲になっていく。わかっているのに、どうして私はすぐ人に頼《たよ》ってしまうのだろう。

「ああ……っ！」

思わず頭を抱えてうずくまったとき、シャルナが音も立てずに部屋に戻ってきた。

「レイラさま、今なら大司教さまはお部屋に不在です。動くのであれば、今を逃す手はありません」

そう言って、彼女は率先して動こうとする。

「待って、やっぱり危険だわ。私がひとりで行きますから、シャルナさんはどうか、安全なところにいてください」

「わたくしのことをご心配くださってうれしゅうございます、レイラさま。ですが、わたくしでしたらその辺の賞金稼ぎよりよほど腕が立ちますから、ご心配には及びません」

「……え？」

「さあ、無駄にする時間はございません。せっかく大司教猊下《げいか》がいらっしゃらないのですから、正面から堂々と訪問いたしましょう」

思いもよらない返答に意表を突かれて口を噤《つぐ》んでいるうちに、シャルナは私を促《うなが》し颯爽《さっそう》と部屋を出た。あまりに堂々と歩くものだから、今の今、私の部屋をこっそり抜け出してきたことも忘れてしまいそうだ。

「ねえ、シャルナさん。本当に危険よ。だいいち堂々と訪問といっても、大司教さまが不在でも聖騎士が見張りに立っています。それに」

「大丈夫ですよ、レイラさま。レイラさまの素顔を知る者はこの神殿にほとんどいません。聖騎士たちには、髪を隠してしまった修道女の顔なんて見分けがつきませんし、そもそもこの修道院は百人以上の修道女がおります。確かにすんなり中には入れてくれないでしょうが、修道女がふたりいたところで、そんな騒ぎにはなりませんわ。万事、わたくしにお任せを」

今たどってきた道と反対回りで大司教の部屋へ向かう。だいぶ遠回りをしているようだけど、人目を避けるためだろう。神殿内は網の目のように渡り廊下が張りめぐらされ、建物同士がつながっている。そのうえ、外側は回廊で囲われているという複雑な造りをしているため、ひと気のない道を選んで進むことは難しくないのだ。

「今は中央会議室とレイラさまの居室、そして大司教の居室の周辺の警戒が厳重になっておりますが、協議に参加していない人々はもう就寝の時間ですから」

気がつけば、シャルナは「猊下《げいか》」という敬称を省き、大司教と呼び捨てにしている。

「さて、レイラさま。大司教の居室のある建物は、わたくしも入ったことがございません。案内していただけますか？」

「ええ、こちらに」

白い石で造られた回廊には、至るところに彫刻が施《ほどこ》され、芸術作品としての価値もある。やがて、夜の闇の中、白く浮かび上がる立派な扉が現れた。ここが大司教の居室がある建物の入り口だ。そこには、ふたりの聖騎士が直立不動の態《てい》で立ちはだかっている。

「お役目ご苦労さまです、聖騎士さま」

「こんな時間に何用だ。ここは大司教猊下《げいか》の許可なく立ち入ることはできないぞ」

「ええ、ですが大司教猊下《げいか》の命で参りました。こちらを」

そう言ってシャルナは指から指輪を外して聖騎士の前に示した。私も見たことのある、大司教がいつも嵌めている聖印の刻まれた指輪だ。

何でこんなものをシャルナが持っているのだろう。一瞬、この人が大司教の使いで、私を害するために連れ出したのかと、そんなことが頭をよぎった。でも、うろたえたのはほんの一瞬だった。

直後に、もっとうろたえる事態に見舞われたからだ。

ふたりの聖騎士が、シャルナの示した指輪を覗き込み、互いに顔を見合わせる。

「……そのような報告は受けておらん」

「ですよねえ」

くすくすとシャルナは笑うと、指輪の石を外し、それにふっと息を吹きかけた。すると聖騎士たちの顔の前に、白い粉っぽいものが撒き散らされる。

「きさま……！」

白い粉を吸い込んだ聖騎士たちはむせ返り、手でそれを払ったが、抵抗むなしく次々に床の上に倒れ込んだ。

「さ、今のうちです。さすがに全身鎧をつけた騎士をふたりもひきずって隠すことはできませんから、誰かに見つかるまえに中へ」

私の口元にハンカチを当てながら、シャルナが扉を開いて中へと促《うなが》す。

「か、彼らは……？」

「ただの眠り薬ですからご心配には及びません」

困惑しながらも、ルージャの救出という重要な仕事があることを思い出して、今度は私がシャルナを先導した。

居室の前にも、見張りの聖騎士がふたり。これも同様の手口で意識を失わせると、シャルナは聖騎士の懐《ふところ》を探って鍵を取り出した。

こんな荒事、経験がないので私は脚が震えてしまったけど、シャルナは涼しい顔で大司教の執務室へ入り込み、中から鍵をかけてしまう。あまりにもその手並みがあざやかで、口を挟む隙もなかった。

「ここが大司教の執務室ですか」

ぐるっと室内を見回し、シャルナは肩をすくめた。気持ちはわからなくもない。

そこまで広い部屋ではないけれど、室内は黄金色できらきら輝いている。黄金のタペストリーに金縁の絵画、棚に飾られた黄金のラキム像。

私には見慣れた光景だけれど、シャルナの目にはだいぶ驚きだったようだ。

「彼が捕まっているのは、この奥なの。でも、鍵がないと……」

扉に触れてみても、そこはびくとも動かない。さっきは間違いなくここに地下へつながる通路が現れたのだ。

「鍵を探しましょう。外へ持ち出してはいないと思いますわ」

ふたりで執務室の中を探し回ったけれど、やはり鍵をみつけたのはシャルナだった。高価そうな壺の中に、一そろいの鍵束があったのだ。

そのとき、部屋の外がにわかに騒がしくなった。

「中に侵入者か！」

「眠らされてるな。おい、中にいるんだろう、開けるんだ！」

聖騎士たちが異変に気づいて駆けつけてきたようだ。そうと知って心臓が鼓動を速めた次の瞬間、目の前の扉が開いて、地下牢へとつながる通路があらわれた。

「レイラさま、急いで下へ！　ここはわたくしが食い止めますから、任せてください」

「だめよ、一緒に」

「中から開けられるかどうかわかりません。ふたりで入って地下牢に閉じ込められてしまっては困りますから、急いで！　わたくしでしたら大丈夫です。いったん窓から外へ逃げます！」

シャルナはこの扉の鍵だけを抜き、残りの鍵束を私の手に押しつけて通路に突き飛ばすと、そのまま扉を閉めてしまった。

「シャルナさん……！」

暗闇の中にひとり放り出され、呆然とする。

彼女の言うとおり、ふたりでここへ入り込んでも外へ出られなければ万事休すだ。でも、聖騎士の数はきっと増える一方だろう。シャルナが持っている眠り薬があとどのくらいあるのかはわからないけれど、これから集まってくる聖騎士たち全員を眠らせることはできないはずだ。

ちゃんと窓から逃げることができただろうか。もし捕まっていたら？

たちまち不安に襲われるけれど、頭を横に振ってそれを追い払った。

今はもう、私がやるべきことをやるしかない。私がここで案じていても、事態は変わらないのだから。

心臓の鼓動に身体を揺さぶられながら、階段を下りて鉄格子の部屋へと向かう。

「ルージャ」

そっと名前を呼んだら、思いがけず大きく反響して、自分の声に驚いてしまった。でも、応《いら》えはない。また気を失っているのだろうか。

(まさか……)

あれからひどく鞭打たれて――不吉な考えを振り払うように頭を振ると、鉄格子につかまりながら一番奥へと進んだ。

「ルージャ?」

ランプが奥の牢の地面を照らし出している。それを目にして私は息を呑んだ。黒い飛沫《ひまつ》が床に飛び散っているのだ。

まさか、血――?

ぐらぐらする頭を必死に支えて鉄格子の中を覗き込むと、天井から吊り下げられた鎖に、手首をつながれたままのルージャの姿があった。

生きているのか死んでしまったのか、それもわからないほど静かで、微動だにしない。

「ルージャ!」

手にした鍵束の中からひとつを選んで鍵穴に挿し込んでみるけど、手が震えてうまく入れられない。半泣きになりながら手当たり次第に鍵を合わせていたら、ようやくかちりと手ごたえがあって、格子が奥に開いた。

だけど、足が竦んでしまったように進まない。

「……レイラ?」

小さくかすれた声が、私を呼んだ。

「ルージャ……」

よろめきながら近づき、その頬に手を当てる。冷え切った頬は、今日一日でずいぶんげっそりと痩せてしまったような気がする。だけど命の灯は消えていなかった。

「レイラ、これは幻か？」

「違うわ、幻なんかじゃない」

震える手でルージャの両頬をはさみ、冷え切った肌に熱を送るように手のひらを押し当てる。

「よかった……生きてた……！」

思いっきり抱き着いて泣きじゃくりたいところだけど、あんなにひどく鞭で打たれた彼の身体は傷だらけだ。触れることすら傷に障るだろう。

遠慮しながら近づいて、足枷の鍵を外した。でも、手首は彼の頭上で留められている。ルージャはかなり長身なので、私がいくら背伸びをしても届きそうになかった。

「レイラ、あの壁のところに取っ手があるだろ。あれを回せば鎖が下りてくるから」

「こ、これね？」

壁際に、鎖を巻き上げている取っ手があった。これで天井から吊り下げているようだ。

ただ、ひんやりした鉄の取っ手を回そうと試《こころ》みたけど、重たいうえに錆《さび》ついているようで、ビクとも動かない。

「う……ん！」

必死に体重をかけてようやく動いたと思ったら、今度はルージャの悲鳴が上がった。

「レイラ、逆、逆！」

見れば、ルージャの鎖が巻き上がってしまい、足が浮いてしまっている。

「ああっ、ごめんなさい！」

あわてて逆回しにしようとするけど、焦れば焦るほど手が滑ってしまい、それからしばらくの間、ルージャの宙づり状態が続くことになった。

†

「ほんとにごめんなさい……」

ようやく鎖を下ろして手枷を外すと、私は地面に打ちつける勢いで頭を下げた。今、彼の手首についている手枷の痛々しい痕は、私がつけたものだ。

「だ、大丈夫……」

床にぺたりと座り込み、ルージャが苦笑する。背中にはたくさんの赤い線が入っていて、彼が受けた拷問のひどさを物語っていた。

「ルージャ、傷の手当てを」

「ああ……これは大丈夫、心配いらないよ」

「でも」

「見た目ほどひどい傷じゃないよ。それより、よくこんなところまで。危険な目にはあわなかったか？」

私を心配させないようにやさしく言って、頬にキスをくれた。その温度を感じた瞬間、それまで張りつめていたものが解けたように、私もへなへなとその場に崩れ落ちる。

「私は大丈夫。ルージャが生きていてくれて本当によかった……。あなたにもしものことがあったら、私」

「言ったろ、君が恐れるものに絶対負けやしないって。死なない約束だったからな」

隣に座り込んで彼の裸の肩に頭を当てると、ルージャが私を抱き寄せてくれる。冷たい地下の中で、触れあった場所にぽっと熱が灯ったみたいに感じて、ほっとした。

今日一日たくさんのことがありすぎて、心がまだ追いついていない。ルージャだって命は助かったけれど、とても無事とは言えない状態だし、上に残してきたシャルナのことも気がかりだ。すぐにでも確かめに行きたいけれど、私が行ってもおそらく足手まといにしかならないだろう。今は彼女の無事を信じるしかない。

「だいぶ、大司教の本性が現れてきたな。元々、ひとりでペテンができるほどの大物じゃなさそうだ。預言姫という駒を手に入れて、それをちまちまと使うのがヤツの限界だな」

ルージャがため息をつくように言った。確かに、大司教《あのひと》は小心者だ。だから私を力で支配しようと必死だったのだ。

「預言者を擁立《ようりつ》することで支持を集めてきた人だから。私を従順にさせて、絶対に外に出さないようにしていたの。私がいなくなったら、大司教にお金を落とす人はいなくなってしまうし」

「とんだ腐れ聖職者もあったものだな。結局、レイラは金儲《かねもう》けの道具か。政敵の未来を押さえてしまえば、どうとでも脅しようがあるしな。預言姫の言葉が真実になることは有名だ。誰も逆らえないだろう」

「……私は悪事に加担していたのね。わかってはいたけど、神聖な神殿の中で一番穢《けが》れていたのは私だわ。ファタールの預言を疑っている人も確かにいた。でも、大司教の敵になりうる人には、その人の近い未来を視て、預言が真実だと信用させるの。そうしたら、その後で私がどんな嘘を言ったとしても信じてしまうでしょう。大司教の言うとおりにしなければ、この先がひどいことになるとファタールが預言している――そう脅されたら誰も逆らえない」

　あらためて自分の罪を実感すると、自然と肩が落ちた。ルージャが力強く私の肩をつかむ。

「レイラ、君は何も悪くない。君が一番の被害者なんだ。ヤツの金儲《かねもう》けにいいように利用され、自由を奪われて。いいか、レイラがいたのは異常な世界だったんだ。自分にも責任があるなんて、間違っても思うんじゃないぞ。子供の頃からそれが当たり前だと思わされてきたんだから」

「……ありがとう、ルージャ」

「こんな暗い場所にいるから気分まで落ち込むんだ。レイラ、おいで」

　多少ふらついてはいたけれど、長時間、鎖につながれていたとは思えない身軽さでルージャは立ち上がり、ひょいと私の身体を横抱きにした。

「地下牢なんて雰囲気のないところは俺も大嫌いだ」

「だめよルージャ、怪我してるのに……！」

あわてて下りようともがくけれど、ルージャの腕にしっかり抱えられてしまった。そのまま彼は牢の扉をくぐり抜ける。

「どこに行くの……？」

「あの拷問野郎は裏から出入りしてたんだ。そりゃ、大手を振って大司教の部屋を出入りできるわけないよな。大多数の聖騎士の前では、偉大なる大司教なんだし」

「裏口があるってこと……？」

「そう。大司教の部屋に上がらなくても、たぶん外には出られる」

それは思いがけない朗報だった。今、大司教の部屋まで戻っても聖騎士たちと鉢合わせするだけで脱出は難しかっただろうから。

「でも、シャルナさんは大丈夫かしら……」

「シャルナ？」

上に私の味方をしてくれた心強い人がいると話すと、ルージャは難しい顔をしたものの、すぐに奥の扉へ進んだ。

「窓から逃げるって言ってたんだろう？　眠り薬を持ってるようなあやしい女だ、自分の身くらい自分で守れるんじゃないか？」

「あやしくなんてないわ、私を助けてくれた人よ。今も私を大司教の部屋から逃がそうと、待っているかもしれなくて」

「それならなおのこと、今行っても仕方ないだろう。何しろ大司教が不在の間に侵入されるという失態をおかしたんだ。聖騎士たちが躍起《やっき》になって神殿中を探してるはずだから、その女も容易にはここには近づけない。むしろ、聖騎士が地下牢の存在を知っていたら、裏口から殺到してくるかもしれない。俺たちこそ早く逃げたほうがいい」

彼の言うことはいちいちもっともすぎて、反論の余地もなかった。

「あの、私ひとりで歩けるから、下ろして。鞭で打たれた傷に障るわ、あんなに血も出ていたのに」

「花嫁を抱いて歩くくらいわけもないんだけどな」

結局、渋々といった表情ながらもルージャは下ろしてくれた。こんな重苦しい場所にいるのに、彼の軽口ですこし気が楽になる。

牢の向かいにあった扉を開けると、真っ暗な石造りの部屋が現れた。通路のランプを拝借して室内に入る。淡い光に照らされ、テーブルと椅子が浮かび上がった。

「あれってルージャの？」

なんと、テーブルの上には几帳面に畳まれたルージャの上着と、剣が置いてあった。あの恐ろしげな拷問吏がルージャの服を畳んでいったのかと思うと、場違いな笑いがこみあげてくる。

「みたいだな。さすがに地下は冷えるし助かる。俺の得物も無事だったな。やっぱりこいつがないと、心許《こころもと》ないからな」

上着を羽織り、鞘《さや》から抜いた湾曲刀を確かめて腰に帯びると、ルージャはランプを掲げて室内を照らし出した。

「見てみな、奥にも扉がある。あそこが別の出口につながってるんだろう」

「本当だわ。どこにつながってるのかしら」

おぼろげに浮かび上がった室内をぐるりと見回すと、拷問に使うものなのか、いろいろな道具が壁にかけられているのが見てとれた。どうやって使うものかはわからないけれど、見ているだけで気分が悪くなる絵面だ。

「ルージャ、ひどいことされなかった？　本当に身体は大丈夫なの？」

すこし足元が頼《たよ》りないようだし、昼間からずっと拘束されて拷問されていたのだから、体調が万全のはずがない。表情もちょっとやつれているし。

「心配いらないよ。君を抱くくらいの体力はある」

「もう、そんなこと言ってる場合じゃないのに」

「しっ。地下は声が響く。静かに」

言いながらキスで私の唇をふさいでしまう。舌を挿し込まれて絡められると、たちまちルージャの熱が移ってきて、恍惚《こうこつ》となってしまった。

最初に牢に繋がれている彼を見たとき、もう二度と彼に触れることはできないかもしれないと、心のどこかで怯えていた。けれど今、こうして生きている彼の腕に抱かれ、夢中になって唇を貪《むさぼ》りあっている。

こんな場所で不謹慎だけど、生きてまた出会えたのは奇跡だ。

「……ああ、こんな場所でなけりゃ存分にレイラを抱くのに」

深いため息とともにそう漏らすルージャに呆れてしまう。しかも冗談でもなんでもなく、黒い瞳は真剣そのものだ。

「さ、おいで」

ルージャに手を引かれて扉をくぐると、まっすぐ一本の通路が伸びていた。彼の持つランプだけが唯一の光源で、それ以外は一切の光が届かない地の底だ。

のしかかるような暗闇の圧迫感に息苦しさを覚えるけど、ルージャの手につかまってさえいれば大丈夫――そんな風に思えるから不思議だ。

この人はいつだって私を明るい方向へと導いてくれるのだ。

いつしかふたりとも無言になっていた。たぶんそれほどの距離はないのだと思うけど、まるで永遠にも思える時間、歩き続ける。

でも、ようやく長い一本道に終着点が見えてきた。

「突き当たりに階段がある。出口だ」

急ぎ足になったルージャに引っ張られながら階段を上がる。行き止まりになったところで、彼が天井の戸板を開けた。

「倉庫？」

埃をかぶった床下から私たちは地上に這《は》い出していた。周りの棚には庭作業で使うスコップや鍬《くわ》などが並んでいる。

「聖騎士たち、いないみたいね」

「地下牢の存在は、聖騎士には知らされていないらしいな。俺があそこに入れられたときも、大司教の部屋に聖騎士は入ってこなかったから、たぶんそんなことだろうとは思ってたけど。人を信用できないから、側近の聖騎士にも詳しくは伝えていないに違いない」

その推測に私もうなずく。得た利益は、何としてでも己《おのれ》の手の中に収めておきたい人だ。私もそうやって収められた利益のひとつだからよくわかる。

ルージャは倉庫から辺りの様子を窺《うかが》い、私を外へ連れ出した。

もう深夜の時刻なのだろうけど、聖騎士たちはいまだ警戒に当たっているようだ。あちこちにランプの明かりが灯っていて、ほんのりと神殿中が明るく感じられたし、どこかあわただしい空気が漂っている。

そして、外に出て驚いた。地下からの脱出口があったのは、私の部屋の側にあった倉庫だったのだ。カーニバルの初日、屋根に上がってルージャに出会ったあの場所。

「ここからなら、外に出られるわ」

「様子を見てくる。レイラは倉庫の陰に隠れてな」

「え、ルージャ！」

あのときにあった梯子《はしご》はなくなっていたのに、ルージャは軽業師のように倉庫の屋根に跳びつき、するすると上ってしまった。

あれほどひどく鞭打たれた後で、どうしてこんなに動けるのだろう。だけど、そんな疑問も、ルージャが屋根から飛び降りてきたのですぐに忘れてしまった。

「敷地の外のほうが警戒が厳重だ。レイラの部屋はこの三階か？」

「そうだけど、危険よ」

「もう君が部屋にいないことはバレてるよ。ここよりも、修道院側のほうが騒がしいから、もぬけの殻になっているのを知って大騒ぎになってるんだろう。今頃、大司教の部屋に押し入ったふたりの修道女の片方が預言姫ファタールだったんじゃないかと、疑われてるのかもな」

大司教にたてついたのだから仕方がないけれど、もしかしたら私はラキム神殿自体を敵に回してしまったのだろうか。さすがにそこまで想定していなかったので、とっさに言葉が出てこなかった。

でも、私が何かを言うより先にルージャは身軽に窓のひさしに手をかけて、私に手を伸ばす。

「部屋に戻るの⁉」

「まさか脱走した部屋にまた戻るなんて、ふつう思わないだろ？」

「……」

さすがに開いた口がふさがらなかった。確かにそうかもしれないけど、万が一ということだってあるのに。この人には怖いという感情が欠落しているのだろうか。

「急ごう、レイラ。聖騎士がこっちにも来るかもしれない。身を潜《ひそ》めていったん態勢を立て直す。焦りは禁物だ」

「でも、窓には鎖の錠がかけられてて……」

「いいからいいから」

そのままルージャに引き上げられて二階のひさしまで上がると、彼は何の苦労もなく私の部屋の窓を開けてしまった。

「ええ⁉　なんで？　どうやって……」

決死の思いで脱出した部屋に、なぜかまた舞い戻ってきた。私は呆然としていたけど、その間にもルージャは窓をしっかり施錠し、扉も内側から鍵をかける。

だけどそこで安堵したのか、膝に手を当てて身体を折ると、疲れたように大きく深呼吸した。怪我もしているし、さすがに疲労がたまっているはずだ。

「ルージャ、すこし休んで」

「大丈夫だよ、俺のことは心配いらない。それよりも、レイラがここを出たときと、様子が変わってるところはあるか？」

言われてぐるりと薄暗い部屋の中を見回す。

「え、ええ……ベッドが乱れてるから、調べにきたんじゃないかしら」

「思ったとおり、君の不在はもう知られてるってわけだ。それなら、もうしばらくここは安全かな。にしてもすごい部屋だな。こんな広くて贅沢《ぜいたく》なのに、生活感がまったくない」

薄いカーテンごしに射し込む月明かりの中、室内を見回して、ルージャはしみじみと言う。広くても、私が好むものなど何ひとつ置いていないし、本棚の聖典にも興味はない。ただ眠るためだけに用意された部屋だ。

「レイラはここで、きれいな置物の人形だったんだな」

「意思を持つことは悪徳だったから」

「ひどい話だ、ほんとに……」

ふわっとルージャに抱き寄せられると、やっと体温が戻ってきたような気がした。安堵のため息をついて彼の肩に頭を寄せる。ルージャが私の顎《あご》をくいっと持ち上げてキスをした。

「レイラ、俺はこの神殿で戦《いくさ》をしようと思う」

「戦《いくさ》……って、何をするの」

淡い月の光の中、ルージャの瞳だけがはっきりと私の目に映っている。

「レイラを神の牢獄から完全に解放するには、もうこの神殿を根底から潰すしかない。でなきゃ、ここで逃げ果《おお》せたとしても俺は賞金首のまま、君も下手すりゃ追手がかかる。俺は賞金首を狩るほうであって狩られるのはまっぴらだし、逃げ回る生活なんて性に合わない」

「でも、潰すって、千年もの歴史があるラキム神殿を、ルージャひとりの力でなんて無理よ」

「誰がひとりって言った？　俺にはレイラという女神がついてる。その加護があれば何だってできるさ」

ふいに腰を抱かれ、唇が重なった。ルージャの左手が私の髪をくしゃっとかきまわし、右手で頬に触れる。

私をここから助けるために、ラキム神殿に戦《いくさ》を仕掛けるというのだ。この人はいったい、何てことを言うんだろう。とても正気とは思えない。

でも、事もなげに淡々と言うから。無茶だと思うことさえ平気でやってのける人だから。

どんなことでも、この人なら実現してしまうのでは――そんな甘い期待が生まれる。

「でも私は、ルージャに危ないことをしてほしくない……」

「死なないって約束したろ？　俺を信じて」

ルージャのキスが深みを増した。舌と舌を絡めると唾液が混ざり合って淫《みだ》らな音を立てる。彼の舌先が私の舌の表面を撫で、吸った。

「君は俺にとっての幸運の女神だ。俺に加護を、レイラ。君のためなら、俺は国だってひっくり返してみせる」

大勢の聖騎士に追われる最中《さなか》、月明かりの下でくちづけを交わす。

「ん、ふ……っ」

彼の腕にしがみつきながらくちづけに身を任せると、ルージャはさらに貪欲なキスをしてくる。重ねた唇の合間から唾液が零れ落ちるほど激しく、私の魂を吸い上げるほどの勢いで。

「んん……」

決して逃げられないように唇で拘束したまま、彼は私の頭を覆っていた修道女のケープをつかんで投げ捨てた。

「レイラの髪は、まるで黄金の絹糸だな」

修道女がいつも丁寧に梳《くしけず》ってくれる髪が薄明かりに照らされ、ルージャの手の中で艶《つや》やかに光を放つ。

今まで、自分の髪の色など気にしたこともなかった。自分の容姿など気にも留めなかった。私は個など持たない、命じられたとおり預言をするだけの人形だったから。

でも、彼が褒めてくれるから、この色の髪でよかったと思った。

彼が好きだと言ってくれるから、この姿かたちでよかったと思った。

――私が私であってよかったと、生まれて初めて思える。

「ルージャ、大好き……」

彼の頬に手を添え、その濡れた唇に自分の唇を寄せる。すると、黒い瞳が熱を帯びたように見えた。

「そんなこと言って……飢えた獣に餌をやるようなもんだぞ、レイラ」

「ルージャになら、全部あげてもいいもの。本当に、あそこから逃げ出せてよかった……」

彼をベッドに座らせて、私のほうから唇を重ねる。

地下牢に捕らわれているルージャの姿を見たとき、心臓が凍りつくような思いがした。大司教に彼とのことを知られて、このままルージャと永遠に別れなくてはならないのかと……思い出しただけで涙が溢《あふ》れそうになる。

「こんなところにレイラを残していけるか――」

くちづけを交わすかたわら、ルージャの手が厚い布でつくられた修道服をすこしずつ脱がしていく。そして、胸が露《あら》わになった瞬間、彼の表情が狂おしいほどに歪んだのが、はっきりとわかった。

抱き寄せられ、ルージャの膝をまたぐようにして膝立ちになる。彼は手の中に双丘を収め、頂点の粒をその口に含んだ。口全体で乳房を舐《ねぶ》られ、時折、指先で蕾を潰されると、まるで荒っぽく犯

されているような倒錯的な気分になって、心臓がトクトクと速度を上げていく。

「ぁあ……っ、や、そんな……」

乳首に歯を立てられて痛みを感じるぎりぎりまで攻められる。ルージャの呼吸はすでに荒々しく、胸をつかんだ手に次第に力が入っていくのが感じられた。

「は……あっ」

「レイラ、君が――」

その先にまだ言葉がありそうだったけど、ルージャはそれを唾とともに私の喉に流し込んでいく。

そして修道服のスカートをたくしあげ、下着の上から割れ目をなぞり出した。

そこはキスだけで濡れていて、指で撫でられると蜜が布から染み出すのが自分でもわかるほどだ。身体はすでにルージャに欲情して溢《あふ》れそうだった。

「もうぐちょぐちょだ。まだ何もしてないのに」

「だって……あぁっ」

わざと下着を汚すように指を深く押しつけ、布越しに濡れそぼった割れ目を擦っていく。

ルージャのその意地悪な動きに腰がビクンと跳ね、彼の背中に回していた腕に力がこもった。

ビクッと彼の肩が強張る。そうだ、すっかり忘れていたけれど、彼はさっきまで鞭打たれて背中側にひどい怪我をしているはずだ。痛みが走るのに、こんなことをさせるわけにはいかない。

「やっぱりだめよ、ルージャ……」

そっとルージャの手首をつかんで動きを止めさせた。

「もう、今さら止められない」

「ううん、だめ。怪我してるんだから」

ルージャに跨《またが》ったままの姿勢で彼の黒髪の中に指を埋めて、ぎゅっとその頭を胸に抱き寄せた。

そして男らしく筋張った首筋に手を這《は》わせてみる。

ルージャの熱いくらいの体温が伝わってきた。ちゃんと生きて、ここにいてくれる。

「だから、私が……」

驚いて目を丸くするルージャにキスをして、気恥ずかしさを隠す。

そうして、いつも彼が私にしてくれるように、ルージャの肌を手で愛撫し、彼の熱を手のひらにすくい始めた。頬に手を当て、喉元に触れ、くちづけの角度を変えながら遠慮がちに舌を絡める。

女からこんなことをしたら嫌われるかも。そんなふうにも思ったけど、きっと彼は喜んでくれる——といいのだけど。

「ルージャ……」

唇を離した一瞬、ルージャの黒い瞳が熱っぽく霞《かす》んだように見えた。

「レイラ、今の、もう一度」

ルージャが私に縋《すが》るように抱き着き、くちづけをねだってくる。そんなルージャがなんだかとてもかわいく思えて、彼の頭を抱えながらまた唇を重ね、舌を忍ばせた。

「ん……」

抱き合っている最中、ルージャが私ごと背中からベッドに倒れ込んだ。傷に障るかもと思って、急いで身体を起こそうとしたけれど、彼は私の身体を離さず、そのまま唇を深く貪《むさぼ》り続ける。

幸いにもふかふかのクッションがルージャの背中を受け止めていたので、それほど痛くはなかったみたいだ。

ベッドにもつれこんだまま、ルージャの上で彼の身体をまさぐり続ける。はだけた上衣から触れる、たくましい身体の感触が心地よかった。

さらに目の前の身体に唇を寄せ、ルージャの男らしい首筋に舌を滑らせた。

ルージャの身体は信じられないくらい大きくて厚くて、扇情的だ。

「レイラ、ここ」

ルージャはため息をついて私の手首をつかむと、彼の下腹部へと導いた。そして、服の中に入れ、硬い楔《くさび》を握らせる。

「握って、動かして……」

ルージャの身体に添うように横たわり、ルージャのそそり立つ熱塊を握りしめた。手に余るような質量に慄《おのの》きつつも手を動かす。表面だけが動いているような感覚にびっくりしながら。

そんな拙《つたな》い手つきでも、ルージャの唇からは色っぽい吐息が漏れて、呼吸がどんどん荒くなってくる。

「……レイラ、もっと強く……」

「こ、こう?」

「ああ……マズイ。レイラの手、気持ちよすぎ――」

ルージャはやや身を屈《かが》め、荒々しく肩で息をしている。やがて彼の手が修道服のスカートの裾から忍び込んできて、濡れた割れ目をやさしく擦りはじめた。

「や、あ……っ」

ルージャが快感に耐える姿を見ていただけで、私の秘裂からは蜜が溢《あふ》れていたのだ。

当然、ルージャの指がそこをなぞるたび、ぐちゅっぐちゅっとあられもない音を立てる。

「あぁあっ、ぁあ……やあぁっ」

彼の指は、触れるだけで力は入っていない。けれど小刻みな律動を続けられると、下腹部から湧き起こる心地よさにどんどん支配されてしまう。

「ひ、ゃ……」

指が中に挿し込まれた感覚があった。指の腹が何かを探りながら中を蠢《うごめ》く。そして、ある場所をみつけだすと、執拗《しつよう》にそこを撫で始めた。にちゃっと粘性のある恥ずかしい水音が鼓膜を叩いて、頭の中が真っ白になる。

「んあ――だ、めぇっ！　ぁあ……っ」

ルージャの指に翻弄されて、思わず彼の熱塊をきつく握りしめ、快感をこらえる。

「もっと理性飛ばしなよ――レイラの乱れた悲鳴、興奮する」

指が中を攻め立て、手のひらで割れ目の奥の蕾を容赦なく押し潰してくる。私も手の中の熱い塊の先をいとおしむようにさわり、そっと擦った。

「レイラ……っ」

乱れたルージャの呼吸を耳元で聞きながら割れ目を愛撫され、蜜がさらに溢《あふ》れ出す。

早く熱く疼《うず》き出した秘裂に、この熱塊を埋めてしまいたい――

そんなことを考えた瞬間、我に返り、あわててルージャから目を逸らした。

毎日、毎晩、ひとりきりで眠っていた広いベッドで、愛しい男《ひと》と互いの性器を刺激しあいながら歓喜に震えているなんて。

自分がこんなに淫乱だったなんて――！

「ルージャ……」

小さく名前を呼ぶと、彼の黒い瞳が私の顔を覗き込む。

「――責任、とって」

「そりゃ……え？」

目をまん丸にしたルージャの顔がおかしくて、シーツに頬を当てたまま小さく笑ってしまった。

ルージャは私を妻に迎えてくれると言っているのだから、今さら責任とってと言われても困ってしまうだろう。

「だって、神聖な神殿の中でこんな許されざることをしているのに、罪悪感すらないの……ルージャのせい」

「――ああ」

私の言わんとしていることを理解したのか、彼は困惑の表情をいつもの自信に満ち溢《あふ》れたものに変えると、私を抱き起こしてぎゅっと腕の中に閉じ込めた。

「罪悪感を覚えないことに罪悪感があるわけか。それは単純に、レイラがここを神聖な場所だと認識していないからだろ。本当に神聖で敬《うやま》うべきものの前では、人は自然と頭《こうべ》を垂れる。ここは、虚飾に満ちた暗黒神殿だからな」

「……」

一瞬、言葉を失った。言われてみれば、ここは私にとってひたすら居心地の悪い場所だった。そこに神聖さを見出すことが難しいのは、当たり前なのかもしれない。

「ルージャって、難しいこと言うのね……でも本当にそのとおりかも」

「ま、罪悪感なんか忘れるほど気持ちいいと言われるのなら、いっそ名誉なことだけど」

くすくす笑うルージャに祭服を脱がされ、薄暗い部屋の中で裸身をさらす。

「愛しいレイラ――」

頬や耳たぶ、喉元などいたるところにキスの雨が降り注ぐ。くすぐったくて甘ったれた声を上げたら、唇に濃厚なくちづけをされた。

そして飽きることもなく、ふやけるほどのキスを繰り返す――

「今頃、神殿中が消えた預言姫と大司教の部屋に侵入した修道女の捜索に躍起《やっき》になってるだろうに、それをよそにレイラとこんなエッチなことしてると思うと、それだけで充分カイザール大司教の鼻を明かした気になるな」

「んっ、も、もしかして、神殿と戦《いくさ》をするって……そういうこと……？」

確かに鼻は明かしているかもしれないけど、まさか――

「はは、それもいいけど。さすがにこれじゃ根本的な解決にはならないよな」

熱っぽい手が私の身体をくまなく愛撫して、潤《うるお》った割れ目の中を指でやさしく触る。そこを往復されるだけで甲高い声が出て、腰が勝手に揺れてしまった。

「ん、ふあ……あぁっ、ああもぉっ、だめ……」

ルージャの黒髪の中に指を埋めながら、胸をルージャの広い胸に押し当てて潰し、彼の喉仏をそっと食む。

その間もとめどなく愛液は溢《あふ》れ出し、身体の疼《うず》きがさらに増していった。濡れた場所をルージャの熱い塊で貫いて欲しくなる。でも、今そんな無理をさせるわけにはいかない。

「こんな華奢《きゃしゃ》な身体で、大司教の威圧に耐えてきたのか。人から遠ざけられて、独りきりで」

「でも……っ、そのおかげでルージャに、会えたの。ああ……んぁあッ」

「かわいいことを」

彼の長い指を呑み込む膣がひくんっと収縮して、快楽の余韻を身体の中につなぎとめる。

そのとき、ふいに鼻がつんと痛んで泣けてきた。

「ごめん、痛かったか？」

目元に滴《しずく》が生まれたのを、ルージャが目ざとく見つけて指で弾く。

「ううん、痛くない——ただ、うれしくて。私、誰かにこんなにやさしく触れてもらったことがないから——」

生まれて初めて、愛されていると実感している。それがこんなにも心満たされて、安らげるものだったなんて知らなかった。

「こんなの、まだまだ序の口だよ。俺はレイラを妻にして、一生君を溺愛する。もうイヤって言われてもやめるつもりはないから、覚悟しときなよ」

また涙がぽろっとこぼれ、ルージャがそれを舐めとる。

愛おしそうにキスをしてくれる彼のたくましい背中に腕を回して、力をこめた。

もっとこの人を感じられるように、幻のように私の前から消えてしまわないように、絶対に逃がさないようにしがみつく。

重たい男の人の身体は、私の頼《たよ》りない身体とは全然違って、その手ごたえも確かだった。

「こんなにも誰かを愛おしいと思ったことは、一度もない」

そう言ってくれるルージャの黒い瞳にみつめられて、胸が疼《うず》いた。

ふと、いつかのシャルナの言葉を思い出す。たくさんの人間の中でただひとり好きになって、好きになられるのは奇跡、と。

今、私はその奇跡の中にいて、こうして身体を重ねて気持ちを確かめ合っている。彼が私を受け止めて、包み込んでくれる。

これ以上、うれしいことがあるだろうか――

「ずっとルージャの傍にいるから……大好きなの」

彼の黒い瞳がうれしそうに緩んだ。私の存在で、誰かを笑顔にすることができるなんて、考えてみたこともなかった。

「俺のレイラ」

深くやさしいキスに唇をふさがれて、苦しくなるくらい強く抱きしめられた。私もルージャの身体に回した腕に力を入れ、ぎゅっと抱き着く。

彼の身体はとてもあたたかくて、この腕の中にいさえすれば、何があっても絶対に護ってもらえるような安堵感があった。

まだ何も解決はしていないけど、今、私が感じていることが世界のすべてだ。

そう思ったら心が満たされて、いつしか眠気に誘われていた。

第四章　預言姫の覚悟

「レイラ。レイラ……」

　夢も見ないで、気絶するように眠っていた。

　もっと眠っていたい、このあたたかさの中で微睡《まどろ》んでいたい。でも、大好きな人が呼んでいるから、もう目覚めなきゃ。

　無理矢理、瞼《まぶた》をこじあけると、目の前にルージャの顔があった。

　手を伸ばしたらすぐに抱き着けるほどの距離に、大好きな人がいるなんて。

　これは夢だろうか。試しに指で彼の頬に触れてみると、ちくちくとざらついた感触。えーっと、これは、ヒゲ？

「ルージャにおヒゲが生えてる……？　ヘンなの」

　両手で彼の頬をはさんで、その不思議な感触を指先で確かめる。

「俺はそんなに濃くないぞ！　そりゃ丸一日近く経ってりゃ多少伸びるけどさ……ヘンはないだろう、ヘンは」

　むくれた声が返ってきて、ようやく目が覚めた。ルージャが傍らに横たわり、屈辱《くつじょく》の表情で私の顔を覗き込んでいたのだ。

「ルージャ……あれ、ここは？」

「神聖なる君の部屋だよ」

ルージャの言葉を聞き、まだ暗い室内を見回して、ようやくそこが見慣れた自分の部屋だと理解した。

「え、昨日……」

私の頬を撫でているルージャは衣服こそ辛うじて身に着けているけど、上衣も下もはだけた姿だった。

「レイラ、寝ぼけてる？　地下牢から逃げてきて、君の部屋で愛し合って今に至るわけだけど」

「――はい」

なんだろう、昨晩は神殿内で触れあっていることに罪悪感なんてなかったのに、時間をおいて冷静になったら、一体全体私ったらなんて破廉恥《はれんち》なことをしてしまったのだろうと、恥ずかしさでいっぱいになった。

羞恥《しゅうち》のあまり赤くなるやら、罰当たりすぎて青ざめるやら、ルージャの顔も裸の胸もまともに見ることができなくて、思わず顔を覆ってしまう。

「レイラ、今さら」

ルージャが苦笑している。

もっと冷静になってみると、敵陣の真っただ中で何をしているんだろうと血の気が引いた。

「ルージャ、これからどうしようか」

今、私たちを取り巻く状況は、何もかもが問題だらけだ。その色んなものをひっくるめた上での「どうしよう」だけど、ルージャはうっすら不精髭《ぶしょうひげ》の生えた頬に、不敵そのものの笑みを浮かべて身体を起こした。

「言ったろ、神殿相手に戦《いくさ》をするって。まだ真夜中だけど、起きられるか？　朝までこうしてるのも魅力的なんだけど、さすがにそうも言ってられそうにないしね。全部に決着がついたら、新婚のベッドで一日中いちゃいちゃしよう」

そんな未来を想像すると口元だけでなく、気持ちまで一緒に緩んでしまいそうだ。頬を軽く叩いて気を引き締め直す。

「ルージャは大丈夫なの？」

「レイラの身体をたっぷり堪能したし、むしろ途中で終わらせちゃったから、いつもより漲《みなぎ》ってる。さ、服を着て」

ルージャは手早く乱れた服を直し、鞘《さや》から抜いた剣の調子を確かめている。

私も急いで修道服に袖を通したけど、まだルージャの手に濡らされた感覚が残されていて、腰が砕けてしまいそうだった。

「はぁ……っ」

深呼吸ともため息ともつかない呼気を吐き出すと、ルージャが振り返って笑う。

「レイラ、色っぽすぎる吐息禁止。反応しそう」

「そ、そんなつもりじゃ……」

そのとき廊下に人の気配を感じ、心臓が飛び上がった。いくつもの鎧が音を立てながら、この部屋に近づいてくる。

「ルージャ……」

「大丈夫。レイラは俺にくっついて離れないこと。荒事になるかもしれないけど、なるべく早めに片を付けるつもりだから、ちょっとの間だけ我慢してくれ。どんな花嫁衣装にしようか考えててくれればいいから」

「うん……」

不安はあるけど、こうなったらもう目的に向かって進むしかない。

ルージャは窓を開けて私を二階のひさしに下ろした。けれど自分は窓枠に腰かけたまま動こうとしない。

「ルージャ、早く」

鎧の音はもうすぐそこまで迫っている。内側から施錠はしてあるけれど、聖騎士なら鍵を持っていても不思議はない。

ひさしに下りた私には、室内の様子を見ることはできないけれど、どやどやと聖騎士たちが室内に入ってきた気配はわかった。ルージャはまだ、窓に腰かけたままだ。

（ルージャ、急いで！）

心の中で叫んで彼の服の裾を引っ張ったが、ルージャは私の手を後ろ手に握って、「大丈夫だから」と言わんばかりに撫でさする。

「貴様――!?」

「ずいぶん遅かったな。待ちくたびれたぞ」

知り合いでもそこにいるような気安さでルージャが煽《あお》ると、室内の騎士たちが彼に向かって殺到する気配がした。

「痴《し》れ者めが、いったいどうやってここへ」

聖騎士の剣が振り下ろされる。ルージャがひさしに飛び降りた直後、剣が窓枠に当たってガツンっと音を立てた。生まれて初めてこんな眼前に鋼の刃を見て、思わず腰が抜けそうになる。

「修道女!? ――いやっ、もしやファタールさま!?」

窓の外にいる私をみとめて、聖騎士の表情が凍りつく。彼らは私の素顔を知らないし、私もいつもの預言姫の祭服ではなく修道服を着ている。だが、おそらく状況から私がファタールだと理解したのだろう。

「おっと危ない」

そこからはあっという間だった。ルージャは皮肉な笑顔を聖騎士に向けるなり、私の腰をさらって肩に担ぎ上げ、地面に向かって飛び降りたのだ。

ここ、二階の窓の上！ そう叫びたかったけれど、声なんて出す暇もなく、気づいたら地面に着地していた。

軽い衝撃を覚えたときには、ルージャはすでに私を抱えたまま走り出していた。追尾されるように、わざと聖騎士に自分の姿を見せつけたとしか思えないんだけど……

まだ空には大きな月が残っていて、思ったより暗くはない。夜明けまでもうすこし時間を要するようだ。

「ルージャ、どこに行くの？　そっちは大聖堂よ。聖騎士が大勢いると思うわ」

「一ヶ所に集めて一網打尽が一番手っ取り早いからさ」

「一網打尽って……」

いったい何をするつもりなんだろう。でも、私を抱きかかえながら走るルージャにおしゃべりをさせて、余計な体力を奪うわけにはいかなかった。

そのとき、松明《たいまつ》を手にした聖騎士たちが行く手を遮《さえぎ》るように現れた。少なくとも十人以上はいる。

「いたぞ、あそこだ！」

騎士たちに囲まれるより先に、ルージャは回廊に飛び込んだ。回廊は腰の高さまでは壁があるものの、上部はガラスもないので、入るのは容易だ。その代わり、聖騎士も簡単に入ってこられる。

ルージャは私を横抱きに抱えなおし、薄暗い回廊を軽快に走り抜けた。

「俺にしがみついてな、レイラ。ベッドでしてるときみたいにぎゅっと」

「ルージャって、危機感という言葉を知らないの？」

嫌味ではなく、心の底からの疑問だった。呑気なことを言っているけれど、背後からは聖騎士たちが抜剣して追いかけてきている。

「待て、聖域を穢《けが》す逆賊め！」

みるみるうちに足の速い聖騎士がひとり、追い上げてきた。抜き身の剣を振り上げて、ルージャの背中めがけて打ち下ろす。

「おっと」

金属の跳ねる音に思わず目を瞑《つぶ》ってしまったけれど、ルージャは軽く跳躍して前方へ逃れると、軽快な走りのまま大聖堂に近づいていく。

「小癪《こしゃく》な。我が神殿の聖女を攫《さら》うとは、不逞《ふてい》の輩《やから》め」

え、私って誘拐されたことになってるの？　でも、考えてみれば、私が姿を消した経緯はたぶん大司教にしか把握できていないだろう。

「こんな美人にヴェールをかぶせて神の御殿に隠しておくのは、人類の損失だ。俺が預言姫の美しさを人の世で有益に使ってやるから、見逃してくれ」

この言い草に怒らない聖騎士はいない。有益に使われる予定の私も、苦笑いしか出てこないかった。

「ルージャ、あの扉の先が大聖堂よ」

前方に見えてきた扉を指して言うと、彼はニッと笑って大聖堂に飛び込んだ。

深夜とはいえ、たくさんの蝋燭《ろうそく》が灯されている。その明かりの中、祭壇の奥で錫杖《しゃくじょう》を持って立つラキム神像が、愚かな人間たちの争いをみつめて微笑んでいた。

祭壇を乗り越え、ラキム神像が立つ場所までやってきたとき、ふたたび聖騎士の剣がひらめいた。ルージャはよけるためにすれすれのところで身を逸らす。

「観念したらどうだ。いかに貴様が腕に覚えありとはいえ、これだけの人数を斬り伏せることなどできまい！」

「さすがの俺も百人斬りはしたくないな」

「ならば、さっさと降伏することだ！」

「降伏したら、彼女を妻にできない」

こんなときでさえ、ルージャの軽口は健在だった。この人の自信は、いったいどこから湧いてくるのだろう。

「世迷言《よまいごと》を！」

聖騎士は叫ぶとルージャの身体を突き飛ばし、よろめいた彼の頭上にその大剣を振り下ろした。

私の身体ごと真っ二つに切り裂くほどの豪剣だった。鋼の刃が風を切る音がはっきりと聞こえてくる。

だけど、ルージャは迫りくる凶刃を静かにみつめると、身体を丸め、私を抱きかかえたまま左に転がり出た。

聖騎士の剣はそのままラキム神像に激突する。すると、鈍い音がして、像の足指が砕けた。

「神像が……！」

一瞬、空白の時間が流れる。

唯一動き得たルージャは、私を下ろすなりラキム神像に飛びかかった。そして、錫杖《しゃくじょう》を持つ像の曲げられた腕をつかむと、力任せに下向きに引っ張る。

するとどうしたことか、石でできているはずのラキム像の腕が床に向かってまっすぐ伸びていた。

「――⁉」

その場にいた全員が言葉を失い、目の前で起きている光景を固唾《かたず》を呑んで見守った。

続いて、床が音を立てながら揺れ始めると、屈強なはずの聖騎士たちから悲鳴のような声が上がり始める。

そんな中、ルージャに手を引かれてラキム神像の裏側に回り込んだ私は、そこで目を疑うような光景を見た。

神像の裏側に、横に五人は並べるほど幅広い下り階段が出現していたのだ。石造りの階段はかなり古ぼけていて、砂埃だらけだった。下から流れてくる空気は冷たくて埃臭くて、長い時間を封印されていたように感じられる。

「ルージャ、これは……⁉」

「君を自由へ招待するための、秘密の通路さ」

色々と疑問が湧いたけれど、口にする暇もないままルージャに引っ張られ、その階段を駆け下り始める。彼の手には、いつの間にやらランプがある。神像のまわりにいくつもあったので、それをひとつ拝借してきたようだ。

天井は低く、押し潰されそうな圧迫感すらある。石の床は砂だらけで、踏みつけるたびに砂ぼこりが舞い上がった。

「聖騎士たち、追いかけてこないわね」

「地下の存在を知らなかったんだろう。今、突入すべきかどうか、大司教にお伺いを立ててるんじゃないかな。今のうちに距離を稼いでおこうか」

おそらく相当長い間封鎖されていたのだろう、空気が黴《かび》臭くて淀んでいるので、自然と呼吸が浅くなる。

「どうしてルージャはこんなところを知っているの？　私、ラキム神殿の歴史はかなり勉強させられたけど、地下通路があるなんて聞いたこともなかったわ」

「そりゃ、君に歴史を指南したカイザール猊下《げいか》の勉強不足さ。こんなのシャンデル王国の常識だよ」

そんな常識は聞いたことがない。こうなると、ルージャが一介の賞金稼ぎであるということが信じられなくなってきた。いや、明らかに嘘でしょ。

きっと、ルージャはこの地下の存在を知っていたから、わざわざ危険な大聖堂まで来たに違いない。聖騎士たちが集まるように仕向けたのも、ここへ彼らを誘い込むための――罠？

この人はいったい何をするつもりなのだろう。神殿と戦《いくさ》をするとか言っていたけど、危険なことではないのだろうか。

疑問を口にしようとした瞬間だった。背後から金属鎧と剣の鞘《さや》がぶつかり合う音、たくさんの軍靴が床を踏みしめる音が追いかけてきた。

「やっと突入したらしいな」

彼の左手が、私の手をぎゅっと握る。

「あとすこしだ。ここを切り抜けさえすれば、レイラは自由の身になれる。もうちょっとの辛抱だ――」

その手は変わらずあたたかかったし、私をみつめる漆黒の瞳も、今まで私が見てきたルージャそのものだった。

そう、彼が何者でも、何をしようとしていても、きっと大丈夫。悪いことになるはずがない。

「ルージャ、信じてる」

小さく彼の背中にささやいた声は、迫ってくる金属音にかき消されてしまった。けれど、ルージャは振り返ってやわらかく微笑んでくれる。

天井の低い階段を急ぎ足で下りていくと、前方に大きな両開きの扉が現れた。薄汚れて砂まみれで、深い歴史を感じさせる代物だ。

「開くかな？」

扉に手をかけ、ルージャが力を込めてそれを引く。はじめは軋《きし》んだ音を立てていた蝶番《ちょうつがい》も、やがて力負けしたのか、ふいに大きな音を立てて勢いよく動いた。その拍子にもうもうと砂埃が舞い上がる。

「ルージャ、大丈夫？」

「ああ。レイラ、こっちに」

視界の利かない砂埃の中、ルージャに腕を引っ張られて扉の中に転がり込むと、油のような臭いが鼻をついた。顔を上げた瞬間、その明るさに思わず目を剥《む》く。

そこにあったのは、階上の大聖堂に匹敵するほどの広い空間だったのだ。

古びた様子は隠しようもなかったけれど、きちんと人によって管理されているのだろう、床はきれいに掃き清められ、ぼろぼろになりかけた石壁にはたくさんの燭台《しょくだい》があった。もちろん、蝋燭《ろうそく》には火が灯されている。

扉から入って右手の壁には巨大なラキム神像が直立し、その前には祭壇が設けられていた。

「な、に……ここ……聖堂？　それに、この像は……」

ラキム神像の周囲には大きなランプがたくさん置かれ、赤々とした炎を上げて広間を照らしている。どこからか吹いてくる風に炎が揺らめいて、まるでラキム神像が動いているように見えた。

「ラキム教の地下聖堂――だな」

きっと私は、口をあんぐり開けて、呆然と聖堂を見回していたと思う。まさか、大聖堂の真下に地下空間が広がっていたなんて！

追われていることも忘れて、ひたすら聖堂の様子に見入っていた私は、背後から押し寄せてくる軍靴の音にやっと我に返った。ルージャに手を引かれて像の前に向かう。

続いてここにたどりついた聖騎士たちも、この空間に入った途端、驚いたように足を止め、口々に感嘆の声をもらした。

「これは……」

「地下の、大聖堂、か」

聖騎士たちの感想はほとんど私と同じだった。彼らもこの場所の存在を知らなかったようだ。

「ラキムの戦士たちよ、この場所の詮索は後ほどだ。そこに神を神とも思わぬ不逞《ふてい》の輩《やから》がいる。そちらの捕縛が先だ」

聖騎士たちとともにやってきたカイザール大司教が、厳しい声で言った。

「へえ。地下聖堂を見てもまず俺の始末が先だと言うのか。大した度胸なのか、それとも――」

ふたたびルージャは私を抱き上げ、右手だけで剣を握りしめる。

「よほどレイラの口から悪事の数々がバレるのを恐れているのか」

「罪人を捕らえよ！」

大司教の叱咤《しった》する声に、聖騎士たちは我に返ってこちらに詰め掛けてきた。聖堂といってもラキム神の巨大な像と祭壇の他は何もない、ただの広い空間だ。いくらなんでも、五十人以上はいるであろう聖騎士を相手に戦うのは、無謀以外の何物でもなかった。

「ルージャ、無茶よ！」

「ここが踏ん張りどころさ。レイラを奪い返されたら元も子もないからな」

ルージャが言うと同時に、最初のひとりが彼の頭上に剣を振り下ろした。だけど、彼はそれを剣で弾いて押し返し、後ろにいた聖騎士もろとも倒してしまう。

背中にラキム神像があるので聖騎士たちも背後からは襲ってこないし、この像の歴史的価値を思えば、むやみに剣を振り回して破壊することもできないだろう。それに、混戦の中で仲間同士傷つけ合う危険を回避するためにも、むちゃな攻撃はできないはずだ。

「ファタールさまに怪我をさせるな！」

聖騎士たちの間からそんな声が聞こえてくる。

おそらく聖騎士たちは私が攫《さら》われたと思っている。つまり、私にはまだ存在価値が残されているということだ。

ルージャの身体に腕を回し、怖がった顔でぎゅっとしがみつく。彼の怪我に障らない程度に。

こうすれば聖騎士だってやたらとルージャに剣を振り下ろしたりはできないだろう。聖女に剣が当たったりしたら大変だもの。

案の定、聖騎士は手を出しあぐねているようだ。彼らの信仰心を利用しているようで気が引けるけれど、ルージャの命と私の自由がかかっている。許してね。

ルージャもまた腕に抱えた私を上手に利用し、聖騎士の凶刃が届かないように立ち位置を変え、剣の面の部分を相手に叩きつけたり、時には足をかけて転倒させたりと、見事な体術で聖騎士たちを往《い》なしていく。

刃傷沙汰《にんじょうざた》とは無縁な生活をしてきた私が、こんな乱闘騒ぎの渦中《かちゅう》にいて恐ろしくないはずもないけれど、彼の立ちまわりは洗練された芸術のように美しく、しばし恐怖を忘れて見入った。

そして、彼のさらにすごいところは、こんな大勢を相手取った乱戦にもかかわらず、打ち倒した相手に一滴の血も流させていないことだ。

もちろん、聖騎士たちは私に遠慮して本気を出すことができないのだろうけど、それにしたって多勢に無勢もすぎるのに、ルージャの涼しい顔ときたら。

（なんてめちゃくちゃで――強くて……かっこいい……）

でも、さすがに乱れる呼吸を隠すことはできず、ルージャの肩が激しく上下している。怪我もしてるし、こんな人数差のある戦いがいつまでも続くはずがなかった。ルージャが倒れるのも時間の問題だ。

気がつけば、地下聖堂に集まった聖騎士はゆうに百人には達していた。祈りを捧げる場所にそぐわない白刃のきらめきが、まるで私たちのための荘厳な葬送の儀式を思わせる。

中心にはカイザール大司教もいて、ルージャの無謀としか言えない乱闘騒ぎを冷ややかに見守っていた。

やがてルージャは神像にもたれかかり、剣をまっすぐ伸ばして聖騎士たちを牽制した。彼らも予想外の強さを見せつけられたせいか、ひどく警戒しながらも、ルージャの動き次第ではいつでも飛びかかれるように構えている。

「我が神殿の聖女を盾にするとは、神をも畏《おそ》れぬ所業よ。ラキムは寛容な神だが、その御前で狼藉《ろうぜき》を働けば神の怒りが下るだろう」

聖騎士がそう言って、じりじりとルージャとの距離を詰めてくる。すこしでも隙を見せたら、いっせいに飛びかかってきそうな雰囲気だ。

だけど、ルージャは相変わらず呑気な表情を崩さなかった。

「その言葉をそっくりそのまま、大司教猊下《げいか》にご注進申し上げたらどうだ。俺には神罰は下らないし、下る要素など何ひとつなくてね」

神殿の敷地内で淫《みだ》らに睦《むつ》み合ったという狼藉《ろうぜき》を棚に上げ、ルージャはいけしゃあしゃあと言った。まあ、その件に関しては私も同罪だけど。

「盗人猛々《たけだけ》しい」

聖騎士に一刀両断されて、ルージャは笑う。

でも、聖騎士たちがまだ私を『聖女』として扱ってくれるのであれば、それを利用しない手はない。

「ルージャ、私が……」

離れようとする私に彼は「いいから」と、より私の身体を強く抱き寄せた。

「なあ、カイザール大司教猊下《げいか》。神の御前に顔向けできないのは誰だったかな」

カイザール大司教が、聖騎士たちの間をすり抜け、こちらに歩いてくる。

「ラキムの聖騎士たちよ、まことに残念ながら、預言姫ファタールはその神聖なる資格を喪《うしな》った。賞金稼ぎなどと名乗るあやしげな男にその身を売り渡したのみならず、この神聖かつ厳粛《げんしゅく》な神殿内部で彼と淫行に及び、その神威を失墜させたのだ。もはや聖女は聖女に非《あら》ず。神の慈悲を踏みにじる反逆者よ」

聖騎士たちの視線がいっせいに私に注がれた。

まさか昨晩のことを見られていたわけではないだろうから、大司教が適当なことを言っているのだと思うけど——だって目撃されていたら、その場で踏み込まれていただろうから——この視線の集中にはちょっと耐えられそうにない。

「おまえら、聖騎士のくせに彼女を見て何を考えてんの？　このムッツリスケベども」

私に視線を注ぐ聖騎士たちに、ルージャが心底軽蔑したような表情で吐き捨てる。すると、彼らはいっせいに私から視線を逸らした。

おかげでさらし者になる屈辱《くつじょく》はあまり感じずにすんだけど、聖騎士たちが私を見ていかがわしい想像をしたことがはっきりした。

私はルージャの腕から逃れると、聖騎士たちが向ける剣の前に自《みずか》ら立った。

「そ、そういうご自分はどうなのですか、猊下《げいか》。胸を張ってこのラキム神殿の最高位を名乗れるのですか」

声が上ずってしまったけれど、ありったけの勇気を総動員して、五十歩ほど先の距離にいる大司教に向けて言った。

「レイラ……」

ルージャが意外そうな顔をして私を見ている。あれほど恐れていたカイザール大司教に真っ向から口答えをしたのだから無理もない。

大司教はいつも私と対峙するときに見せる厳しい表情を、より険しくした。

「ラキムの慈悲を裏切り続ける堕ちた聖女が、今さら何をさえずる？　神に見放されたゆえ、その御声を聴く力を失ったではないか」

「わ、私は、力を失ってなんていません。私の預言の力はそもそも、神から与えられたものではありません。これは私の、私自身が持って生まれた力です……！　それを知っていらしたのに、私を預言姫と呼んで人々を騙《だま》してきたのは大司教猊下《げいか》、あなたではありませんか」

これまで、預言の力は神から授かったものだと喧伝《けんでん》してきた。その結果、預言姫、聖女と呼ばれて祭り上げられてきたのだ。

もちろん、嘘をついていたのは私も同罪だけど、それを積極的に広めて利用してきたのは大司教のほうだ。

突然なされた大司教の罪の暴露に、聖騎士たちは、互いに目配せをしたり、私と大司教を見比べたりと、明らかに反応していた。

「苦し紛れに私を巻き込もうというのか。力を失っていないというのであれば、預言してみせるがいい。己《おのれ》の運命を、そしてその痴《し》れ者の未来を」

「私自身の未来が視えないことはご承知だったはず。そして、この人は私と未来を共にする運命の人。私自身に深く関わる人の未来を視ることもできないわ！」

「結局は視ることのできない言い訳ではないか、ファタール。いや、もうこの名はおまえには相応《ふさわ》しくない。今、この時をもって預言姫ファタールの名を剥奪《はくだつ》する！　穢《けが》れた娘よ」

「ご随意に。私はファタールなんかじゃない、たまたま持って生まれた未来を視る能力をあなたに買われて、偽物の聖女に祭り上げられた、寒村生まれの物乞いですもの」

頭を覆っていた修道女のケープを外すと、私はそれを投げ捨てた。この重たい布に自分自身が覆われて隠されていた、そんな気がした。

乱れた髪をかきあげて、真正面から大司教を見据える。

「私自身の未来は視えない。でも、あなたの未来なら視たわ、カイザール大司教猊下《げいか》。かならず、ラキム神の怒りがあなたの頭上に落ちてくるでしょう」

怒りに青ざめる大司教のまわりで、聖騎士たちがざわついた。

彼らがどちらの言うことを信用するかはわからないけど、カイザール大司教に対する疑念をすこしでも持ってくれればそれでよかった。

こんな人がラキム神殿の頂点にいては、いつか人々の信仰が根幹から揺らいでしまう。これほど神殿の奥深くにいたにもかかわらず、神をまったく信じていない私がいい例だ。

これまで私は、たくさんの人々がささやかな幸せを願って祈りを捧げる姿を見てきた。神を信じ、己《おのれ》の人生を奉仕に捧げた美しい人々をこの目で見てきた。

ここにいる聖騎士たちだって、純粋にラキム神を信仰して、その教えを守るために戦士になった。決して大司教の私利私欲を守るために、彼の持ち駒になったわけではない。

どうして私はそれをもっと真摯に受け止めてこなかったのだろう。誰かの未来なんかよりも、ずっと大事なものが目の前にあったのに、それを見過ごしてきた。自分自身の安寧のために黙殺してきたのだ。

「ラキム神を謀《たばか》ってきた罪は、必ず清算されるわ」

「私にラキム神の怒りが下るだと？　では言ってみろ、それはいつ、どこで、どのような形で訪れるというのだ」

「それは……わからないけれど」

普段は、時期や場所など、視た未来の具体的なこともなんとなくわかるものの、この間はそこまではっきり視えたわけじゃない。大司教の未来を覗いたのはあの地下牢でのことで、私自身も取り乱していたから。ただ、ラキム神が大司教の頭上に落ちるという、漠然としたイメージが視えただけだった。それは今日かもしれないし、十年の後《のち》かもしれない。

「神はどうやら、本格的に預言の力をそなたから奪ったようだな。度重なる罪に、神の慈悲を乞う資格なし。ファタールはこれまでの功績を鑑《かんが》み……と言いたいところだったが、もはやラキムの教えに帰依《きえ》する気はあるまい。これこそが神の慈悲である。ふたりを聖騎士の剣にかけることを許す」

さっきまでの捕縛命令を覆《くつがえ》し、殺しても構わないと大司教は言い放った。聖騎士たちは動揺してざわめいたけど、彼らにとって大司教の声とは神の声にも等しいものだ。

これまでは私の言葉が神の代弁であるとされてきたけれど、もうそれも過去のこと。こんな地底でたくさんの聖騎士に囲まれて、生きて帰れるはずもない。

「聖女を殺す、か」

ため息とともに吐き出されたルージャの言葉は短い。でも、たくさんの思いがこめられた一言だ。

大司教に背を向けると、私はルージャに向き直って彼の手を取った。

「ルージャ、私のせいでこんなことになって、ごめんなさい……。私がルージャの運命を変えてしまった。あなたには無限の未来が広がっていたはずなのに、こんなことに巻き込んで……」

「何を寝ぼけてんだ、レイラ。巻き込んだも巻き込まれたもないだろ。俺たちは互いが互いを必要として、一緒にこの道を選んだ。一方的に巻き込まれたなんて、そんな馬鹿な話があるか。俺たちの未来は交わってるんだろ⁉」

「ルージャ……」

彼は私の頬に触れたあと、私を庇《かば》うように聖騎士たちの前に立ちふさがった。

「ラキム神の聖騎士たち。おまえたちがこれまで聖女だ預言姫だと呼んできた彼女を、その剣にかけることができるのか？　それこそが神の意思であると、胸を張ってその鋼鉄の刃を向けることができるのか？　自《みず》らの意思も自由もすべて封じられ、神殿の奥深くに閉じ込められてきた娘を、自分の本当の名前すら封印されて神殿のために尽くしてきたレイラを、神を裏切ったと罵《ののし》って殺すことができるのか⁉」

私の耳にはっきり届く、彼の荒々しい呼吸。額《ひたい》から流れる汗。

張りつめた空気から来る緊張と激しく立ち回った疲労に加え、その身体にいくつも刻まれた傷の数々が彼の心臓を強く圧迫しているのだろう。

私を神殿という牢獄から救うため、ルージャは文字どおり命を張ってくれているのだ。

水を打ったように、地下聖堂が静寂に包まれた。鎧や剣の立てる音すら聞こえない。ルージャは地下聖堂をぐるりと見回すと、私を振り返った。

「ルージャ」

気がついたときには、私は彼の肩に手を置き、つま先立ちになってルージャの唇に自分の唇を重ねていた。

もしかしたら、これが今生《こんじょう》での最後のキスになるかもしれない――

ルージャの言葉には何度も救われて、幸福感をもらってきた。もし今日ここで果てることになっても、ルージャに出会えてよかったと心から思える。

「見ただろう、聖女の堕落した姿を。何をしておる、聖騎士たち。そやつらはラキムの教えに歯向かう背教者だぞ！」

大司教に叱咤《しった》され、戸惑いながらも聖騎士たちは剣を持ち直した。最初に誰かひとりが剣を振り上げたら、連鎖的に彼らの剣が殺到してくるにちがいない。

私はルージャの肩から手を離し、聖騎士たちに向き直ると、両手を広げた。

「私を穢《けが》れた背教者だと思うのなら、まず私から斬りなさい」

時折、鎧や剣が鳴る音はするけれど、怖いくらいに誰も動かない。

――そのときだった。

静寂に包まれた地下聖堂に重々しく扉が開く音が響き渡り、聖堂の奥からたくさんの鎧や剣がぶつかりあう音が聞こえてきた。

その場にいた一同が、一斉に同じ方向に顔を向ける。次の瞬間、軍靴が石の床を踏み鳴らして聖堂の中に入り、そして陣を張るようにして止まった。

「王国騎士団だ！」

誰かがそう叫んだ途端、静まり返っていたはずの地下聖堂が騒然となった。

王国騎士団とは、文字どおりシャンデル王国を守護する王国軍のことだ。王国騎士団と聖騎士団は互いに不干渉で、神殿の敷地に彼らが現れることなんてありえないはずなのに。

聖騎士たちが動揺する中、整然と現れた騎士団の黒い鎧の肩には、金色の王国の紋章が輝いていた。

（預言姫と握手できなかった国王が、腹いせに軍を進めてきた……わけないか）

あまりに事態がめまぐるしく動くので、私の頭はそうとう疲れているようだ。ぼんやりと益体《やくたい》もないことを考えてしまった。

「ラキム神殿の聖騎士たちよ」

凛《りん》と張りのある女騎士の声が地下聖堂中に響き渡った。

「我々はシャンデル王国騎士団だ。シャンデル王国国王イルサーディの名において、あなたたちの指導者であるカイザール大司教を告発するためにやってきた。まずは剣を収められよ」

「国王が、猊下《げいか》を告発……？」

聖騎士たちの視線が一気に大司教に集中した。

でも、私はまったく別のことに気を取られていた。聖騎士たちに囲まれた私には、その女騎士の姿はほとんど見えなかったけれど、なんだか聞き覚えのある声のような気がして……

「シャルナさん……？」

思ったより震えた声で、そうつぶやいた。

だけど、私のそんな小さな驚きなど誰も気にも留めずに事態は進んでいく。

「これはいったい何の真似か。ラキム神殿は神聖不可侵、いかにシャンデル国王といえど干渉は許されぬ。王国による弾圧ではないか。王国はいったい何をしているのだ！」

腹の底から響かせた大司教の声が、騒然とする地下聖堂中にこだまする。

「シャンデル国王ならここにいるぞ、カイザール大司教」

王国騎士団の先頭に、やはり鎧をまとった国王の姿があった。国王はゆっくりと聖騎士団のほう――カイザール大司教の近くまで歩を進める。

べつに声を張り上げているわけでもないのに、この広々とした空間の中によく通る声だ。先日、会った時もその存在感に圧倒されてしまったけれど、こうして騎士団を率いて先頭に立つ姿は実に勇ましく、上に立つ者の威厳をいやでも感じさせた。

「ラキムの教えや方針に意見するつもりはない。だが、大司教自《みずか》らが仕える神を偽ったとき、誰がそれを裁くのか。神の裁きを待っていたが、あいにくとラキム神は天界に不在のようなので、地上の王がわざわざ口を出さざるを得なくなった」

まるで潮が引くように聖騎士たちがその場を離れる。すぐに、国王と大司教の間を遮《さえぎ》るものはなくなった。

「告発する内容はおもにふたつだ。大司教は聖職に就きながら、シャンデルの貴族から賂《まいない》を受け取っていたこと、そして誘拐に監禁、拷問等々、聖職者の行為とは思えぬ悪行の数々」

「何を言い出すかと思えば、シャンデル国王よ。とんだ言いがかりではないか。何か証拠があってのことか」

「もちろん、証拠ならいくつもある。騎士アルストリア」

「はっ」

女騎士が国王のもとへ歩み寄り、その前に膝をつく。

「そなたが神殿で見聞きしたすべてを予に、そしてこの場にいる者たちに説明を」

「申し上げます。我が主《あるじ》の命により、わたくしが修道女として神殿に潜入したのは、今から三ヶ月前のことでございます。事の発端は、我が王国の宝物庫より多数の宝物が盗み出されていることが判明したためです」

そう言って女騎士が兜《かぶと》を外した。やはりシャルナだった。地味な修道服に身を包んでいるときとはまるで別人で、私でさえ息を呑む有様《ありさま》だ。シャルナの正体にようやく気づいたカイザール大司教も立ち尽くし、強く手を握りしめていた。

「王国の宝物庫だと。それが我が神殿と何の関係がある」

「調査を進めていくうちに、犯行に及んだ人物に迫ることができましたが、盗まれた宝物がどこに消えたのか、それを見つけ出すことができませんでした。当の本人がすでに亡くなっており、そこから先の調査が難航したためです」

思いもよらない宝物庫泥棒の話が始まったけど、神殿で聞けるような話ではないので、すこし興味深い。

「しかし、この人物の周囲を探るうち、ラキム神殿とのつながりが浮上しました。それどころか、シャンデル王国内の何人もの高名な貴族が、ラキム神殿と個人的に関わっていることもわかっております。彼らはカイザール大司教個人に対し、寄進と呼ばれる多額の賄賂《わいろ》を送っていたようです。そして、そちらにいらっしゃる預言姫ファタールから神の言葉を頂戴するため、貴族たちが大司教に直接かけあっていたとのこと」

シャルナの言葉に、大司教は何も言わず険しい顔をしているだけだった。

「神殿の公式記録に残っている、預言をいただいた方の数と、実際にファタールさまが預言をなさった数を照らし合わせれば、その差は歴然としているでしょう」

突然、話の中に私が登場してあわてたけれど、それは私にもわかっている。今までやってきた預言の大半は、カイザール大司教個人の依頼だ。もちろん大司教からそう聞かされていたわけではないけれど、長くこんなことをしていれば、いくら私が世間知らずだとはいえ気がついた。

「実際に照らし合わせたわけでもないのに、証拠になるのか。そもそも、ファタールは神殿に反旗を翻《ひるがえ》した異分子。私に不利になる証言などいくらでもするだろう。その者の言は信用に値しない」

大司教がふてぶてしい態度で反論する。

「まあ、その話はいったんおきましょう。神殿内の不正を疑った我が主人は、私を修道院に内偵のため送り込みました。すると、カーニバル開催と同時に預言姫ファタールさまのお世話係として、お傍に上がることになったのです」

シャルナがちらりとこっちを見て笑った。

「預言姫ファタールさまは年の頃二十前後の、若くとても美しい女性でした。しかし、彼女はカーニバルのときはもちろん、日常的に外へ出ることを許されずほぼ軟禁状態、その生活は完全に大司教の監視下におかれていました。お世話をする修道女も、会話をすることを許されてはおりません。それどころか、個人的な親交を深めることがないように、修道女は名を伝えることすら禁じられ、短い周期で次々と交代させられるのです。もちろん、ファタールさまは男性と顔を合わせることも禁止されていました。自室を出られる際は、必ずヴェールで顔を隠すよう強要されて」

こうやって誰かの口から私の状況を聞くと、なかなかひどい扱いだ。

「預言姫は特別な力を持っている。誰ぞわけのわからぬ輩《やから》に利用されぬよう保護していただけのこと。その暮らしに何ら不自由はさせておらぬ」

「ふん、多感な若い娘から自由を奪っておいて、よくもまあぬけぬけと」

ルージャが吐き捨てるように言うと、カイザール大司教がこちらを向いて顔を歪めた。

シャルナが再び口を開く。

「……これは預言姫と呼ばれる女性が、幼くして故郷の村から誘拐同然に攫《さら》われてきたときから、ずっと続いている慣習でございました。自分の本当の名を名乗ることも許されず、『預言姫ファタール』という偽りの名を与えられて」

「それが国王の言う『誘拐、監禁』だとでも？」

カイザール大司教は忌々《いまいま》しげに目を細めた。

「いえ、それだけではございません。陛下、ふたつ目の告発につきましては、拷問を受けた本人に証言をお任せしたいと思います」

シャルナは国王に頭を下げると、後ろに退《しりぞ》いた。本人とはつまり、ルージャのことだ。

「ご苦労だった。ふたつめの証言を頼めるか」

国王に振られ、ルージャは口元に笑みを貼りつけた。

「むろん、ありのままをお話しますよ。まず、そこにおわす大司教猊下《げいか》は、俺が預言姫ファタールと恋仲になったことを罪だと、背教だと主張する。だが、ラキム教は基本的に司祭以上に叙聖されていなければ非婚の義務はない。そして、『預言姫』というのは神殿で正式に定められた役職でもなんでもない、彼女の能力に依《よ》った臨時の肩書に過ぎない。このことから、彼女が大司教に背教者と弾劾される謂《いわ》れはそもそもないわけだ。にもかかわらず、俺は彼女と仲良くなった罪で捕らえられ、大勢の前に吊るし上げられた挙句、地下で拷問されたのです」

そう言って彼は羽織っていた上衣を脱ぎ、その傷だらけの背中をさらけ出した。赤い線が縦横無尽《じゅうおうむじん》に走っていて痛々しい傷痕だ。

この無残な傷痕を見ると、胸が痛む。でも――

(ん、なにか、あれ……?)

何かに違和感を覚えたけれど、ルージャがすぐに上着を羽織りなおしたので、その違和感の正体を追及するには至らなかった。

「大司教の部屋の奥に地下につながる階段があり、そこには拷問部屋とおそろしい拷問吏。俺は鎖で繋がれて何度も鞭打たれました。鎖の痕もこのとおり。ねえ、猊下《げいか》」

ルージャがさすった手首の痕は、主に私のせいだ……

「地下にそんな部屋はない、この男は嘘を言っている。信用に値しない」

あくまでも大司教は揺るがないけれど、シャルナが国王の前に出て、何かを示した。

「皆さま、これは大司教猊下《げいか》のお部屋から拝借したものです」

シャルナが取り出したのは、大司教の部屋でみつけた鍵だった。

「無断での侵入はお許しください、大司教猊下《げいか》。でも、おかげでいろいろ証拠をみつけることができましたの」

シャルナは控える騎士から何かを受け取り、それを大司教の前に差し出した。

「これが何かはご存じでいらっしゃいますか？」

カイザール大司教の眉間に深い縦皺《たてじわ》が刻まれる。

彼女の手にあるのは、黄金のラキム像だ。大司教の部屋に飾ってあったのを私も何度も見ている。

「この像を大司教猊下《げいか》の部屋でご覧になったことがある方もいらっしゃるかと思いますが、これこそ、城の宝物庫から盗まれたもののひとつ、かつてのラキム神殿からシャンデル国王が譲り受けた物でございます。そして、これを猊下《げいか》に寄進したのが、宝物庫管理官のワールテイス伯爵。伯爵が立場を利用して、こっそりと持ち出していたのです」

「え、ワールテイス伯爵って」

その名前には覚えがあった。必死に記憶の中からその名を探し出し、みつけた。そうだ、どちらの女性と結婚すればいいのかと相談に来ていた人だ。たしか私は、未亡人を娶《めと》るようにと勧めたはず。彼がそのとおりにしないだろうことも、なんとなく察していたけれど。

「シャルナさん、その伯爵は……どなたと結婚なさったの」

「まあ、彼が新婚だったのをファタールさまはご存じなのですか？　伯爵はふたりの女性を天秤にかけて、結果、一方のお若いお嬢さまと結婚なさいましたが、その矢先にもうひとりの女性……ミスルア候未亡人に刺されて、お亡くなりになりました」

ああ、本当に修羅場になったんだ。亡くなるなんて、そんな大事になるなんて考えてもみなかった。私がもっと強く引き留めておけば……

「レイラ、たまたま未来を視たからといって、そいつの運命に君は何の責任もないんだ。気にするな」

ルージャの手が強く肩を抱いてくれる。わかっているけど、修羅場になると知りながら忠告しなかったのも事実だ。死の未来までは視なかったから。

本当になんて忌《い》まわしい力なんだろう。

「このとおり、外への自由な行き来ができないはずのファタールさまが、ワールテイス伯爵のことをご存じでいらっしゃるのも、証拠のひとつになるのではありませんか？　神殿の記録に、ワールテイス伯爵からの寄進がないことは調査済みです。他にも色々ございますが、まだ必要ですか？」

「それらの証拠とやらも、そなたが言っているだけのこと」

大司教は立ち尽くしたまま、逃れる方法がないかどうかを必死に探っているようだった。

そのとき、国王が深くため息をついた。

「もうそろそろ茶番は終わりにせぬか。サルージャス・ディディック補佐官、収拾を」

「承知いたしました」

こんなところにディディック補佐官まで来ているのか。大変だな。

ぼんやりとそんな事を考えた私のすぐ後ろで、空気が揺れた。――え!?　今の声は、ルージャが発したもの……？

自分の目と口が大きく開かれていくのがわかる。

後ろを振り返ると、ルージャがすまなそうな顔をして笑いかけてきた。が、すぐに表情を引き締めなおして大司教のいるほうに向き直る。

「大司教猊下《げいか》。その黄金のラキム像でしたら、僕があなたの執務室にうかがったとき拝見しましたよ。間違いなくそれと同じものでしたね」

どういうこと……⁉　待って、ディディック補佐官が、ルージャ……？　いや、でもルージャは賞金稼ぎで……

混乱を通り越して、錯乱に近い状態になってしまった。この場に国王がいなければ、ルージャに詰め寄っているところだ。

「こ、この男がディディック補佐官……だと？」

カイザール大司教もあんぐり口を開けている。たぶん、気持ちは私と同じだろう。

「ああ、このような姿で失礼いたします、猊下《げいか》。国務大臣補佐官サルージャス・ディディックです、先日は陛下を預言姫に会わせる機会をくださいましてありがとうございました」

「な、にィ⁉」

ルージャは上着の隠しを探ると、何かを取り出した。ディディック補佐官お馴染《なじ》みの、丸眼鏡だ。

（うそ……）

いろいろ信じられないことばかりだったけれど、乱れた黒髪に丸眼鏡をかけたディディック伯に妙な色気を感じてしまう。私はそれを否定するようにあわてて頭《かぶり》を振った。

「賞金稼ぎルージャの言うことが信用に値しないというのであれば、国務大臣補佐官の言にならい重きを置いてくださいますかね」

大司教の全身から力が抜けた。とたんに、恐ろしかったはずの老人の背中が枯れ、小さくなっていくような気がする。そんな大司教の姿を見ながら、私は口を開いた。

「大司教猊下《げいか》、もう観念しましょう。私も猊下《げいか》が悪事に手を染めていくのを見ていながら、それを止めることはありませんでした。私も共に償《つぐな》いますから、すべてをお認めになって、陛下に処遇を委《ゆだ》ねましょう」

何だかんだ言っても、私が一番この老人の傍にいたのだ。そもそも私の力のせいでカイザール大司教は道を誤ったのかもしれない。私も、自分が詐欺まがいのことをしていると、心のどこかで知っていたから、大司教ひとりが捕縛されて大団円、とは思えなかった。

「シャンデル国王に申し上げます。わたくしは預言姫ファタールの名を騙《かた》り、これまでに多くの人々の信仰心を利用し、わたくしの言葉こそ神の声であると嘘偽りを告げてまいりました。カイザール大司教ひとりに罪を負わせるつもりはありません。どうか、わたくしにも処罰を」

イルサーディ王の前に出て、頭を下げた。

「預言姫ファタール、あなたの名は何と申すのか」

「は、はい。わたくしの名はレイラ――と」

「レイラ、か。ディディック国務大臣補佐官、レイラ嬢は我が国の法律に照らし合わせたとき、何らかの罪に問われるのか」

私の頭に手を置きながら、ルージャ――ディディック補佐官は肩をすくめた。

「僕は司法の専門家ではありませんので、そこはご承知おきくださいよ」

「国務大臣補佐ならば、この場にいる誰よりも司法に精通しているだろう」

「無茶言いますね。まあいいでしょう、司法もひととおりかじりました。あくまで僕の見解ですが、彼女は幼少期に攫《さら》われ、人買いを通じてカイザールどのに買われました。このことはレイラ嬢自身、覚えていないと思いますが、調査して裏付けも取れております。幼い彼女の身近にいた大人はカイザールどのただひとり、レイラ嬢にとっては逆らうことのできない絶対的な存在でした。ゆえに、彼女自身の意思で己《おのれ》の立場をひっくり返すのは困難を極め、唯々諾々《いいだくだく》と大司教の言うことに従ったのも無理からぬことと考察します。それに、神の声かどうかはともかく、レイラ嬢の未来を視る能力は本物ですから、まったくの詐欺というわけでもないでしょう。以上のことから、むしろレイラ嬢は被害者の立場に当たると思われます。神の声と偽ったことが問題であっても、それを喧伝《けんでん》したのはカイザールどのであり、レイラ嬢が自《みずか》らそう言って回っているわけではありません。むしろ、心優しいレイラ嬢は自《みずか》らが人々を騙《だま》しているのではないかと、苦悩しておりました。ここは、陛下の恩情ひとつでいかようにも」

ディディック補佐官が私の顔を覗き込んだ。あまりのことに目眩がする。この長台詞《ながぜりふ》、まちがいなくディディック補佐官だ。まだ信じられない。

「おーい、レイラ?」

ディディック補佐官の顔が――ルージャの顔がすぐ間近まで迫ってくる。

「ほんとにルージャが、ディディック補佐官……？」

「黙っててごめんね。レイラ」

口から魂が抜けていくような感覚を生まれて初めて味わった。

聖騎士に追われたことも、死を覚悟したことも、すべて吹っ飛ぶくらい衝撃的な出来事――

「あ、あの、ごめんなさい。私……まさか、同じ人だったなんて、考えてみたこともなかった――嘘ではなくて？」

「嘘じゃないよ⁉」

ルージャがあわてたように叫んだけど、正直気絶しそう。むしろ気絶したい。だって、こんなに近くで声を聞いていたはずなのに、姿や立場が違うだけで、ルージャとディディック補佐官が同一人物だなんて考えもしなかったんだもの。私の目も耳も、どれだけ節穴なの⁉

ついつい信じられないような目で彼を見ていたら、国王がぷっと笑った。

「なんだレイラ嬢、ディディック伯ではダメか。それなら予がレイラ嬢を妻にするが」

「なんつうこと言うんですか陛下。臣下の恋人を召し上げるとか、どれだけ悪逆非道な君主です？」

「だが、彼女は騙《だま》されたと思っているのではないか？　ディディック補佐官、思い込みによる恋人宣言は法的に罪にはならぬのか。いや、身分を偽り彼女に近づいた時点で、立派な結婚詐欺……」

「い、いろいろ誤解があるようなので！　あとでちゃんと弁明します、僕は彼女に骨抜きにされたんです、熱愛です！　メロメロに入れ揚げてるんです！」

な、なんなのこれ。今まで真面目にやってきたのが、ここで一瞬にして喜劇に⁉

そのとき――呆然とこの一連の流れを眺めていたカイザール大司教が動いたことに、この場にいた誰もが気づいていなかった。

大司教は、シャルナの横に立ち黄金のラキム像を持っていた騎士から、その像を奪う。騎士があわてて取り返そうとしたが、大司教はそれを振り回して騎士を追い払った。

「共に償《つぐな》う？　何を寝ぼけたことを言っている。おまえが私の言うとおりにしておれば、このようなことにならずに済んだのだ！」

大司教はそう叫び、ラキム像を私の頭上に振り下ろそうとした。一抱えはある像は見るからに重たそうだ。あんなもので殴られたら即死間違いなしだろう。

「レイラ！」

私の上に振り下ろされた像を、ディディック補佐官の……ルージャの手が受け止め、でも重さと勢いに耐えきれずに、そのまま受け流して床の上に放り投げた。

はずみで大司教は転倒し、その頭上にルージャの手から離れたラキム像が落ちていく。

――地下牢で大司教に腕をつかまれたときに視た光景が、そのまま再現された。ラキム神が大司教の頭上に落ちていく様子が。

とっさにルージャの手が私の肩をつかんで彼のほうに向き直らせ、抱き寄せる。次の瞬間、カイザール大司教の悲鳴が上がり、そしてすぐに静かになった。

「ラキム神の怒りが頭上に落ちる――預言姫のおっしゃるとおりになった……」

聖騎士のつぶやきが、静まり返った聖堂に響いたのだった。

カイザール大司教は王国騎士団によって重傷のまま捕縛されたけれど、命に別状はないそうだ。でも、彼がこの神殿に戻ってくることは二度とないだろう。聖騎士団も地上に戻り、通常の業務をおこなっている。

後始末のために残った王国騎士数名の作業を横目に、ルージャが放心気味の私の手を取る。国王とシャルナもこの様子を見守っていた。

「レイラ、ほんとに黙っててごめん。決して騙《だま》すつもりじゃなかった」

「騙《だま》されたなんて、思ってないわ。ただ私、何も見てなかったんだと思って、自己嫌悪……」

自分の目の精度の低さといったら。そんなことを考えていたら、ふとさっき一瞬だけ湧いた疑念を思い出した。ルージャの背中にたくさん走る、背中の傷に違和感を覚えたのだ。

「あの、ルージャの拷問された傷痕……あれ、本物？」

私にはあまり傷を見せようとしなかったけれど、さっき衆人環視の前にさらした背中の赤い傷痕は、やけに鮮やかな赤色だった。

確かめるようにルージャに問いかけると、シャルナが前に出てきて、私に深々と頭を下げた。

「拷問吏は買収して神殿から追い出しましたので、あのときディディック補佐官を鞭打っていたのはわたくしです、レイラさま。綿の紐を鞭のように縒《よ》り上げまして、そこにわたくしが持ち込んだ赤い顔料をべっとりと」

シャルナの弁明に、くらっときた。そ、そうよね、彼女も当然グルよね。ということは、拷問時に床に血しぶきが飛んでいたのは、綿の紐が顔料をたっぷり含んでいたせい。地下はかなり暗かったので、顔料か血かなんて判別できなかった。

「ごめんよレイラ、大司教の前で芝居だとバレるわけにはいかなかったから……。でも、君の前で鞭打たれて大声を上げなきゃならなかったろ、情けない男だと思われたらどうしようかと気が気じゃなかったよ。綿の鞭じゃ打擲《ちょうちゃく》したときに音が出ないから、それをごまかすために悲鳴を上げるしかなくて……」

弁解するルージャの顔はひどく青ざめて、その額《ひたい》には脂汗《あぶらあせ》が浮いている。「大丈夫？」と問おうとしたら、急に膝をついてその場にうずくまってしまった。

「ルージャ!?」

拷問の傷が偽物だったとしても、彼がその身体を酷使していたのは事実だ。大勢の聖騎士相手に大立ち回りを演じているうちに、私の知らない怪我を負ったのかも……

私も床に膝をついて、ルージャの冷え切った手を握りしめた。ルージャにもしものことがあったらと思うと……

「しっかりして、ルージャ……！」

いつもは熱い彼の手が、今はまるで氷のようだ。

「レイラ」

弱々しいルージャの声に恐怖を覚え、気が遠くなりそうだった。意識をこちらに引き留めるように必死にルージャの名を呼ぶ。がくりと彼は頭を垂れ、弱々しい声で小さくつぶやいた。

「俺はもう……だめだ。腹が減って……」

†

その後、私はシャンデル国王とシャルナから、神殿内の一室でたくさんの聴取をされた。

預言のこと、神殿での生活やカイザール大司教のことまで、私がこれまで経験して、感じたことを余すことなく伝えたと思う。ときどき、シャルナも私を助けて神殿での出来事をかいつまんで説明してくれた。

死んでしまうのではないかと思ったルージャはといえば——原因は空腹。ときどき、よろめいたり辛そうにしていたのも、丸一日飲まず食わずだったから。そのため、王国騎士団に連れられて城へと強制帰還させられた。

「それにしても、あの地下の聖堂はいったい何なのですか？」

聞きたいことはたくさんあったけど、あの地下空間のことは本当に謎だらけだ。

「ずっと以前、それこそシャンデル王国が興《おこ》った当時、王国と神殿は協力体制にあったのだよ。まだ王国の基礎が盤石《ばんじゃく》ではなかった頃、聖騎士団は他国の侵略を退《しりぞ》けたし、王国騎士団もまた神殿に異教徒の襲撃があった際はこれを撃退した。あの地下の聖堂は王宮の地下とつながっていて、いざというときの脱出路として、ときには市民たちの避難場所として使われたのだ。王国側にはその記録が残っているが、長い歴史の中で神殿からその資料は失われ、口伝《くでん》も途切れたようだ。カイザール大司教も知らなかっただろうな」

だからルージャは神殿からあの地下へ行く方法を知っていたというわけか。彼が地下の存在をシャンデル王国の常識だと言っていたのも、王国側の人間としてはあながち間違いではない。

「でも、国務大臣補佐官が、どうして賞金稼ぎ……？」

私が首をかしげたのを見て、国王は笑った。

「サルージャスと予は、年の離れた乳兄弟でな。サルージャスは予にとって弟のような存在だ」

「弟……」

親も知らない私には兄弟のことなんてもっとわからないけど、だからあんなにも砕けた会話ができたんだ。そこは納得。

「彼は型にはまった宮仕えを拒絶している。だが、彼の剣の実力や度胸は得難い資質だ。野に放つにはあまりにも惜しい」

「彼の度胸のよさは、私にもわかります」

「であろう。そこで予は自分の職権を濫用し、彼に特別な権限を与えた。当時、王位継承前に多くの政敵を抱えていた予を、毒殺や事故を装《よそお》った謀殺から守るために独自に動くことを許したのだ。国務大臣補佐官という、あってもなくてもいいような、適当な職務に就かせた上で」

「陛下、国務大臣補佐官は決してないがしろにされるような職務ではございません」

シャルナに咎《とが》められたけど、国王は苦笑してその言葉を無視した。

「そして、その慣習は未だに続いている。型どおりな調査が難しいときは、彼が秘密裏に動く。今回のカイザール大司教の件も、城からの盗難品が神殿に渡ったのではないかという疑惑から始まったが、知ってのとおり神殿には王国の力が及ばない」

ああ、それでルージャが調査に乗り出したというわけだ。

「調査には相手の懐《ふところ》に飛び込むのが一番ですから、わたくしが修道女として神殿に潜入して、盗品の捜索に当たることになりました。なにしろサルージャスさまが修道士として乗り込むのは、いろいろ問題が」

あんな奔放《ほんぽう》な修道士がいたら、神殿の規律が乱れに乱れる。どれだけ多額の寄進をされようと、修道院が受け入れるとは思えなかった。

「ですが、一般の修道女ではなかなか奥の院までは近づけませんから、手っ取り早く大司教に近い方に働きかけることにしました。幸い、預言姫ファタールさまのお世話を修道女が交代で担当していると聞きましたので、その機会を狙って。ですが、初めてレイラさまの生活の実態を知ったときは、本当に愕然《がくぜん》といたしました」

ほとんど軟禁の状態で、他人との会話も禁止。私だけが素顔をさらすことも禁止。

私にとっては当たり前のことだったけれど、神殿の外からやってきたシャルナにとっては驚きだっただろう。

「レイラさまが初めてルージャとしてのサルージャスさまとお会いになったのは、わたくしがファタールさまのお傍に上がれたこと、そしてご生活の様子なども含めて報告した直後のことだったのですが……」

その後に続く言葉をシャルナは呑み込んだ。けど、きっと私とルージャが出会って恋仲になるなんて、思いもよらなかったと言いたかったのだろう。

会話が途切れ、国王が立ち上がった。

「シャルナ、レイラ嬢からだいたいの話は聞いた。事後処理はサルージャスに一任するとして、我々はいったん引き上げることにしよう。レイラ嬢もお疲れのところわざわざすまなかった。また折りを見て話を聞くことになるかもしれんが、ひとまずゆっくり休んでくれ」

†

カーニバルが終わって十日が経過した。

ミルガルデの街はすでにカーニバルの浮かれた空気から覚め、日常を取り戻しているようだ。神殿内もゴタゴタとはしていたけれど、上層部の騒動など下にはあまり関係ないので、基本的にはいつもどおりの日常が営まれていた。

あの事件で騒動の渦中《かちゅう》にいたのは聖騎士団だけど、もともと彼らに積極的な戦意はなく、大司教に従っていただけなので、何らお咎《とが》めもなく職務に戻ることを許された。

大司教だけは不在だけど、大司教はもともと日常の実務に組み込まれていないので、神殿は何事もなかったように静けさを取り戻している。

そして、私も変わらずあの広い部屋にいて、礼拝をし、質素な食事をいただいて、祈って休む。

その繰り返し。

変わったことと言えば、部屋の出入りが自由になったことだ。神殿の中をひとりでぶらぶらしても、行き合った聖騎士に素顔で挨拶しても、誰にも咎《とが》められることはない。

生まれて初めて、自由になった。預言姫もまた神殿の通常実務には組み込まれていないので、何もすることがなくなってしまった。一方で、
ラキム教の熱心な信者というわけでもない私が、神殿の奥に居座り続けることには違和感しかない。本当なら、私もあの事件のあとでここから出て行くべきだったんだろう。

だけど――どこにも行く場所はない。

そのうえ、自由になったはずの私は、心を縛られて動けなくなっていた。

あの日以来、ルージャとは会っていない。次にいつ会えるのか、そもそもルージャが会いに来てくれる気があるのか、彼の考えが何もわからないまま過ごした十日間は、時の流れがやけに遅くて、まるで何年も経ったような気さえしていた。

考えてみれば、ルージャは国務大臣補佐官という肩書を持った貴族――伯爵だというし、国王との距離も近い。私とは身分違いもいいところだ。

それに、事件が片付いた今となっては、私に構うヒマなどないのだろう。

(ルージャが私にやさしかったのは、神殿を調べるために私に近づく必要があったから。それなのに私ときたら真に受けて馬鹿みたい。聖女とは名ばかりの孤児のくせに……)

ルージャがそんなことを考えていたなんて、本当は思っていない。でも、もし本当に私ひとりが

浮かれていたのだとしたら、あまりにもみっともないじゃない。

「考えてみれば、当然よね」

声に出して自分に言い聞かせ、予防線を張る。ルージャにふられたって、仕方ないんだ——って。

やっぱり、私にそんな幸福が降ってくるはずがないのだから。

ため息をついてぼんやりと窓の外を眺めていたら、大粒の涙が盛り上がって、視界をふさいでしまった。

「これから、どうしようかな」

乱暴に涙をぬぐっていると、扉をノックする硬い音が聞こえた。飛び上がって残りの滴《しずく》を振り払い、こわごわと返事をすると、くぐもった男性の声でレイラの名を呼ばれた。

(ルージャ⁉)

淡い期待で扉を押し開くものの、そこにいたのは数人の王国騎士だった。

「突然の訪問をお許しください。わたくしどもはシャンデル王国第一騎士団の者でございます。本日は国王イルサーディ陛下より、レイラどのに王城へご足労願いたい旨、伝言を預かっております。ご都合はいかがでしょう」

「国王陛下から……」

ルージャからの迎えじゃなかった。その事実に落胆する。でも待って、城へ行けばルージャに会えるかもしれない。

そう思った途端、胸が高鳴り出した。さっきまでは半分諦めていたくせに、私ってなんて単純なんだろう。

でも、本当に彼にフラれたのだとしても、このまま会うこともなく終わりなんて、そんなのはいやだ。せめて一目会って話ができれば……

「わかりました。今、支度をします」

支度と言っても、持ち物もないし、儀礼用の祭服に着替えるくらいだ。ルージャにもらった服は、城に着ていくにはあまり相応《ふさわ》しくはないだろうし。

いざとなったら国王にお願いして、ディディック補佐官と面会できるようにしてもらおう。そんな小狡《こずる》いことを考えながら、預言姫の儀礼用の祭服を着た私は、生まれて初めて王城へ出向くことになった。


馬車に乗った経験はある。

カイザール大司教が異動になるたび、馬車で一緒に次の赴任地へ向かうのだ。このミルガルデの神殿にやってきたときもそうだった。

でも、車窓から見える景色がいくら移り変わろうと、私の心に対して響くことはなかった。どこへ行こうと、私の居場所は勝手に決められていて、そこから自由に動くことなどできないのだから。

だけど、今日は違った。

沈みかけた夕日を背負った王城が近づいてくるのを見ていると、胸が焦《じ》れて苦しいほどに締めつけられる。あの大きな城のどこかに、ルージャがいるのだろうか。今日、彼に会うことができるかもしれない。

（もしルージャが私を見て困った顔をしたら？　迷惑そうにあしらわれたら？）

彼が私にくれた言葉のすべてが嘘だったなんて思いたくないし、別れる直前まで私のことを好きだと言ってくれていた。

もちろん、その言葉は本物だったと信じているけど、地獄の沙汰《さた》を待つような気持ちで過ごした十日の間に、ルージャがどんな人だったのか記憶が曖昧《あいまい》になっていって、同時にどんどん自信が持てなくなっていった。

馬車の座席に腰かけ、膝の上で両手を握りしめて頭を振る。どうしてこう、物事を悪いほうへと考えてしまうのだろう。期待を裏切られたとき、悲しみが大きくなりすぎないように、最初から諦めて、自分を守っているのはわかっているけど。

どれくらい、そうやっていただろう。ふと我に返ると、目の前に見えていたはずの城が、いつの間にか背後に遠ざかっていた。

「城に行くはずじゃ……」

馬車に同乗している騎士はいない。馬車の後ろでふたりの騎兵が護衛しているだけだ。

でも、そもそも彼らは本当に王国騎士なの？　もし国王が私を呼び出すとしたら、知己でもあるシャルナをよこすのではないだろうか。見知らぬ男騎士だけを遣いにやるなんて、あの国王が指示するだろうか。神殿側も、今は王国に頭が上がらない状態だから、王国騎士がやってきたら通してしまうだろうし。

青ざめて席を立った。あわてて扉に手をかけるけど、外から鍵がかかっているし、窓も嵌められたものなので開けようがない。

ああ、なんでのこのことついてきてしまったのだろう。自分の身に何が起きているのかわからず、とにかく不安になる。

やがて、馬車は滑るように一軒の邸《やしき》の敷地に吸い込まれた。背後に城は見えているけれど、決して近い場所ではない。近隣に他の建物はなく、しんと静まり返っていた。

馬車が邸《やしき》の玄関前に停車する頃には、すでに日が沈んでおり、あたりはうっすらと暗がりに支配されていた。玄関扉が開いて誰かが出てくる。けれど玄関前を照らしているランプが逆光になって、その人物の顔は見えなかった。

ただ、一歩一歩踏みしめるように歩いてくるその背格好に、胸が大きく鳴り始める。やがて、その人物が馬車の前に立つと、騎士が馬車の扉を恭《うやうや》しく開いた。

「レイラ」

そう私の名を呼んで、扉の前で手を差し伸べているのは――ルージャだった。

会いたいと、あんなにも会いたいと思っていた人が今、目の前にいて私に手を伸ばしている。

「……」

この手を取ってもいいのだろうか。彼の指先を凝視してしまう。なんだか触れた途端に、泡みたいに弾けて消えてしまいそうで……

問いかけるようにルージャの顔を見ると、薄暗い中で、彼の黒い瞳が強く私をみつめていた。ひどく緊張した表情で、呼吸さえもひそめて。

「レイラ」

もう一度、ルージャに呼ばれた。私の本当の名前を呼んでくれるやさしい声。それが鮮明に耳に入ってきて、目の前の青年が本物のルージャだと教えてくれた。

おずおずと手を伸ばして、ルージャの指先に触れた瞬間だった。

馬車の中に乗り込んできた彼が手のひらをくるりと返し、私の手を甲からつかんでぐっと力強く引き寄せる。気がついたら彼の胸の中に抱きすくめられていた。

「レイラ、会いたかった」

耳元で、ルージャが絞り出すように言う。そして、髪を隠していた私のケープを取り払った。

私の髪を幾度も撫で、すくった髪にくちづけ、ぎゅっと身体を抱き寄せて愛撫する。ルージャに触れられるたび、彼の熱が私の緊張を溶かしていく。

「ルー、ジャ……？」

「ごめん、国王の呼び出しなんて嘘ついて。俺が呼び出したら、レイラに拒絶されるんじゃないかと、心配で」

すぐ目の前で、ルージャが情けなそうな顔で苦笑いしている。

「拒絶なんて、どうして……」

「理由はどうあれ、正体を隠していたわけだから、君に不信感を抱かせてたらどうしようかと」

彼の頬を両手ではさみこんで、その感触を手に馴染《なじ》ませる。すこしちくっとしたヒゲの手触りが、確かに彼がここにいるのだと私に教えてくれる。

「驚きはしたけれど、拒絶なんてしないわ。むしろ、全然気づかなかった自分の節穴ぶりに落胆したほどだもの」

ぎゅっとルージャに抱き着くと、ようやく不安で固まりきっていた身体が解けた気がした。

「私も、ルージャに会いたかった。毎日、今日は迎えに来てくれるかなって、待ってた。でも、もう来てくれないんじゃないかと……」

ルージャの肩に額《ひたい》を預けたら、途端に涙がぼろぼろこぼれだした。

一日一日が一年にも十年にも感じられるほど遠くて、もう二度とルージャに会える日なんてこないんじゃないかと、そう思っていたから。

「嫌われてなくてよかった。事後処理だのなんだのと陛下に山積みの仕事を押しつけられて、あれからずっと城詰めだったんだ。とんだ劣悪環境の職場さ。でも、居てもたってもいられなくなって、今日は城から逃げ出してきた。とにかくレイラに会いたくて、騎士に頼んで君を連れてきてもらったんだ」

何度もぎゅっと抱きしめられ、頬にキスされ、耳たぶを食まれる。ルージャの体温や息遣いを感じるたびに胸が疼《うず》いた。

そのとき、背後で咳払いが聞こえた。ルージャの手がぴたりと止まり、後ろを振り返る。

「補佐官どの、そろそろ我々は引き上げてもよろしいですか」

私を迎えにきてくれた騎士が苦々しく笑いながら言う。

「野暮だなあ、ちょっとくらい空気読んでくれたってよくないか？」

「空気を読んでおりましたら、永遠に機会が失われそうでしたので。我らも危険なことをしておりますし、早々に城へ戻りとうございます」

「ちゃんと袖の下は渡したろ？　まあいいや、これ以上見てられても邪魔だ。ご苦労さん」

しっしと騎士を追い払うような仕草をして、ルージャは馬車を降りた。

「陛下に悪事が露見しないよう、補佐官どのに神のご加護を」

「女神がここにいる。問題ない」

「当の女神さまが愛想つかして去ってしまわれませんよう、陰ながらお祈りいたしております」

憎まれ口を叩きながらも、ふたりの騎士はルージャに笑いかけて去っていった。

「あの方たちは、本物の王国騎士？」

「そ。シャルナの部下だけど、俺が賄賂《わいろ》を渡してレイラをここへ連れてくるよう命じた」

「シャルナさんって、とっても偉い方？」

「そこそこね。まあ、そんなことはいいじゃないか、我がディディック家へようこそ、レイラ嬢」

ルージャは大げさに頭を下げ、立派な邸《やしき》に私を招き入れてくれた。

大きな玄関扉には細かい彫刻が施《ほどこ》されていたし、玄関ホールは白を基調にしていてとても広々としていた。個人の邸宅にお邪魔するのは初めてだったけど、まるで神殿にいると錯覚をしてしまうほど立派なお邸《やしき》だ。

そして、ホールにはおそろいのお仕着せを着た老女とふたりの若い侍女がいて、私を見ると深々と頭を下げた。あわてて私もそれに倣《なら》う。

「ようこそおいでくださいました、レイラさま。わたくしは、このディディック伯爵のお邸《やしき》で筆頭侍女をしております、ロイナ・アルストリアでございます」

老女は銀色の髪をきっちりとまとめた、とても上品な夫人だった。私に笑いかけてくれる目もやさしそうで、こんなふうに親しく声をかけられる機会がほとんどなかった私は、なぜかどぎまぎしてしまった。

若いふたりの侍女も、洗練された仕草で挨拶をくれる。たぶん、私とそういくつも変わらない年齢だ。

「は、はじめまして。レイラと申します」

ルージャにケープを剥《は》ぎ取られてしまったので、頭を下げた拍子に髪が乱れてしまい、あわててそれをかきあげた。

「まあ……」

若いふたりの侍女が私を見てなぜか目を細める。何かおかしなことをしてしまっただろうかと不安になった。

「旦那さまのおっしゃることですから、話半分にしか聞いておりませんでしたが、本当になんて美しくて天使のような方！」

「あの、レイラさま。神殿の聖女さまとうかがっておりますが、本当に本当に、無理矢理連れ去られてきたのではないのですか？　大丈夫なのですか？」

「あのねえ、君たち。俺を誘拐犯みたいに言うのはやめてくれ」

旦那さまとは、言わずと知れたルージャ——ディディック伯爵のことだ。なのに、この扱われ方。彼が侍女たちに愛されているのだとわかって、微笑ましくなる。

「ですが、ねえ？」

ふたりの侍女は顔を見合わせ、同時に首を傾げた。

「当の奥様がいらっしゃらないのに、仕事を終えてお戻りになるなり『結婚することにしたから、夫婦仕様に部屋を変えろ』とおっしゃるのですもの。とうとうおかしくなられたのかと心配しましたわ」

「本当にそのような方がいらっしゃるのなら、その方のご意見を聞かれてからにしてはいかがですかと、さんざんお止めしたのですが」

「ちょっとベッドを入れ替えただけだろ。これから部屋の内見をして、中の家具や配置を決めるから。君ら絶対に入ってくるなよ。それから、あいつが戻ってきても絶対に近づけるな。当主の命令だぞ」

強く言い聞かせると、ルージャは私の肩を押して急ぎ足で階段に向かう。

「レイラさま、何かあったらすぐお呼びくださいまし。わたくしども、すぐに駆けつけますから！」

「え、ええ……？」

ルージャはまるでふたりの若い侍女から逃げるような勢いで階段を駆け上がり、三階にある一室に私を案内してくれた。

樫《かし》の木の立派な扉を開けた途端に目を奪われる、広々としてあたたかな部屋。

私が神殿で使っていた部屋と同じくらいの広さだったけれど、あの無機質でうすら寒い部屋とはまったく異なっている。クリーム色の壁は柔らかく、毛足の長い同系色の絨毯《じゅうたん》はふかふかだ。

もう日が暮れてランプに切り替わっているので薄暗くはあったけれど、白地に金糸で刺繍《ししゅう》されたカーテンを開けたら、日中はさぞかしまばゆい陽光が入ってくるのだろう。

壁際のベッドは、やはり白地に水色の柄が入っていて、清浄な空間を思わせた。

「ここ、ルージャの部屋？」

「まあね。今日から俺たちの部屋になるけど。ベッドと絨毯《じゅうたん》とカーテンを取り替えたんだ。君によく似合う白を基本にね。気に入ってもらえた？　足りないものはそれこそ、レイラの希望を聞いてからゆっくり増やしていこうと思ってるから」

気に入らないわけがない。でも、あまりにも物事が早く進んでいくので、完全に気おくれしてしまった。何しろ、ついさっきまでルージャとはもう会えないとかグダグダ悩んでいたのに、もう新婚の様相を呈《てい》しているのだから……

しかし、私に拒否されたらどうしようと思いながらも、しっかり部屋の準備を整えているあたりがルージャらしい。

「ね、変なこと言うけど、もし私が、やっぱり結婚できない――なんて言っていたら、この部屋どうなってたの？」

「まあ、それはそれ、これはこれってやつで。だって君をあの神殿から連れてきたとき、いかにも間に合わせじゃ興ざめするだろ？　それに、もしレイラが国務大臣補佐官夫人がいやだって言うなら、俺は別に賞金稼ぎルージャとして生きていっても構わない。いざとなったらレイラをまた一から口説き落とすまでだし」

この楽観ぶり、やっぱりルージャはルージャだった。

思わず噴き出すと、ルージャも同じように笑った。けれどすぐに表情を一変させ、改めて私の正面に立つ。これまでに見たことのない、紳士然とした姿だ。

「改めまして、レイラ嬢。私はサルージャス・ディディック。シャンデル王国において伯爵の爵位をいただいている貴族で、この邸《やしき》の当主だ。両親は五年前に引退して、領地のユクサスで隠居している。私はイルサーディ陛下より特別な権限を与えられ、時には国務大臣補佐官サルージャス、時には賞金稼ぎルージャとして、なかなか正攻法では解決できない事案を裏から解決して回っている。すでに見たとおり、この邸《やしき》の侍女は当主を当主とも思っていない不届き者ばかりだけど、皆気のいい人間ばかりだから、レイラにもきっと馴染《なじ》んでもらえると思う」

彼の口から、こうして彼自身の正体をきちんと聞いたのは初めてだった。

ルージャは私の前に跪《ひざまず》いて手を取ると、その甲にくちづける。

「俺と結婚してほしい、レイラ。君があの高い塀の上から、ためらいもなく俺の腕の中に飛び込んできた瞬間、君に全部持っていかれたんだ。俺の心も、俺が見る景色も、生きる意味さえ」

彼に手を取られたまま、私は黙ってルージャの黒い瞳をみつめていた。

言いたいことはたくさんあるのに、上手く言葉が出てこない。なんだかもう胸がつまって、本当に苦しくて……

　ほろりと涙がこぼれて、ふかふかの絨毯《じゅうたん》を濡らした。

「レイラ……？」

「私、あなたのように立派に名乗ることもできないの。私にあるのはレイラという名前と、人の未来が視えてしまうという、この忌《い》まわしい力だけ。とても王国貴族のあなたとは釣り合いが取れない――」

　たちまちルージャの目が大きく瞠《みは》られた。そして立ち上がるなり、私の両手をその大きな手のひらの中にぎゅっと包み込む。

「そんなこと、俺は気にしてないし、誰にも気にさせない。俺の身分が嫌いなら、貴族を捨てたってかまわないんだ」

「違うの、そうじゃなくて。私はどこともわからない寒村に住んでいた物乞いの娘で、誘拐だろうと何だろうと、あの大司教に連れられて神殿で過ごすことがなかったら、もう野垂れ死にしていたかもしれない人間なの。それに、私は薬のせいで子をなすことができない。このお邸《やしき》の後継ぎを産むことができない。それでも、こんな私でも――サルージャスさまは私を望んでくださいますか？」

　重なった手を額《ひたい》に当てて、祈るように目を閉じる。

「馬鹿だな、そんなこと最初から知ってるよ。丸ごとひっくるめたレイラが欲しいんだ。ディデイック家が俺の代で終わったとしても、それがなんだ。重要なのは、俺が君と共に今を生きていきたいと思っていることで、君も同じように感じてくれることだ」

そう言いながら、ルージャは握った私の左手に——薬指に指輪を嵌めた。

「これ……」

ランプの炎を受けてキラキラ輝く、ピンク色をした大粒の宝石。それが私の指に収まっていた。

ああ——これだけ大勢の人間の中でただひとりを好きになって、その人に好きになってもらえる、これが奇跡。私の、運命の人。

「ありがとう、ルージャ。とってもうれしい……」

ふたりで笑い合い、唇を重ねる。こうして唇に熱を感じていると、また新たな涙が滲《にじ》んできた。信じられないくらい幸せで……

「レイラがこの家にいるなんて、ちょっと信じられないや」

私の目元に浮かんだ滴《しずく》にすぐ気がつき、ルージャがそれを舐めとる。そして何度も唇をついばみ、頬にも額《ひたい》にもキスをくれた。

「信じられないことばかりなのは、私のほう」

彼の腕の中で、飽くことなく深いくちづけを続けるうちに、ルージャの手が祭服のボタンにかけられた。彼はそれをひとつひとつ丁寧に外していく。

「レイラ、好きだ。君が本当に——」

孤独で空っぽだった私の胸が、ルージャに好きだとささやかれるたびに急激に満たされていく。

「もう、祭服は必要ないな」

重たい布をたっぷり使った祭服を肩から滑らせ、ルージャの唇が最初に触れたのは、下着から覗く胸の間だった。

素肌をルージャの舌が滑り、そのぬくもりと濡れた感覚にぞくりと全身が粟立《あわだ》つ。

「レイラの肌は、いい香りがする」

香水をつけているわけではないのに、そう評されて頬が赤らんだ。

だって、ふつうは人に肌の匂いを褒められることなんてないもの。これほど近くなければ、こんなにも触れあうことがなければ、そんな言葉は絶対に出てこない。

「私も、ルージャの匂いが好き。とってもあったかくて、安心する……」

鎖骨や胸の周辺に唇を押し当ててるルージャの頭を、私はぎゅっと抱き寄せる。その伸びかけの黒髪に触れると、きゅんと胸が疼《うず》いてそこに顔を埋めてしまいたくなった。

ルージャは私の肩に吸いつきながら、腰紐を解き、祭服をはらりと落とす。

そして私の肌を嗅《か》ぎつつシュミーズの裾から手を入れて背中を撫で回し、腰をつかんで抱き寄せた。

触れられているうちに、どんどん気持ちよくなって、下腹部がきゅっとすぼまる。私もルージャの羽織っている上着からそっと手を差し入れ、たくましくて厚みのある身体を愛撫した。背中に腕を回すと、彼の身体の大きさが直に伝わってくる。

「抱いてもいい？」

熱い吐息を混じらせて、ルージャが問いかけてくる。

「もう、脱がしてるのに今さら聞くの？」

「一応、聞いてみただけ……」

新調したばかりであろう掛布団を乱雑に撥《は》ね除けたルージャに、ベッドに座らされた。ただ、彼自身は立ったまま、私に何度もキスを繰り返しながら自分の服をもどかしそうに脱ぎ捨てる。

そして床の上に跪《ひざまず》くと、ベッドに腰を下ろした私のブーツや靴下を外し、腿《もも》にくちづけをした。

ルージャがくちづけを落とした場所にほんのりと温もりが残る。やがて、身体も心もぽかぽかとあたたかくなっていった。

「ああ……」

ルージャの手は膝を割って内腿《うちもも》をなぞり、下着に隠された秘密の場所へとどんどん近づいていく。

彼の手が滑るたび、くすぐったくて身をよじった。

彼に愛されている様子をみつめていたら、急に下着の中が熱く濡れ始める。

会えないでいる間、ずっとルージャに触れてほしい、彼の体温を感じたいと願っていた。その願いが今ようやく叶った。

ルージャの唇が太腿《ふともも》から上へと這《は》い上がっていく。シュミーズを捲《めく》られ臍《へそ》のまわりにキスをされた。

「ふぁ……」

くすぐったくて、無意識のうちに鼻にかかった声を上げてしまう。ルージャが熱っぽい目で私をみつめながら、深いキスを仕掛けてきた。

そのままベッドの上に倒れ込み、互いの身体の手触りやぬくもりを確かめ合うように抱き合って、またキスを交わす。いくらこうしていても、飽きることなんてなかった。

「レイラ――俺の」

私の髪の中に指を差し入れて、くしゃっと乱す。舌と舌とが絡まって、きゅっと吸われた。角度を変えてもっと深いところを探られ、唇の端からこぼれた唾液をぺろりと舐めとられる。吐息まじりの生々しいくちづけの音が耳に反響した。

そのたびにひどく劣情を煽《あお》られて、下着の中がじわりと濡れていく。

「んぅ……っ」

唾液の交換を繰り返している唇が、次第にふやけてきた気がする。このまま溶けてつながってしまいそう……

獣が食らいつくようなキスをする一方で、彼の手はありとあらゆる手管で乳房を愛撫していた。下着の脇から差し込んだ指で、尖った頂《いただき》をつままれ、やさしく押し潰され、転がされる。

そうされるうちに秘裂の奥がひどく熱を帯びて、ずきずきと疼《うず》き出した。やがて身体の芯部を直接刺激されるような震えが走る。

「ん、んんっ」

気持ちよすぎて苦しい。このままではキスで溺死してしまいそう……！

私の息が上がってきたことに気づいたのか、ルージャが唇を解放してくれる。濡れ光る唇をぺろりと舐める姿がひどく扇情的だった。

「レイラのその表情、たまらないな。目が潤《うる》んでる」

たぶんルージャのキスで呆けたような顔をしているのだろう。そんな顔を見られていると思うといたたまれない。

「ここ、触ってもいい？」

ルージャの手が、布の上から割れ目をなぞった。すこし強く指で押されると、くちゅ……と小さく濡れた音が響く。

彼は何も言わなかったけれど、私の顔を見てにこっと笑った。それだけで恥ずかしくて真っ赤になり、うつむいてしまう。

「恥ずかしがってる顔もかわいい」

「やだ……」

ますます消え入りそうになって、私は顔を手で覆い隠してしまった。

ルージャはそんな私にはおかまいなしに、下着の上から割れ目に沿って、焦《じ》らすように指先で愛撫を繰り返していく。

「はっ……」

やさしい愛撫がゆるやかな快感をもたらし、知らず知らずのうちにため息が漏れてしまう。

次第にルージャの指が、なぞる力を強くしていく。直に触れているわけではないから、そんなに強烈な刺激はなかったけれど、それでも力が込められるにつれて、濡れた音が大きくなる。

「あぁ……」

胸を隠す下着はいつの間にかずらされて、片方の乳房だけがぽろりと露出していた。

「きれいだよ――」

ルージャの唇が、朱く隆起して硬くなった胸の頂《いただき》を口に含み、舌先で包《くる》みながら吸い上げる。

そして舌の表面を擦りつけ、唾液でそこを濡らすようにぺろぺろと舐め始めた。

「ひゃぅ……っ」

さんざん下腹部をなぞられて身体が火照《ほて》っていたのに、さらに胸を攻められてはたまらない。

淫《みだ》らな蜜が溢《あふ》れ出す部分が、熱くて苦しい。なのにもっと彼の指を感じ取ろうとするように、腰が揺れてしまう。

もっと、強く触ってほしい……

訴えるようにルージャの目を見る。

彼は私が物足りなさを感じていることに気がついているのだろう。

「どこから触ってほしい？」

そんな風に意地悪な質問を投げかけてくる。

割れ目の中を――反射的にそう思ったけど、そんな恥ずかしいことを口にする勇気はない。

「ここかな？」

下着の中に手を入れて、ルージャの指が蜜の泉に沈んだ蕾にちょこんと触れる。たったそれだけなのに、目を開けていられないほどの快感が走った。

「あっ、ああ……！」

ビクンと腰が跳ね、ルージャの指をさらに求めるように揺れてしまう。

「レイラの割れ目、とろとろだ……」

隔《へだ》てる布一枚がなくなっただけで、信じられないほどの快感に襲われた。ルージャが触れるたびに淫水が滲《にじ》み出て、彼の手も、着けたままの下着までも濡らしていく。

指が花唇をやさしく撫で、硬くなっている蕾を転がすように刺激する。

「やぁっ……ああ……！」

「かわいい――レイラの声、もっと聞かせて」

ルージャが下着もシュミーズも邪魔と言わんばかりに脱がし、ぽいっと床の上に投げ捨てる。

気がつけば、全裸で彼にのしかかられていた。荒々しい呼吸が耳朶《じだ》をくすぐって、それだけで胸が震えるような心地がする。

改めて、ルージャの手が濡れた割れ目を擦り、くちづけで私を陥落させる。

「やぁぁ……っ」

耳まで真っ赤になった。キスされて秘裂を触られて、それだけでこんなに――

十日ぶりの愛撫に身体が過敏に反応していることが恥ずかしくて、思わずそっぽを向いてしまった。

けれどすぐに彼の手のひらが頬に当てられ、強引に正面に引き戻される。さらに絡みつくようなキスで唇をふさがれた。

もちろん、その間も秘裂をなぞる手は止まらない。

「ふあ――あぁ……キモチ、イイの……」

「かわいい。俺の奥さん」

自分の身体から芯が抜けて、溶けていってる気がする。膝を立て、割れ目を自分で彼の指に擦りつけにいく。

「あぁ……っん」

ぐちゅっ、ぐちゅっと卑猥な音が広々とした部屋に反響した。

「ぐっしょり濡れてる」

ルージャは秘裂を刺激していた指を目の前に持ってくると、蜜に塗《まみ》れたそれをぺろりと舐め、身体を起こす。

「はぁっ——はぁっ、ん……意地悪、しないで……っ」

「俺の女神さま。もっと乱れてみせて。レイラの隅々まで全部、俺で穢《けが》したい気分だ——」

そのまま私の両膝をつかんで割り広げると、ルージャは濡れそぼった割れ目に舌を挿し込んだ。

「ひあぁっ、やんっ、舐めたら……っ」

ぴちょぴちょに濡れた割れ目の中を舌がまさぐり、蕾をぐりぐりと刺激する。

凄絶な愉悦に全身がわななないて、身体が張り裂けてしまいそうだった。

「もっと感じなよ。レイラ——俺の……」

「いや……恥ずかしい……」

思わず手で隠そうと腕を伸ばしたけど、ルージャに阻止され、手首をベッドの上に押しつけられてしまう。

「恥ずかしくないよ。俺を欲しがってくれるきれいな花だ」

ルージャの視線を受けて、花唇がひくひく痙攣《けいれん》する。

ずっと神殿で過ごしてきたくせに、淫乱な娘だと思われたらどうしよう。そんな心配をしてしまうけど……

「ひぁ――あっ」

気がつくと立てた膝の間に、再びルージャが顔を寄せていた。

彼の唇に秘裂の中の粒を吸われて、気が遠くなる。

蠢《うごめ》くような舌使いでルージャが中をまさぐるたび、自分のものとは思えない淫《みだ》らな悲鳴が上がる。

声を押し殺そうとしても、充血した蕾を甘噛みされたら、もう無理だった。

「ルージャの……せいだから……っ」

身悶《みもだ》えながら、ルージャに責任転嫁をしてしまう。そう、ルージャが悪い。こんなに気持ちよくさせられて、声が出ないわけがないのだから。

「俺？」

突然わけのわからないことを言われてルージャが目を丸くしたけど、深くは追及してこなかった。

ルージャはルージャで、目の前の淫《みだ》らな部分を攻め立てるのに夢中なようだ。

指で割れ目を押し広げられ、剥《む》き出しになった秘密の場所を舌全体で擦るように舐《ねぶ》られて、目の前がチカチカした。

「あ――ん……っ！」

まるで気持ちいい場所を知らしめるように小刻みに揺さぶられる。

そして硬くふくらんだしこりを、舌でやさしく圧迫された瞬間、快感に全身がきゅうぅっと萎縮《いしゅく》して、小さく達してしまった。

ルージャが私の隣に横たわり、震える私の身体を労《いた》わるように、髪や頬にキスをする。彼の硬くなった楔《くさび》が太腿《ふともも》に当たると、反射的にこくんと喉が鳴った。

やがてルージャの指が、子宮へと続く入り口の周辺をまさぐり始めた。途端に、期待に胸が疼《うず》き出す。

「んっ……おねがい、なかも」

ルージャの首に抱き着き浅ましく懇願すると、彼は頬に何度もキスを落としながら、指の角度を変えた。

「そんなおねだりされたら、挿れないわけにはいかないだろ……」

ゆっくり、様子を確かめるように指が分け入ってくる。

溢《あふ》れた蜜のおかげで指は抵抗もなく、すっと奥へ進んだ。ルージャは膣内で指をくるくると回すように動かす。

「ここ、感じる？」

「……な、んか……変な感じがして」

何かを探すみたいに微妙に攻める場所と、指の動きを変えて膣の中を弄《いじ》られる。

内側の感覚は鈍かったけれど、彼の母指球《ぼしきゅう》が、割れ目の中の硬くなった粒を押し潰しつつ動くので、快感がひっきりなしに襲ってくる。

「あぁ、ああ……っ」

気持ちよくて、でも、出ちゃいけないものが出てきそうな、そんな不安定な感覚に身体が震えた。

「痛くない？」

「う、ん……」

でも、ある一点を刺激された途端、ビクンと身体が大きく波打った。

「や──そこ、だめぇ……っ」

だめと言った場所をルージャは集中的に攻め立てる。そのたびに腰が大きく揺れた。

ずっとそこをなぞられているうちに、自分では制御できない感覚に襲われる。

一瞬で意識が飛び、しばらく無の時間が流れる。

痙攣《けいれん》するような激しい絶頂感に本当に頭が真っ白になって、時間も場所も温度も、何もかもがなくなってしまった。

ただ、私の喉から女の甘えるような悲鳴が上がるのを、まるで他人事のように聞いていた。

「……」

遠退いていた意識がようやく戻ってくると、ルージャがなんだかやたらとうれしそうな表情で私の顔を覗き込んでいた。

「レイラの肌、ほんのり色づいてきた。本当に白くてきれいな身体だな……」

日の光をあまり浴びる機会がない自分の肌は、いやになるほど白くて好きじゃなかったけど、ルージャが褒めてくれる。好きだと言ってくれる。こうして肯定してくれるから、私もすこしずつ自分を好きになれそうな気がした。

「ルージャ」

気怠《けだる》い快感をやりすごしながらゆっくり上体を起こすと、ルージャにぎゅっと抱き着いた。そして、大きく息をつく。

「私を好きになってくれて……ありがとう」

彼の体温を逃がさないようにしがみつくと、ルージャの熱い手が背中をなぞっていった。

「それは、俺も同じだよ……」

ルージャはかすれ声でささやき、きつく私の身体を抱きしめる。そして、またくちづけを交わした。

気がつけば彼の熱い楔《くさび》が、指や舌の代わりに割れ目に沿って滑っていた。

唇は上体を這《は》いまわり、私の身体をくまなく唾液で濡らすように舐めていく。

そうされるうちにどんどん肌が敏感になっていって、わずかな刺激で皮膚が粟立《あわだ》ち、ビクッと震えるようになった。

「あぁ、ああ……っ」

身体が溶けてしまった気がする。ちっとも力が入らないし、上がる声も細くなっていく。

「レイラ」

ルージャの吐息を感じるだけで肌が震えてしまい、返事の代わりにため息をついた。

彼の手が私の身体をころんと転がし、うつぶせにする。そして、腰をつかんで持ち上げた。

「いや……」

おしりを突き出した格好にさせられてしまい、恥ずかしくて震える腕で上体を立て直したけど、それこそルージャの思うつぼだったらしい。

「かわいい」

四つん這《ば》いになった私の後ろから、ルージャの屹立した肉塊が押しつけられた。そして、秘裂に沿って前後に動かされる。上を向くルージャの先端が、割れ目の中の感じる部分に食い込んで、強い快感を残した。

「やぁ……っ、あんっ！」

「レイラのここ、すごく硬くなってるな――」

興奮して尖った胸の先端を指でつままれ、くりくり刺激される。そのたびに彼の腕の中で身悶《みもだ》え、カラカラになった喉で喘《あえ》いだ。

後背から獣のように愛されて、がくんと腕が折れてしまった。そのまま起き上がることもできず、額《ひたい》をシーツに押しつけすすり泣く。

「んッ、おねが……早く――っ」

ずっと絶頂の手前で焦《じ》らされて、気持ちよさを通り越して辛い。

ルージャの楔《くさび》でさんざん弄《いじ》られた襞は、ねっとりした蜜を溢《あふ》れさせ、ひくんひくんと痙攣《けいれん》していた。

次の瞬間、ルージャの熱塊が割れ目から離れたかと思うと、ズンッと膣の中に突き入れられる。

「つく――――！」

さっきまでの挿入の真似事ではなく、ルージャの熱が身体の中を抉《えぐ》り、内壁を擦っていく。

ルージャの熱が中を行き来するたび、生み出される快感に新たな蜜がこぼれ出した。

「あぁっ⁉　やっ、ん」

彼の腰の律動がどんどん速くなっていく。それに合わせて、ぐちゅぐちゅと愛液が音を立てて、さらに溢《あふ》れて――

「レイラっ、レイ……っ」

「んぅ――っ、あっ、あっあ……っ！　やぁああんっ、いっちゃ……！」

剛直が最奥に達した瞬間、子宮がぎゅうっと収縮したのがわかった。まるで精を搾り取るようにルージャの熱を締めつける。目の前がチカチカと火花を散らしたように弾けた。

「う、ぁ――っ」

ルージャも必死に何かをこらえるよう、私の身体を両腕で締めつけた。

そのままベッドに伏せてどっと脱力する。ルージャの楔《くさび》がずるりと抜かれる感覚に肌が粟立《あわだ》った。

「レイラの中、天国だな――危うくイかされるとこだった。それに、俺の手でレイラが感じてくれると、なんていうか、くすぐったい」

もう何度も何度も恥ずかしい姿をルージャに見せてきて、そのたびにいたたまれない思いをしたけど、こんなふうにうれしそうな顔をされると、恥ずかしくてもいいかな、なんて思ってしまう。

でも――

「ずるい」

「え？」

「ルージャだけ、私の恥ずかしい姿を見て喜んでる。それって、ずるい」

「レ、レイラ？　何を言い出すのかと思えば……」

ルージャの笑顔が苦笑の方向に引き攣《つ》れていく。

私はそんなに突拍子もないことを言っているのかな。でも、ずっと縛られた生活をしてきたせいか、私は誰かと対等であることに、実はとても強い憧れを持っていた。

「結婚って、夫婦で協力しあって生きていくための協定のようなものだと、私は思うの」

「……そうだな」

突然始まった結婚観についてのすり合わせに、ルージャは完全に意表を突かれた態《てい》だった。私が起き上がると、彼もすごすごと起き上がって正座する。

「神殿から逃げ出すために、ルージャにはたくさん助けてもらったから、これから先は、私もルージャを全力で助けていきたいと思います」

「その節はどうぞ、よろしくお願いします……？」

「――なので、私だけ気持ちよくさせられて、ルージャににやにや見られている状況は、対等じゃないと思うの。それって、私だけ弱みを見せている気がするし」

「はあ……」

「だから、私にもルージャの恥ずかしい姿を見せて」

「え――」

目を白黒させながら、ルージャが腰を浮かす。こういう素に返った状態だと、全裸ってひたすら間が抜けているものだな、とそんなことを考えた。

「夫婦になるのよね？　対等よね？」

「そ、そうだけど……けど」

「どうしたらルージャが気持ちよくなって乱れる姿が見られる？　私、ルージャみたいにこういうこと知らないから、教えてください」

唖然として固まっていたルージャだけど、突然腹を抱えて笑い出した。

「あははは――ほんとおもしろい子だな、レイラは。そういう考え方をするのか」

ひとしきり笑ったあとで、ルージャは正座を崩した。

「俺の男女観としては、男は女の子の身体の色んなところを見たいし触りたいし、あわよくばコイツを女の子の中に挿れて気持ちよくなりたい。女の子は男のそんな浅ましい欲望を叶える代わりに、男にたくさん奉仕させて、気持ちよくしてもらう。それで対等だと思ってた。それにこの行為の本質からすると、負担はむしろ……」

そう言いかけてルージャは言葉を切った。男女のまぐわいは欲望を満たすためではなく、子孫を残すための生殖行為だから、負担は女にくる。

ルージャはそう言おうとして、私に気を使ってくれたのだろう。だから、私もそこは無視した。

「……そういう考えもあるのね。でも、何度かルージャとこうして抱き合って思ったのだけど、男性にとってこれは重労働ではないの？」

ずっと手は休まず、ひっきりなしにキスや言葉でおだてて、いろんな体勢で女性を気持ちよくさせる。運動量が違いすぎて、ちょっと申し訳なく思えてきた。

「俺は甲斐甲斐しくするのは好きだけどね。がんばるお駄賃として、レイラのいい顔が見られるわけだし」

「それって、結局がんばってるのよね？」

「うーん、がんばるってのとも違うけど……好きでやってることだし。でもまあ、そこまで言うなら、レイラに気持ちよくしてもらおうかな」

いつの間にか胡坐《あぐら》をかいていたルージャは、そそり立つ男性器を指し示す。

「こないだみたいに、両手で握って」

男性の裸身を見るのは、もちろん私にとってはルージャが初めてだ。なんとなく、そこに女性とは違うものが存在することは知っていたけど、こうやって改めて目にするそれは、驚くくらいに大きくて、かなり強烈だった。

ただ、自《みず》からやると言い出しておいてなんだけど、さすがにまじまじとみつめるのは恥ずかしくて、目は逸らし気味になる。

「動かしてみて、上下に。もうちょっと強く握って大丈夫。でも、ここは男の最大の急所だから、やさしくね」

「う、ん」

もはや、まぐわっているというより人体学の様相を呈《てい》してきた。

彼の指示どおりにやり方を変えてみる。そうしていると、時々ルージャの表情が歪み、深い息をつくようになった。

「レイラ、舐めてみて……君は口が小さいから、咥えるのはきつそうだな」

「咥える……」

ルージャが私の女の部分を舐める姿を思い返し、恐る恐る手にした熱塊に唇を寄せた。

舌先だけで先端を舐めてみると、ルージャは何とも言えない反応で、じっと様子をうかがっている。どうやら、私が乱れるようにはルージャは乱れてくれないようだ。

「正直、レイラがそうしてる姿にはそそられる！　焦《じ》らされる手前くらいに気持ちいいけど、俺を気持ちよくさせるなら、練習が必要だな」

大見栄を切ってルージャを気持ちよくするつもりだったのに、結果は惨憺《さんたん》たるものだった。

「……男の人を気持ちよくするのって難しいのね」

「そりゃあ、初めてなんだからしょうがない。一度、素に返っちゃった後だしね。これから、じっくり教えてあげるよ。それにさ、レイラは自分だけが弱みを見せてるのがずるいって言ってたけど、こうして裸でまぐわってる時点で、男は女の子に一番の弱みを見せてると思うんだけどなあ。これ潰されたら男死ぬからな？　男の命みたいなものだからな？」

「そ、そうなんだ……」

男女の営みは思ったより奥が深いようだ。

私の手の中にある熱い塊の先端は、唾液や愛液ではないものでじっとり濡れていた。そうと知った瞬間、また下腹部がズキンと疼《うず》き出してしまう。

「ね……ルージャの、挿れて、いい？」

張りつめた楔《くさび》を両手に握って、訴えるように彼の黒い瞳をみつめる。

「だめ？」

「そんな顔されたら、ダメなんて俺の口から言えるわけないだろ……」

ルージャが起き上がろうとしたのでそれを止め、私が彼の上に跨《また》がった。

「今日は、私が……」

目を瞠《みは》るルージャの身体を押し、仰向けに倒すと、その猛《たけ》り狂ったものに手を添え……濡れた割れ目の奥にゆっくりと宛《あて》がった。

「う……」

大きなものが体内に埋め込まれていくのを感じながら、すこしずつ腰を落としていく。ルージャが眉根を寄せてため息をついた。

「気持ち、いい……？」

「……最高」

彼の手が私の腰をつかんで、ぐっと押しつける。そうされると、中を貫く楔《くさび》が子宮まで届くような気がして、身体の芯がズクズクと反応してしまった。

「動かしてごらん」

動き方を教えるように、ルージャの身体が私を突き上げる。

上下に身体を揺さぶられると、熱い塊が膣の中を擦って、深い部分を鋭く突いた。

「あぁ……っ」

彼の動きに合わせて自分も身体を揺らすと、結合した部分が視界に飛び込んできて、その淫《みだ》らな様子にさらなる興奮を煽《あお》られてしまう。

気がついたら、彼の厚い胸や腹部を撫でまわしながら、夢中になって腰を動かしていた。

「ルージャ……っ」

「やば、天国いきそ……」

いつしかルージャも身体を起こし、私を抱きしめて舌で胸を愛撫していた。

「あぁんっ、ルージャ、ルージャ……」

壊れたように彼の名を繰り返し呼びながら、子宮を突く楔《くさび》を締めつける。

「気持ちいいの……ああ……」

「イってもいいよ、何度でも気持ちよくしてやるから……」

「ルージャを気持ちよく、して、あげたいのに……っ」

果てそうになる意識を必死につなぎとめ、ルージャの身体にしがみつく。

噛みつくようなキスをされ、ルージャの怒張に下腹部の奥深くを貫かれる。

「ふっ——ぅ」

膣がルージャを受け入れて、まるで悦《よろこ》ぶように震えている。口をキスで塞がれたまま、下から突き上げるように身体を揺らされる。

唇が解放される頃には、もう言葉は出なくなっていた。ひくひくと痙攣《けいれん》する膣からはひっきりなしに愛液が溢《あふ》れ、じゅぶじゅぶと泡立っている。

やがて身体の芯に快感の激流が流れ込んできて、つま先が強張った。

「あぁっ、っやあ――っ、あっ！」

彼の背中に回した手に力が入ってしまう。まつ毛が震えている気がする。胸を強く吸われ甘く歯を立てられて、何度も小さな絶頂に見舞われた。

「はぁっ、はぁっ……んぁッ」

そのままベッドに押し倒されて、脚を大きく広げられて真上からルージャの熱塊が抜き挿しされる。

「ふぁあ……っ、やんっ、奥に――っ」

快感の波が、どんどん高くなっていって、今にも防波堤を乗り越えてしまいそうなほどだった。

「レイラ……見てなよ……」

うっすら目を開けると、ルージャの恍惚《こうこつ》とした表情がそこにあった。眉間に皺《しわ》を寄せながら、荒く乱れた呼吸で快楽の高まりに必死に耐えている。

気持ちよくなって乱れる姿を、見せてくれようとしてるんだ。そう思った瞬間、自分でもよくわからない感覚に胸を締めつけられた。

ルージャって、もう――本当に大好き！

「もう……イキそ……っ」

強く腰骨のあたりをつかみ、ルージャが最奥を突くように腰を押しつけてきた。

たぶん、ルージャが陶然としたのと、私の子宮が震えて収縮したのはほぼ同時だった。

「レイラっ、く……っ」

「んぁ、ルージャぁあ――っ！」

理性が全部吹っ飛んで、何も考えられなくなって、気持ちいいことと心が満たされていくことしかわからなくなった。

ドクンドクンと精が放たれる感覚が直に伝わってくる。ルージャがうずくまるように身体を丸め、私の胸の上に額《ひたい》を当てるようにして荒い呼吸を繰り返す。

「なっ、最後はちゃんと……レイラの中で、俺も気持ちよくなってる……これで対等だろ？」

†

翌日、ルージャと同じベッドで目覚めた私を待っていたのは、ディディック家の侍女ふたりだった。

「結婚式も挙げないうちから乙女の清純を穢《けが》すなんて、まるで我慢の利かないケダモノではありませんか」

「見える場所に変な印をつけなかったことは辛うじて認めますけど」

昨晩、私とルージャが愛し合っていたことなど当然のごとく筒抜けだった。

彼女たちは口々にルージャを責めながらも、楽しそうに私の髪を結っている。

朝一番に湯浴みに連れていかれるなり、ふたりの侍女に身体中を隅々まで洗われて、今は下着姿で夫婦の寝室に戻ってきたところだ。

ルージャは、すでに伯爵さまらしくきっちりした服装に身を固めていた。いつもは好き勝手向いている髪も、きちんと櫛《くし》を入れて整えられている。

「結婚式なんて、あんなのただの形式だ。俺とレイラはもう心で結ばれてるから、身体の結びつきが先だろうと後だろうと大した問題じゃない」

そもそも、結婚しようって言いだす前にすでに身体を重ねていたし。とはいえ、そのことはこのふたりに言ってはいけないのだろう。

「こういう勝手な理屈をこねる男が無神経に乙女を傷つけるんです、旦那さま」

「レイラさま、お身体は大丈夫ですか？　結びつきがどうかは存じませんけど、せめて国王陛下の許可をいただくまでは我慢すべきだったと思いますわ、旦那さま」

昨晩は十日ぶりのまぐわいで、ルージャに貫かれた身体がまたすこし痛みを覚えていたけれど、熱を出したりふらついたりはしなかった。

「レイラさま、この髪型はどうですか？　レイラさまの御髪はまるで黄金の糸のようで、まとめてしまうのがすこしもったいないですけど、国王陛下との謁見はきちんとまとめ髪にしておきませんと、典礼院《てんれいいん》がうるさいので」

「ありがとうございます、とっても素敵です」

複雑に編み込んでまとめてもらったけど、こんな髪にしたのは初めてで、ずいぶん長いこと鏡に見入ってしまったほどだ。

ルージャが私のために用意してくれていたのは、夫婦の部屋だけではなかった。

たくさんの着替え、部屋着も外出着も、宝飾品も、まるで童話の中のお姫さまみたいにたくさん。

これではとても夫婦対等なんて言えない。私はもらうばかりで、これに見合うものは何も返せそうになかった。

そう言ったら、ルージャは私の頬にキスをした。

「そんなの。俺がきれいに着飾ったレイラを見たいだけだし」

「そうですわ、レイラさま。シャンデルの殿方は、せっせと意中の女性に贈り物をして、その心を射止めようとするものなのです。ディディック伯爵家の当主たるもの、奥方にドレスの百枚や二百枚贈れないような甲斐性なしでは困りますわ」

「それにしても、旦那さまがどうしてここにいらっしゃるのですか？　女性の支度を眺めているなんて、失礼にもほどがあります」

「ここは俺たちの部屋だ。妻がきれいになっていくのを見てて何が悪い」

「女性は化粧しているところを殿方に見られたくないものなんです！　寝室がご一緒なのはともかく、レイラさまのための化粧部屋をひとつ、早急に用意してくださいまし」

ああ、なんとなくわかった。ルージャがやたらと女性にマメなのは、このふたりの侍女にさんざん女性の扱いを叩きこまれているからなのだろう。

「ふふ」

ディディック伯爵家、なんだかおもしろいところだ。

クリーム色の、たくさんフリルのついたかわいらしいドレスを着ると、我知らず心が躍《おど》った。これまで飾り気も何もない質素な祭服ばかりを着てきた反動で、きらびやかな服を見ると心が弾むようになったみたいだ。

ところで、私が朝から着飾っているのには理由がある。シャンデルの貴族の結婚には、国王の許可が必要なのだそうだ。もっとも、ダメだと言われることなんてまずなくて、国王が夫婦と顔合わせをすることが目的なのだとか。

「さあ、準備できましたわ」

こうして朝一番に登城して、王に謁見を求めた。

謁見室で国王がやってくるのを待ちながら、ふと指輪の光る自分の手をみつめた。

「そういえば私、彼女たちに触れたのに、何も視えなかった……！」

いつも、誰かに触れられそうになると、無意識のうちにそれを回避するよう身体が逃げていたのだけど、ルージャとはたくさん触れあっても未来が視えないせいか、今朝は逃げることを忘れていた。結果、散々触れあったけど……なんで視えなかったんだろう。

「待たせたな」

そのとき、謁見室の扉が開いて騎士を従えた国王が入ってきた。あわてて立ち上がる。

「おはようございます、陛下」

「やあ、これはレイラ嬢か！　見違えたぞ、祭服とはまた違って大変美しい」

「ありがとうございます」

国王の後ろにいる騎士は、シャルナだった。目が合うと、彼女もやさしく笑いかけてくれた。

「シャルナさん、神殿ではいろいろありがとうございました」

「とんでもないことです。レイラさまのご苦労を思えば、わたくしのしたことなど大したことではありませんもの。本当に、お美しくなられて……」

私にはやさしく微笑みかけてくれたけど、ちらりと隣のルージャに目を向けると、シャルナはなぜか険しい顔になった。

「ところでディディック補佐官、今日の謁見はどのような要件で？」

ソファの正面に腰かけた国王も、なぜかルージャに冷たい目を向ける。

「昨晩までに報告書を提出せよとあれほど言い渡しておいたにもかかわらず、仕事を放っぽり出して、いったいどこで何をしていたのやら」

「お言葉ですが陛下、十日も城に縛りつけて自由も休暇も与えず、それこそ不眠不休で働かせる君主がどこの世界にいるんですか。家臣の忠誠は命令では得られませんから、人の上に立つ者は、臣下の心からの忠誠を獲得する術《すべ》を身につけなくてはなりません。だいたい、神殿の後始末なんて国務大臣の仕事ではありませんよ。大司教の後任の人選は、陛下がまた神殿幹部たちを呼び集めて協議させればいいじゃありませんか。なぜ僕が候補者の身辺の洗い出しまでしなくてはならないのですか。神殿には不干渉が鉄則なのに」

彼の饒舌《じょうぜつ》は、サルージャス・ディディックの姿のときに現れるものなのだろうか。たしかにルージャは弁が立つほうだと思うけど、私とふたりでいるときは、こんなまくしたてるように長台詞《ながぜりふ》を吐いたりしない。

「不干渉は不干渉だが、神殿の最高位に何がかあった場合、後任の承認は公平性を保つために、第三者である国王がおこなうことになっている。人選はあちらに任せているが、候補者の身辺は当然、こちらで事前に知っておくべき情報だ。勉強不足だな、ディディック補佐官」

「……」

小さかったけど、今ルージャが舌打ちしたのがはっきり聞こえた。

「まあいいです、書類は本日中に提出します。それよりも、本日は陛下にお願いがあり、参りました」

ルージャに促《うなが》されて私も一歩前に出る。

「前任の大司教のもとで、預言姫として聖職についておりましたレイラ嬢ですが、これ以上あの神殿に彼女を縛りつけておきたくありません。僕は彼女を妻にしたく、陛下にその許可をいただきにあがりました」

ルージャが彼らしくもなく、きっちりと頭を下げた。私もそれに倣《なら》う。

「レイラ嬢はいかがなのかな？　彼は正体を偽ってあなたに近づいたが」

「いえ、陛下。私は騙《だま》されたとは思っていません。ディディック補佐官には大事な任務があったのですから、私に対してもそれを口外しなかった点は、きっと陛下もお認め下さるかと思います。それに、私は思ったことが顔に出やすい性質なので、きっと彼の正体を知っていたら、余計に混乱を来《きた》していたかもしれないですし……」

「なるほど、あなたは聡い女性のようだな」

そんな風に国王から評されたら、恐縮するあまりに小さくなってしまう。

「……ルージャと会えないでいる長い時間に、必死に考えた結果です……」

本当は、ルージャにふられたんじゃないかとスネながら、自分の都合の良いように解釈した結果なのだけど。

「お願いします、陛下。私は彼と生涯を共にしたいのです。どうか、結婚のお許しをください」

改めて私が頭を下げると、国王は私に手を差し出した。

「今日は握手をしてもらえるかな？」

「――は、はい。もちろん」

差し出された国王の大きな手をみつめる。この握手で結婚の承認、ということなのだろうか。

さっき、侍女ふたりの未来は視えなかった。その理由はわからないけれど、未来を視る力はなくなっているのだろうか。

思い切って差し出されたその手を取った。ぎゅっと、握りしめる。

「予の未来が視えるか？」

「いえ――いえ！　陛下、何も、視えません……」

「そのわりにうれしそうだが」

「誰かの未来が視えるなんて、そんな忌《い》まわしい力、私は欲しくありませんでした。いい未来も悪い未来も、すべて視えてしまうなんて、私にはただただ不幸な力だったので」

ぎゅっとしつこく国王の手を握りしめる。失礼だとは思ったけど、何も視えないことがこんなにうれしいなんて。

「でも、どうして急に……」

自分の手をみつめて首を傾げたら、国王がふっと笑った。

「あなたのその指輪」

昨晩、ルージャからもらったピンク色の宝石を指して国王は言う。

「レイラ嬢の未来を視る力が、魔力に依《よ》るものではないかというのがサルージャスの見解だった」

「魔力……？　あの、シャンデル国王家が持つような……？」

私もそれは疑ったことがあったけれど、未来を視るというような魔術はみつけられなかったから、まったく別のものだと思っていたのに。

思わずルージャを振り返ると、彼は大きくうなずいた。

「そう。あいにく、俺にも魔力がどうこうなんて話はわからないから、君の力を見極めてくれるよう、陛下にお願いしたんだ」

「もしかして、あのとき……」

カーニバル期間中、国王が神殿に訪れたときのことを思い出した。不自然な来訪だとは思っていたけれど。

「地下聖堂への入り口がきちんと機能するか、下見も兼ねてね」

そういえば、ディディック補佐官がラキム像の腕をやたらと触っていたのを思い出す。あの入り口を開けるためのスイッチが稼働するのか、それを確かめていたらしい。

「あなたの顔を無粋にも覗き込ませてもらったあのとき、はっきりと魔力の存在を感じた。だが、自《みず》ら制御できず、触れたものに対して無差別に行使するような魔力だった」

「そこで陛下に、この指輪に魔力を制御する力を籠めてもらったんだ。これを身に着けている限り、レイラはその力に悩まされることもない。誰に触れても、未来は視えない。あ、俺以外の男に触れる必要はないけどね」

ぽかんと口を開けて、ルージャと国王をみつめた。この指輪にそんな魔法がかけられていたなんて。もう、視たくないものを視なくていいなんて。

「その指輪に魔力封じを籠めるのに時間がかかった。出来上がったとたん、サルージャスが城から脱走してあなたのもとに走ったわけだが」

つまり、この指輪に魔法をかけてくれた時点で、結婚の許可はおりていたということだ。

「うれしいです……！　陛下、ありがとうございます。それにルージャ、私のことをそんなに気に留めていてくれて、本当にうれしい……」

それしか言葉が出てこなかった。何度も繰り返して、しゃくりあげる。

「ああ、ほらレイラ、そんなかわいい泣き顔を俺以外に見せちゃダメだよ」

声もないまま、私は深々と頭を下げる。感激のあまりに泣き笑いになってしまった。

「でも、私に魔力があったなんて思いもしませんでした。一時《いっとき》、力がなくなったのは、ルージャとこうなったからかもしれないと思ったので……」

「ルージャと。そういえば、預言姫はたしか、別名を『処女姫』といったか……」

あ、余計なことを言っちゃった。でも、知られても別に恥ずかしくもなんともない。だって、大好きな人と愛し合うことは、奇跡のようなことなのだから。

「一時《いっとき》、力がなくなったというのは、レイラさまが体調不良で寝込んだときのことですか？　ええと、サルージャスさま……」

それまで、国王の後ろで黙って見守っていたシャルナが、まるで凍りついたような目でルージャを見た。

「あなたという方は――神殿の乙女に手を出したのですか⁉」

「ちょっと待て。その追及、今必要なことか⁉　レイラを苦しめていたものがなくなったんだ。喜ぶべきことだろう！」

「それはそれ、これはこれです！　レイラさまのような純真無垢《むく》な乙女を、あなたは食い物にしたのですね⁉」

「食い物じゃない！　ほんとにレイラに一目惚れして……」

「一目惚れしたら手を出していいとでも？　信じられません。まさかカーニバルの夜に？　私はサルージャスさまから、『ファタールさまが神殿から逃げてきたから、カーニバルを楽しませてやった』と聞きました。あれ、嘘でしたの？　それでレイラさまが身体に不調を訴えていらしたのですね？　サルージャスさまの軽率な行為で、大司教の監視の目が強くなってしまったのですよ！」

「いや、だって……」

シャルナに一方的にやりこめられるルージャを、ただただ呆然と眺めた。あれだけ舌がよく回るくせに、シャルナにはやられっぱなしなんて。

「やれやれ、そなたら姉弟喧嘩はよそでやってくれ」

「姉弟……？　え、え!?」

今度は私が叫ぶ番だった。この状況で国王が姉弟と呼ぶ相手は、シャルナとルージャしか……

「なんだ、聞いておらんのか。予とサルージャス、シャルナの三人は皆、同じ乳母に育てられてな。乳母はシャルナの母だ。サルージャスの邸《やしき》に行ったのなら、ロイナに会っただろう？」

ディディック家の筆頭侍女のおばあさまが、シャルナのお母さん！

「ちなみに、シャルナはロイナと一緒にディディック伯爵家に住んでいる。そなたらが結婚するのならば、レイラ嬢にとってもシャルナは身内になるな」

とってもとっても意外な話だったけど、やたらとルージャが女性にまめまめしいのは、あのふたりの賑《にぎ》やかな侍女に加え、シャルナまでもが一緒に住んでいるからか。

急におかしくなって、笑い出してしまった。

だって、これから先、ルージャだけでなく、シャルナとも一緒に暮らしていくことになるんだもの。独りきりでいた神殿を出たら、こんなに賑《にぎ》やかな生活が待っていたんだもの。

「そういうわけで陛下、結婚の許可はいただきましたからね！　レイラ、行こう！」

私の手を取って、ルージャが逃げ出す。シャルナが呆れ顔でそれを見送る。

「ま、こんな賑《にぎ》やかな家だけど、よろしく頼むよ」

ルージャに手を引かれて小走りに城を抜け出す。外はまだ朝の光に満ちていて、ひどくまぶしかった。彼に連れ出され、初めて外の世界を見たときのように。

「こちらこそ、よろしく。こんなに未来を楽しみに思ったのは、生まれて初めて――！」

終章　未来

「レイラ、支度はできた？」

ひょっこり顔を覗かせたルージャにそう声をかけられ、化粧部屋の扉を振り返る。

「うん、お待たせ。どう？」

淡い緑色の、フリルが幾重にも重なっているワンピースを身に着け、くるっと回って、それをルージャに披露した。

「相変わらずよく似合ってるよ」

私のおめかしした姿を見て、彼の目尻が下がる。今日、身に着けたのは、四年前のカーニバルの日、ルージャが私に買ってくれたワンピース、そして同じ日にもらった髪留めだった。

――預言姫という名を棄てて神殿を出た私は、ディディック伯爵家でルージャの妻となった。それから今まで、たくさんの贈り物をルージャからもらったけれど、初めて私に買ってくれたこのワンピースと髪留めは、今でも一番の宝物だ。

あれから季節が巡って、また今年もミルガルデの街ではカーニバルが開催される。

今回はルージャとふたり、逃げも隠れもすることなく、堂々とカーニバルを楽しむことができるから、もうずっと前からこの日を心待ちにしていたのだ。

あのときは、大変な思いをした。今考えると本当に危なっかしくて、でも、とても懐かしい思い出。

「そろそろ出かけようか。そろそろ日も暮れる。カーニバルの始まりだ」

貴族のディディック伯ではなく、賞金稼ぎの出で立ちをしたルージャが私に手を差し伸べてくれる。

ここからミルガルデの街まで、のんびり歩けばちょうどいい時間に到着するはずだ。

「だけど、本当に大丈夫なのか？　無理はしないでくれよ」

連れ立って歩きながら、ルージャのあたたかくて大きな手が私の腹部に当てられる。そこには、だいぶ目立ち始めてきたふくらみがあった。

「もうすっかり落ち着いたから大丈夫よ。むしろ、もっと動けってお医者さまが」

小さな頃から服用してきた薬の副作用のため、子供はできないだろうとずっと諦めていた。その分、ふたりの生活を楽しもうとルージャと約束していたけれど、小さな子供や赤ん坊を見ると、やっぱり羨《うらや》む気持ちが隠しきれなかった。大好きな人との間に子供を授かりたいと思うのは、自然なことだから。

だけど。

結婚して四年目、私のお腹に小さな命がやってきたのだ。

信じられなくて何度も何度もお医者さまに尋ねて、しまいには呆れられてしまったほどだ。絶対にないと思っていたから、驚きというより、騙《だま》されている気さえして。

でも、このところ急にお腹が大きくなりはじめたので、しみじみと現実を噛みしめることができた。

今は産み月までのちょうど折り返し地点。私がひとりで歩こうものなら、邸《やしき》の中でもルージャがすっ飛んできて手を取ってくれる。妊娠した当の本人よりもずっと気にかけてくれていた。

「ルージャはきっと子供をうんと甘やかすんでしょうね」

「いいんだよ、子供は甘やかして育てるものだろう？　大人になったら方々《ほうぼう》に気を使わなきゃならないんだから、子供のうちくらいのびのびさせないと」

「ふふ」

私から見れば、ルージャは大人になっても、とても奔放《ほんぽう》だけど。

「それに、レイラは俺が子供に厳しくするのを歓迎しないだろ？」

「うん。危ないことでないかぎり、何でもさせてあげたいし、たくさんのことを経験してほしい。それも、誰かの顔色をうかがうのではなくて、自分の意思で、自由にね」

「そうだな」

ルージャが私の肩を抱き寄せる。

今、心から幸せだった。前回のカーニバルで私は不遇の中にいて、そんなときルージャと出会った。

今回はふたりで、次のカーニバルでは、きっとお腹の中の子供もいっしょに。

こんなやさしい時間がいつまでも続くといい。

いや、願うのではない。続くように自分で、そして彼とふたりで作り上げていくのだ。
そう誓って、星のきらめく夜空に左手をかざす。
ルージャがくれた指輪が、それに応《こた》えるように輝いた。

悠月彩香（ゆづきあやか）
横浜在住。覚えてないほど昔からweb小説を書き続け、「聖なる魔女と悪魔の騎士」（一迅社）にて商業デビュー。趣味のダンス・ヨガは、近年の多忙によりご無沙汰中。

イラスト：ワカツキ

聖女《せいじょ》が脱走《だっそう》したら、溺愛《できあい》が待《ま》っていました。

悠月彩香（ゆづきあやか）

2018年 6月 15日初版発行

編集－赤堀安奈・羽藤瞳・塙綾子
発行者－梶本雄介
発行所－株式会社アルファポリス
〒150-6005 東京都渋谷区恵比寿4-20-3 恵比寿ｶﾞｰﾃﾞﾝﾌﾟﾚｲｽﾀﾜｰ5F
TEL 03-6277-1601（営業） 03-6277-1602（編集）
URL http://www.alphapolis.co.jp/
発売元－株式会社星雲社
〒112-0005 東京都文京区水道1-3-30
TEL 03-3868-3275
装丁・本文イラスト－ワカツキ
装丁デザイン－ansyyqdesign
印刷－図書印刷株式会社

価格はカバーに表示されてあります。
落丁乱丁の場合はアルファポリスまでご連絡ください。
送料は小社負担でお取り替えします。

ISBN978-4-434-24756-9 C0093